HARDY PUNDT

Wattentod

TÖDLICHE GIER Der ostfriesische Unternehmer Arend Ennenga ist tot. Er hinterlässt einen millionenschweren Baubetrieb. Kurze Zeit später kommen zwei seiner Söhne bei einem Segelunfall im Wattenmeer, der dritte bei einem Bahnunglück im Harz ums Leben. Ärztlicherseits werden natürliche Todesursachen attestiert. Aber ist es wirklich Zufall, dass alle Erben so kurz nach dem Ableben des Vaters sterben? Die Gerüchteküche brodelt und in der Presse werden Fragen aufgeworfen, zu denen auch der Auricher Polizeipräsident Stellung nehmen muss. Er beauftragt die Kommissare Tanja Itzenga und Ulfert Ulferts, die Sachlage zu klären, um schnell einen Schlussstrich ziehen zu können. Ihre Ermittlungen führen sie zuerst zu den Witwen der Unternehmersöhne. Die Kommissare sehen sich schnell mit der Frage konfrontiert: Unglücklicher Zufall oder Komplott um ein Millionenerbe?

Hardy Pundt, geboren 1964, stammt von der Insel Memmert und verbrachte Kindheit und Jugend in Ostfriesland. Nach über 20 Jahren in Nordrhein-Westfalen lebt er heute mit seiner Familie in Schleswig-Holstein. Er ist Hochschuldozent in Sachsen-Anhalt und kann auf zahlreiche wissenschaftliche Veröffentlichungen zurückblicken.

Bisherige Veröffentlichungen im Gmeiner-Verlag:
Bugschuss (2012)
Friesenwut (2010)
Deichbruch (2008)

HARDY PUNDT

Wattentod

Kriminalroman

GMEINER *Original*

Besuchen Sie uns im Internet:
www.gmeiner-verlag.de

Im Ehnried 5, 88605 Meßkirch
Telefon 07575/2095-0
info@gmeiner-verlag.de

1. Auflage 2014

Lektorat: Katja Ernst
Herstellung: Mirjam Hecht
Umschlaggestaltung: U.O.R.G. Lutz Eberle, Stuttgart
unter Verwendung eines Fotos von: © Andrea Kusajda –Fotolia.com
Druck: GGP Media GmbH, Pößneck
Printed in Germany
ISBN 978-3-8392-1610-1

Personen und Handlung sind frei erfunden.
Ähnlichkeiten mit lebenden oder toten Personen
sind rein zufällig und nicht beabsichtigt.

PROLOG

Missgunst, Gier. Oder war es pure Angst?

Sie war müde, ausgelaugt. Die Luft war miserabel, der Geschmack im Mund unerträglich. Sie konnte sich nicht erinnern, sich in den vergangenen Jahrzehnten einen Tag lang nicht gewaschen oder einmal die Zähne nicht geputzt zu haben.

Jetzt saß sie bereits zwei Tage hier fest. Wie viele mochten folgen? Alles, was passiert war, trieb sie beinahe in den Wahnsinn. Der Tod von jemandem, der einem nahestand, war niemals leicht. Doch der Grund war für sie einfach nicht fassbar.

Missgunst, Gier. Oder pure Angst? Angst vor dem Versagen? Angst vor dem Tod? Warum saß sie hier und konnte nichts, aber auch gar nichts tun? Die Tür fest verschlossen, der Fensterschacht mit Erde zugeschüttet. Mit Erde!

Niemand würde sie hören. Niemand würde sie vermissen. Sie musste damit rechnen, eine lange Zeit in diesem Keller eingeschlossen zu sein.

Immerhin war Wasser vorhanden. Eine Kiste *Kühle Brise medium* stand in der Ecke. Außerdem hatte sie zwei Dosen Hering in Tomatensoße gefunden. Eine davon hatte sie geleert, mit bloßen Händen – der Hunger war groß gewesen und der Gedanke, ob sie sich die Nahrung würde einteilen müssen, war ihr nicht gekommen.

Kein Waschbecken, kein Klo. Lediglich ein Eimer in einer Ecke.

Was dachte sich ein Mensch dabei, seinesgleichen unter solchen Bedingungen einzusperren? Rache? Gier nach Geld oder Macht? Oder war er einfach übergeschnappt?

Auf den Geschehnissen der Vergangenheit eine Zukunft aufzubauen, schien nicht vorstellbar, zumal … Das musste früher oder später schiefgehen: Alles würde herauskommen. Diese miese Geschichte zu vertuschen würde nicht funktionieren. Es gab immer undichte Stellen. Am Ende würde die Wahrheit siegen. Jedoch musste sie sich kleinlaut eingestehen, dass es oft genug anders gekommen war.

Sie wusste nicht, ob ein Plan hinter ihrer Gefangennahme stand oder ob es eine spontane Verzweiflungshandlung war. Vielleicht war diese Tat die Folge einer geistigen Verwirrung, die dazu geführt hatte, sie hier unten einzusperren und das Fenster mit Erdreich zuzuschütten – schon halb ein Grab.

Die Polizei war im Haus gewesen. Die Kripo. Diese Polizistin und ihr Kollege. Jetzt, hier unten im Kellerloch, in dieser unerträglichen Stille, die ihr viel Raum zum Nachdenken bot, war ihr klar, warum die Kripo dagewesen war. Nie und nimmer hätte sie geglaubt, dass das, was geschehen war, wirklich passieren könnte. Es war furchtbar niederträchtig gewesen!

Der Druck nahm zu. Ihr Darm rumorte. Ihr graute davor, den Eimer zu benutzen und ihn dann weiterhin in der Ecke stehen zu haben.

Missgunst, Gier, Angst, Egoismus, Machtwahn, Irrsinn … Ihr schwirrten unzählige Begriffe ungefiltert durch den Kopf. *Die Welt ist mir scheißegal, nach mir die Sintflut, nur ich allein zähle!* Was konnte ein Leben in kürzester Zeit aus einem Menschen machen? Oder war es eine langsame, schleichende Entwicklung gewesen, die nun ihren Höhepunkt erreichte?

Sie würde es niemals schaffen, mit all dem fertigzuwerden. Und es war ihr deshalb nicht klar, ob es sich überhaupt lohnte weiterzuleben. Sie konnte den Peiniger ein erstes und letztes Mal schocken, indem sie sich in diesem Loch einfach erhängte. Es lag viel Zeug rum, sie würde etwas finden … Doch sie war feige. Ihr Leben lang schon. Hatte geschwiegen, wenn sie hätte reden müssen. *Ja und Amen*, mehr war von ihr nie gekommen. Sie würde es nicht fertigbringen, sich einen Strick oder den Gürtel irgendeines muffigen Mantels aus dem wackeligen Kleiderschrank, der in der Ecke stand, um den Hals zu legen und anschließend von der Tischkante zu springen.

Sie schlurfte zum Eimer. Allein der Gedanke an den sich langsam im Raum ausbreitenden Geruch verursachte Brechreiz. Sie konnte den Raum nicht verlassen, kein Fenster öffnen. Erde! Erde vor dem Fenster! Totale Dunkelheit, wenn sie das Licht löschte.

Ein Weinkrampf packte sie. Widerwillig streifte sie die Hose herunter und hockte sich über den Eimer.

Sie war allein. Nicht nur in diesem Keller. Er würde nie wieder zurückkehren. Er war tot, elendig ersoffen und angeschwemmt an einer Sandbank. Wie lange musste sie noch in diesem Loch sitzen?

1

Die Sophia schaukelte von einer Seite auf die andere, der Wind peitschte die Nordsee zu immer höheren Wellen auf. Wilbert Ennenga war ein erfahrener Skipper. Er kannte sein Boot. Mit der Sophia hatte er manch größeren Törn hinter sich gebracht, stets genug Wasser unter dem Kiel, was bei Wattenmeerfahrten durchaus eine Herausforderung war. Er war wahrhaftig einer, dem man ohne Weiteres sein Boot anvertraut hätte, um es über den großen Teich an die Ostküste der USA zu überführen.

Wilbert nahm öfter seinen Bruder Renke mit, der zum Segeln ein zwiespältiges Verhältnis hatte. Begeisterung für das Meer brachte er auf, doch er fürchtete sich vor der Seekrankheit. Um ihn an das Segeln heranzuführen, waren die beiden früher mit einer kleinen Jolle auf Binnenseen unterwegs gewesen. Das Große Meer mitten in Ostfriesland war ideal dafür. Renke hatte Gefallen daran gefunden, solange es gemächlich zuging. Starker Wind und raue See, das brauchte er nicht.

Familie Ennenga hatte die stattliche Jacht seit Jahren im Hafen von Wangerooge liegen, auf der Insel besaß sie eine Ferienwohnung. Die Sophia war ein altes, aber schnittiges Boot mit guten Segeleigenschaften, selbst bei unruhiger See. Von Wangerooge aus konnten sie wunderbar die ostfriesischen Inseln ansteuern, hinaus auf die Nordsee fahren. Des Öfteren schon waren Cuxhaven oder Bremerhaven das Ziel gewesen. Aber zu weit hinaus auf die offene See war Renke meist zu viel des Guten.

Diesmal hatte er sich jedoch von seinem Bruder recht schnell breitschlagen lassen. Er fand die Idee gut, angesichts des Todesfalles einen Tag Auszeit auf See zu nehmen. Wilbert war in früheren Tagen auch schon nach Helgoland oder Hamburg gesegelt. Renke hatte dankend abgelehnt: »Nee, dann hänge ich den ganzen Tag über der Reling und füttere die Möwen.«

Er wusste nicht, dass es diesmal schlimmer kommen würde.

Mit seinen sieben Metern Länge verfügte das rote Kunststoffboot über eine großzügige Plicht, den Bereich im hinteren Teil der Sofia, in dem der Skipper das Boot mit der Pinne auf Kurs hielt und in der weitere Sitzplätze für Mitfahrer vorhanden waren. Es gab eine Kajüte, die sechs Personen Platz zum Schlafen bot, wenn man zusammenrückte. Für Wilbert war das Boot Lebenselixier; die Möglichkeit, Abstand zu gewinnen von der Arbeit, die ihn ganz und gar forderte. Und manchmal auch von Teelke, seiner Frau.

Jetzt stampfte die Sophia durch die See, brach sich ihren Weg durch die Wellen, die Renke mit Sorge betrachtete, vor allem wegen seiner Furcht vor der aufkeimenden Übelkeit. Tatsächlich grummelte es in seinem Magen bereits beträchtlich und ein leichter Schwindel überkam ihn. Wilbert lachte. Er trotzte dem Wind und der See. Obwohl auch er nicht mehr der Jüngste war, schien er in seinem Element. Der Seewetterbericht hatte starken Wind angekündigt. Nach Wilberts Berechnung würden sie so viel Fahrt machen, dass sie Cuxhaven erreichten, ohne den herannahenden Sturm mit voller Wucht abzubekommen. Wilbert versicherte Renke fortwährend, dass sie es schaffen würden. Als sie auf Wangerooge gestartet waren, hatte die Sonne geschienen und eine leichte Brise geweht. Das war nun, nach gut drei Vierteln der Seereise, nicht mehr der Fall. So war es hier an der Küste – das Wetter konnte in kurzer Zeit umschlagen.

Renke wurde nervös. Vielleicht hätte er das Große Meer doch nicht gegen die Nordsee tauschen sollen. Auch das Zwischenahner und das Steinhuder Meer hatten sie bereits ersegelt. Das waren allerdings Kaffeefahrten gewesen gegen das, was hier gerade stattfand. Wilbert versuchte Renke zu beruhigen: Am Abend lägen sie im Jachthafen der Stadt zwischen Weser- und Elbmündung und würden sich ein kühles Pils genehmigen.

Um sich abzulenken, wollte Renke ein Gespräch beginnen, was aber bei dem Wind ziemlich schwierig war. »Ja, Wilbert, nun sind wir die Verantwortlichen!«, rief er seinem Bruder zu. Er setzte sich neben ihn in die Plicht, dennoch blies der Wind derart heftig, dass sie laut sprechen mussten, damit der andere die Worte verstand.

»Dass Vater jetzt tot ist …«, bemerkte Wilbert, auf das weite Meer schauend. Wasser und Himmel gingen ohne Grenze ineinander über, der Horizont war nicht zu sehen.

»Er hat sein Leben gelebt«, antwortete Renke. »Und du hast ein Recht auf den größten Anteil, hast immer wie ein Wahnsinniger gearbeitet. Du warst Vaters rechte Hand.«

»Höre ich da Neid?«

Renke dachte einen Moment nach. »Nein, nein«, sagte er schließlich, sein Ölzeug am Hals fester zuziehend, »so wollte ich das nicht verstanden wissen. Du hast ihn die letzten Jahre in der Geschäftsführung sehr unterstützt. Dass er die Zügel nicht aus der Hand geben wollte, lag doch nur an seinem …« Renke zögerte, als suchte er nach den passenden Worten.

Wilbert sprang ein: »Altersstarrsinn?«

Renke schaute seinen Bruder an, der die Großschot dichtholte. »Altersstarrsinn? Würde ich nicht sagen, das klingt so negativ. Und starrsinnig war er schließlich schon immer ein wenig.«

»Er hatte ein Ziel und verfolgte seinen Weg – man könnte es auch Konsequenz nennen.«

»Manchmal war es schon schwierig, mit ihm ein Wort zu wechseln. Bloß nichts Neues, bloß keine Veränderungen!«

»Der Laden lief gut und er läuft gut. Wozu Veränderungen?«

»Ich weiß nicht. Die Bilanzen waren nicht mehr so, wie sie einmal waren, oder? Manchmal muss man vorausdenken, die Dinge in andere Richtungen lenken, bevor es zu spät ist!«

»Was hätte zu spät sein sollen? Dass die Konjunktur mal nicht so brummt, gehört dazu. Das macht sich auch im Baugeschäft bemerkbar. Aber nach jeder Talfahrt geht es wieder bergauf.«

Eine höhere Welle brachte das Boot gehörig ins Schwanken. Gischt spritzte den Brüdern ins Gesicht.

»Heißa!«, rief Wilbert, »es wird unruhiger!«

Renke sah seinen Bruder ängstlich an. Der hatte es mit dem Herzen, musste vorsichtig sein. Doch er saß dort wie ein alter Kapitän, den nichts erschüttern konnte. *Nichts haut einen Seemann um*, so besang es Udo Lindenberg. Der Gedanke an das Lied und das Bild seines Bruders vermittelten Renke ein wenig Sicherheit. Er griff, noch lauter sprechend, das Thema wieder auf: »Ich meine ja nur. Ich hatte allerhand Ideen für unsere Firma – er hat sich immer dagegengestellt. Deine Vorschläge hingegen kamen oft genug gut bei ihm an …«

»Ach, alles hat er nicht unterstützt«, entgegnete Wilbert. »Wir müssen die Fock einholen und das Großsegel reffen. Der Wind nimmt schneller zu als vorausgesagt!«

»Ganz einholen? Wir haben noch was vor uns und sollten so schnell wie möglich …«, setzte Renke an, doch Wilbert fiel ihm ins Wort – das war schon immer so gewesen.

»Wir holen sie ein! Das Großsegel reicht auch gerefft. Wir machen gehörig Fahrt!« Wilberts Wort galt.

»Nicht, dass etwas kaputt geht oder wir allzu sehr krängen. Nachher gehen wir noch über Bord!« Mit zusammengekniffenen Augen sah er seinen Bruder an.

»Meinst du, es kommt so schlimm?«

Wilbert lachte auf. Er wusste, dass sein Bruder diese Bemerkung nicht lustig finden würde, im Gegenteil, sie würde seine Furcht vor dem Sturm erhöhen. »Renke! Wir segeln nach Cuxhaven. Die Sophia ist ein gutes Boot, wir sind zwei alternde, aber nach wie vor kräftige Männer. Was soll schon schiefgehen?« Wilbert lächelte. Während sein Bruder unruhig zwischen ihm und dem Wasser hin- und hersah, schien ihm das Spiel der Elemente sehr zu gefallen.

»Ich hoffe, du hast recht!«, rief Renke gegen den Wind an. Er wusste, dass er sich nun nach vorn bewegen, die Fock einholen und dabei helfen musste, das Großsegel zu reffen. Er schüttelte den Kopf bei dem Gedanken daran, dass der Rest der Fahrt keinesfalls ein ruhiger Segeltörn werden würde, bei dem man abends bei untergehender Sonne und einem türkis-orangeroten Himmel auf spiegelglattem Wasser in den Hafen einlief. Es würde ein anstrengendes, alle Kräfte und Sinne forderndes Finish auf sie zukommen. Übelkeit stieg wieder in ihm auf. Wenn sie nur schon in Cuxhaven wären – doch das lag noch eine knappe Dreiviertelstunde entfernt.

Renke erhob sich, hielt sich an der Reling fest und begab sich zum Großmast, um die Fockschot zu lösen und das Segel zügig, aber kontrolliert einzuholen. Wilbert war der Käpt'n. Was er sagte, wurde getan. War es nicht schon immer so gewesen?, ging es Renke durch den Kopf, als er den Knoten löste und die Fockschot langsam durch die Hand rutschen ließ. Mit der anderen Hand hielt er sich krampfhaft fest, er hatte sich nicht angeleint. Bis das Großsegel dran war, würde er auf Wilberts Zeichen warten müssen. Trotz seines unangenehmen Standortes versuchte er, sich mit ein paar Gedanken abzulenken, dabei Wilbert nicht aus den Augen lassend. Hatte Wilbert am Ende nicht stets recht behalten, wenn sie mit dem Vater diskutierten oder mit dem Dritten im Bunde, Hannes, der aus dem Familienbetrieb ausgebrochen war und ein kleines Restaurant in Haffkrug an der Ostsee betrieb? Vielleicht machte Hannes alles richtig. Schließlich kam er kaum mehr nach Hause oder in die Firma in Aurich.

Er, Renke, war im väterlichen Betrieb hängen geblieben, hatte jedoch nie Wilberts Enthusiasmus an den Tag gelegt. Er saß im Büro und prüfte Aufträge, schrieb Rechnungen, solche Dinge. Immer war Wilbert derjenige gewesen, der dem Vater am nächsten gewesen war und ihn tatkräftig unterstützt hatte. Er hatte dazu beigetragen, dass sich die Baufirma Arend Ennenga GmbH & Co KG zu einem Global Player entwickelt hatte. Das Geschäft brummte, das Firmenvermögen belief sich auf mehrere Millionen.

Nach dem Tod des Vaters war Renke als einer der Erben nun ziemlich reich, den Gedanken daran hatte er bislang verdrängt, Geld bedeutete ihm nicht so viel. Auch Mia, seine Frau, hatte bisher noch nicht darüber gesprochen. Wilbert würde sich jetzt noch intensiver in die Arbeit stürzen, da war sich Renke sicher. Der ewige Junior – jetzt der neue Chef. Sicher würde er sich ein größeres Boot kaufen. Den Plan, eines Tages die Welt zu umsegeln, hatte er noch nicht ad acta gelegt. Und seine Umsetzung wäre vielleicht gar nicht unmöglich – trotz des Betriebes. Teelke, Wilberts Frau, könnte ohne Weiteres für einige Zeit die Geschäfte übernehmen. Das traute Wilbert ihr zu, wie Renke wusste. Dann riss ihn die wütender werdende Nordsee aus den Gedanken.

Die Sophia legte sich von einer Seite auf die andere. Renke musste sich gut festhalten, um nicht über Bord zu gehen. Das Boot tanzte auf den Wellen, und es war nicht einfach, mit dem Arm um den Mast geschlungen die Knoten zu lösen, das Großsegel auf Halbmast zu setzen und die Fallen festzumachen. Er merkte, dass ihm das Deck des Segelbootes bei solchen Verhältnissen alles andere als vertraut war, zumal er ja auch nicht jünger geworden war. Das ein oder andere Zipperlein hatte sich in den letzten Jahren eingestellt.

»Wahrschau!«, schrie Wilbert von hinten. Renke sah nach vorn. Eine hohe Welle rollte seitlich auf die Sophia zu.

Junge, Junge!, schoss es ihm durch den Kopf. Angstvoll blickte er dem entgegen, was da auf ihn zukam. Er würde es nicht nach hinten in die Plicht schaffen. Also versuchte er, sich möglichst eng an den Mast zu pressen und mit beiden Armen festzuklammern. Die Welle erreichte die Sophia, das Boot stieg auf wie ein wilder Hengst und das Wasser rollte zischend, schäumend und gurgelnd über das Deck hinweg. Kurz darauf schien die Sophia in ein tiefes, schwarzes Loch zu fallen, wurde jedoch sogleich von einer neu anrollenden Welle emporgehoben. Für einen Moment war Renke komplett von Wasser umgeben. Das Ölzeug war zwar schwer und es behinderte seine Bewegungsfreiheit, doch es hielt ihn trocken. Er schaute nach hinten. Wilbert saß in der Plicht und hielt die Sophia eisern auf ihrem Kurs nach Cuxhaven. Er sah ihn, wegen der Salzwassergischt, die ihm ins Gesicht spritzte, leicht verschwommen. In der Plicht musste jetzt das Wasser stehen. Wilbert schien zu fluchen.

»Alles klar?«, rief er nach hinten. Er hörte Wilbert antworten, richtig verstehen konnte er ihn nicht. Wilbert lachte. Der Kerl lachte tatsächlich!

Der Wind frischte nochmals auf, brauste um sie herum und verwandelte die See in einen brodelnden Kochtopf. Noch einmal sah er zu Wilbert. Der stand plötzlich auf, deutete mit einem Kopfnicken zum Bug, was wohl bedeutete: *Schau nach vorn, die nächste Bö kommt!*

»Mein Gott!«, rief Renke, sobald er sich umgedreht hatte. Seine Worte wurden vom Wind verschluckt. Die Welle, die in diesem Augenblick über die Sophia hereinbrach, war noch höher als die vorherige. Die Jacht wurde hin und her geworfen, Wasser flutete das Deck, die Kajüte und die Plicht.

»Wir bieten zu viel Angriffsfläche, wir sollten das Großsegel noch weiter einholen!«, schrie Wilbert, doch er wusste nicht, ob Renke überhaupt irgendetwas hörte. Er rieb sich mit einer Hand die Augen, mit der anderen hielt er die Pinne mit aller Kraft.

»Renke!« Sein Schrei verhallte ungehört über der stürmischen See. Er hatte alle Hände voll zu tun, doch sein Blick ging Richtung Bug. Zwar war hinter der dunklen Wolke, die genau über ihnen stand, bereits wieder hellerer Himmel zu sehen, aber im Moment glich die Situation der Hölle. Es würde nur wenige Minuten anhalten, Wilbert wusste das, ehe Wind und See sich wieder beruhigten. Wilbert strengte sich an, seinen Bruder zu erspähen. »Renke!«, schrie er, lauter und kräftiger als zuvor.

Das Deck war leer, von Renke weit und breit keine Spur. Intuitiv blickte Wilbert ins Wasser, das tosend sein Boot umgab.

»Renke«, diesmal murmelte er es nur in sich hinein. Aus diesem Hexenkessel könnte ihn niemand mehr herausholen. Die nächste Welle rollte heran. Wilbert musste sich voll konzentrieren. Ihm war sofort klar, was passiert war. Oh Gott! Er konnte nichts mehr tun – Renke war in Sekunden von der Nordsee verschluckt worden.

Ruhig bleiben! Nicht dem Schock hingeben. Nur nicht durchdrehen. Auf keinen Fall verzweifeln! Vater, Bruder – oh Gott! Durchhalten und die Sophia in den Hafen bringen. Durchhalten!

2

Hannes Ennenga lebte seit einigen Jahren in dem kleinen Küstenort Haffkrug, unmittelbar am Ostseestrand. Er bewohnte eine Zweieinhalbzimmerwohnung über einem kleinen Ladenlokal, in dem er vor einigen Jahren ein Restaurant eröffnet hatte. Damit hatte er sich nicht nur einen lang gehegten Wunsch erfüllt, sondern ihm war gleichzeitig – und er wusste nicht, was ihm letztlich wichtiger war – die Flucht aus der von ihm als spießig und muffig empfundenen Enge des väterlichen Betriebes gelungen. Die Zubereitung delikater Speisen war seit Jahrzehnten ein Hobby, das er schließlich zum Beruf gemacht hatte. Mit Leidenschaft überlegte er sich leckere Gerichte und perfektionierte die Rezepte. Jeder Teller, der aus der Küche in die kleine Gaststube ging, wurde von ihm angerichtet, häufig auch eigenhändig serviert. Es war schwer, gegen all die anderen Gastronomiebetriebe zu bestehen, und er wollte keine allzu hohen Preise auf die Karte schreiben, um die Gäste nicht abzuschrecken. Es reichte gerade aus, um über die Runden zu kommen. Den höchsten Umsatz erzielte er in den Frühjahrs- und Sommermonaten, während er für Herbst und Winter ausreichend Geld zurücklegen musste, um die dunkle Jahreszeit zu überstehen. Er genoss es, unabhängig zu sein, nichts mit dem elterlichen Unternehmen zu tun zu haben und nicht länger unter der Fuchtel seines einst allgegenwärtigen Vaters Arend sowie seines Bruders Wilbert zu stehen. Die gute Luft an der Ostsee und ihre im Vergleich zur Nordsee weichere, manchmal beinahe zärtliche Art gefielen ihm. Oft schlenderte er im Sommer am Strand entlang, spät abends, wenn das Restaurant geschlossen hatte. Hinter den flachen Dünen flackerten meist noch ein paar Lichter, kleine Wellen klatschten an den Strand, und in der Ferne war Möwengeschrei oder manchmal auch leises Hundegebell zu hören.

Doch nach der Sommersaison hatte er manchmal die Nase voll von all dem Trubel, den vielen Menschen, der Arbeit, tagein, tagaus bis zum späten Abend. Er liebte die Gegensätze und fuhr daher an den Ruhetagen des Restaurants gerne für ein paar Tage in den Harz, um dort zu wandern. Berge, Tannen, Fichten und kleine Orte mit alten Fachwerkhäusern boten das hervorragende Gegenstück zu Strand, Möwen, Fisch und Ostsee.

Hannes Ennenga war auch an diesem Abend erschöpft aus dem Restaurant gekommen, nachdem er die Utensilien in der Küche abgewaschen und den Gastraum in Ordnung gebracht hatte. Eine Hilfskraft konnte er eben nur in den Stoßzeiten bezahlen. Jetzt betrat er seine kleine Wohnung, holte sich ein Flensburger Pils aus dem Kühlschrank und setzte sich auf den Balkon, der leider nicht zur See, sondern zum Festland hin gebaut war. Nach einem langen Arbeitstag war es ihm meistens nicht möglich, sofort schlafen zu gehen. Er brauchte noch eine Stunde, manchmal mehr, um zur Ruhe zu kommen. Er streckte die Beine aus, schaute in den Himmel und dachte an seinen Vater, der von oben herabschauen mochte. Griesgrämig wahrscheinlich – was hatten sie für Streitigkeiten ausgefochten!

Er erinnerte sich an den Moment, als er seinem Vater gegenüber geäußert hatte, ein Restaurant eröffnen zu wollen. Der Hausarzt war geholt worden, da der Blutdruck des alten Herrn bedrohlich angestiegen war. Hannes' Bruder Wilbert hatte das Ganze kopfschüttelnd beobachtet und ihm vorgeworfen, den Familienbetrieb zu ruinieren, während Renke zu vermitteln versucht hatte.

»Allein der Ruf unserer Firma, der darunter leidet, wenn sich einer von uns auf und davonmacht. Wie sieht das denn aus? Das ist doch Verrat!«, hatte Wilbert gerufen. Doch Hannes war stur geblieben.

Nach dem Streit hatte er der versammelten Familie erklärt, er würde gehen und niemand bräuchte sich jemals wieder um ihn zu kümmern.

Das Vorkommnis hatte eine lange Sendepause zwischen ihm und seinem Bruder Wilbert sowie dessen Ehefrau Teelke zur Folge. Mit Renke und Mia konnte er ein einigermaßen normales Verhältnis aufrechterhalten. Erst kurz vor dem Tod des Vaters, als die ärztliche Prognose wenig zuversichtlich war, hatte sein Vater ihn zum Gespräch einbestellt. Hannes interpretierte es als den Sanftmut eines Menschen, der nicht mehr lange leben würde, als Arend Ennenga ihm eröffnete, er verstehe Hannes zwar nicht, aber er vergebe ihm. Es läge ihm daran, den Streit zu begraben, bevor er beerdigt werden würde. Hannes sah indes nichts, wofür ihm vergeben werden müsste, dennoch akzeptierte er die Worte des alten Mannes. Wozu noch streiten im Angesicht des Todes?

Es wunderte ihn bei dem Geschäftssinn Arend Ennengas nicht, dass er einen detaillierten Schlüssel entwickelt hatte, wie das Erbe aufzuteilen war. Das hatte sein Vater angedeutet, Hannes wusste jedoch nicht, wie dieser Verteilungsschlüssel aussah. Er sprach mit Teelke, die ihm sagte, dass Arend Wilbert mit dem größeren Anteil bedacht hatte. Er würde die Unternehmensleitung übernehmen, das war immer klar gewesen. Dennoch – und ohne bislang zu wissen, wie hoch das Erbe überhaupt ausfallen würde – entwickelte sich bei Hannes ein schlechtes Gewissen, da er sich seit Jahren nicht mehr um die familiären Belange gekümmert hatte.

Sein Restaurant lief leidlich, ja, mehr konnte man dazu nicht sagen, dachte er und nahm einen kräftigen Schluck aus der bauchigen Bierflasche. Wenn er ehrlich zu sich war, hatte er sich manches Mal bei dem Gedanken erwischt, reumütig nach Ostfriesland und in das Bauunternehmen zurückzukehren, eine sichere Zukunft vor Augen … Sein Stolz hielt ihn jedoch bis heute davon ab. Er würde es allein schaffen!

Jahrelang hatten sich Hannes und seine Frau Anna alles Mögliche ausgemalt, was sie getan hätten, wenn, ja wenn sie nur mehr Geld besessen hätten. Sie verzichteten, im Gegensatz zu Hannes' Brüdern, auf vieles. Hannes ärgerten zunehmend die ewigen Zweifel seiner Frau an der Entscheidung, Ostfriesland und den elterlichen Betrieb zu verlassen. Es gab oft Streit, doch die Eheleute hatten es lange Zeit verstanden, sich zu versöhnen und gemeinsam das Restaurant weiterzuführen. Schließlich war sie dann doch gegangen. Nach einem Jahr der Trennung war die Scheidung erfolgt.

Hannes sah den dunklen, wolkenverhangenen Himmel und einen Moment lang hatte er Anna regelrecht vor Augen, erinnerte sich an schöne Stunden, die sie verlebt hatten. Doch er wischte diese Gedanken weg, denn das war Geschichte. Es gab eine neue Frau in seinem Leben. Karolinka arbeitete als Kassiererin bei Lidl, wo Hannes sie auch kennengelernt hatte. Sie kam aus Stettin, das auf Polnisch für ihn unaussprechlich war – Szczecin – und lebte seit zehn Jahren in Deutschland. Ihr dunkles, langes Haar und ihr freundliches Lächeln hatten dazu geführt, dass Hannes immer öfter bei diesem Discounter einkaufte. Zwar gab es hier und da Leute, die sich darüber wunderten, angesichts seines Spezialitätenrestaurants. Er verwies dann auf Studien der Stiftung Verbraucherschutz und anderer Organisationen, nach denen viele Produkte nicht schlechter, ungesünder oder qualitativ minderwertiger wären als diejenigen aus anderen Geschäften.

Er nutzte jede Gelegenheit, um an der Kasse ein paar

Worte mit ihr zu wechseln, einen Witz zu machen, ein Lächeln von ihr zu erhaschen, ja, ein wenig mit ihr zu flirten. Das sah die Chefetage nicht gern, Karolinka ließ sich jedoch nicht den Mund verbieten, und ein paar freundliche Sätze, manchmal auch nur einige Worte zum aktuellen Politik- und Tagesgeschehen, waren immer möglich. Schließlich nahm Hannes seinen Mut zusammen und fragte, ob er sie in seinem Restaurant zum Essen einladen dürfe. Karolinka bejahte. Das verwunderte ihn zunächst, denn er hielt sich nicht für besonders attraktiv und überhaupt für ungeschickt in solchen Dingen. Hannes öffnete sein Restaurant am folgenden Montagabend – der eigentlich Ruhetag war – nur für Karolinka und zauberte ihr ein wunderbares Fischgericht mit erlesenen Beilagen. Er hatte selten eine derart lebenslustige Frau kennengelernt, und manchmal lehnte er sich einfach zurück, während sie über Gott und die Welt plauderte. Hannes verliebte sich. Nachdem Anna ihn verlassen hatte, war ihm alles leer und leblos erschienen. Er hatte nicht geglaubt, dass er sich noch einmal für eine andere Frau ernsthaft interessieren könnte – und umgekehrt. Er war ein leicht übergewichtiger, alternder Mann mit dunklen Rändern unter den Augen, die ihm die viele Arbeit und der wenige Schlaf eingebracht hatten. Umso mehr hatte es ihn gewundert, dass die erheblich jüngere Karolinka sich offenbar auch in ihn verliebt hatte.

Es machte ihm Freude, mit ihr zusammen zu sein, im Sommer in die Ostsee zu springen, im Winter warm vermummt am Strand entlangzugehen und irgendwo einen Grog zu trinken. Sie waren mehrmals in Karolinkas polnischer Heimatstadt gewesen, in die sie von Zeit zu Zeit auch allein fuhr, um Verwandte und Freunde zu besuchen.

Nach Arend Ennengas Tod hatte Hannes selbst ein Testament verfasst, auf Betreiben Karolinkas. Ihre Eltern waren mir nichts, dir nichts kurz nacheinander gestorben, ohne etwas geregelt zu haben. Das hatte Karolinka und ihren Geschwistern viel Kopfzerbrechen bereitet, weshalb sie ihm riet, bei ihm selbst eine ähnliche Situation zu verhindern. Eher gleichgültig hatte Hannes sie als Alleinerbin eingesetzt – wem sonst hätte er das kleine Restaurant vermachen sollen? Kinder hatte er keine – auch seine Brüder nicht.

Hatte er nicht längst auf alles verzichtet? War Vater nicht am Ende seines Lebens versöhnlich gewesen? Würde er etwas vom großen Kuchen abbekommen? Hannes beschloss, sich noch ein zweites Flensburger zu genehmigen, bevor er schlafen ging.

3

Wilbert hielt die Sophia stringent auf Kurs. Das Wetter beruhigte sich, der Seewetterbericht sprach allerdings lediglich von kurzen Phasen, in denen es aufklaren sollte. Wilbert schätzte die Entfernung zur Küste, Cuxhaven lag vor ihm. Kontakt zum Hafenmeister hatte er schon aufgenommen; er hatte ihm einen Liegeplatz für die Nacht genannt. *Segeljacht Sophia, bin mit meinem Bruder unterwegs*, so hatte Wilberts Meldung gelautet. Es war nicht das erste Mal, dass er zusammen mit Renke die Marina in Cuxhaven anlief.

Er überlegte hin und her, schien mit sich zu hadern. Renke war über Bord gegangen, er hätte die Wasserschutzpolizei, die Seenotretter alarmieren müssen! Der in Cuxhaven liegende Seenotkreuzer Hermann Helms war ein leistungsstarkes Schiff – doch für Renke wäre es ohnehin zu spät gewesen, oder?

Irgendetwas hatte ihn abgehalten, das zu tun, was jeder getan hätte. Er war weitergesegelt, hatte nichts unternommen. Er schob es auf die angespannte Situation zu dem Zeitpunkt, als Renke verschwunden war. Er griff sich sein Handy. Einige Zeit hatte es keinen Empfang gehabt, doch das war jetzt kein Problem mehr, wo er sich zusehends der Küste näherte. Er suchte eine Nummer aus dem Kontaktverzeichnis seines Telefons heraus, wählte sie und wartete, dabei die Pinne haltend.

»Wilbert? Du? War es nicht reichlich stürmisch?«, hörte er. Es rauschte und der Wind wehte, aber er konnte seine Frau Teelke verstehen.

»Teelke, hör zu. Es ist etwas Schreckliches passiert!«

»Wie bitte? Was sagst du?« Teelke Ennenga verstand ihren Mann nur schlecht. Seine Stimme klang abgehackt.

»Renke«, rief er in das Handy, »Renke ist tot! Im Sturm über Bord, er hat sich nicht richtig festgehalten, als er die Fock einholte. Es gibt keine Hoffnung mehr!«

»Um Gottes willen!«, rief Teelke. »Erst euer Vater und nun …«

»Ja, furchtbar. Hör zu, Teelke!«

»Wie geht es dir?« Der Empfang war nun besser.

»Ich bin in Ordnung. Nun hör zu. Wir werden nicht lange telefonieren können. Bei dem Wetter weiß man nie, und ich muss hier höllisch aufpassen. Renke ist ertrunken … Wir können ihm nicht mehr helfen.«

»Oh mein Gott, wie konnte das passieren?«, erregte sich Teelke Ennenga.

»Wahrscheinlich ein unachtsamer Augenblick. Es ist stürmisch. Aber es ist passiert. Hör zu, Teelke, wir müssen etwas tun, etwas, was in seinem Sinne wäre. Das Testament … Vaters Testament …« Er hielt inne.

»Was soll damit sein?«

»Renke ist tot und das heißt, dass Mia seinen Anteil erbt. Das müssen wir verhindern.«

»Wie soll das gehen?«, fragte Teelke, die sich wunderte, dass Wilbert schon wieder an geschäftliche Dinge dachte, kurz nachdem sein Bruder ertrunken war.

»Nur ein kleiner Zusatz, verstehst du? Ein ganz kleiner Zusatz. Es muss so formuliert sein, dass klar wird, dass alle Entscheidungen nach Arends Tod auf mich übergehen. Oder … Ach, im Moment fällt mir noch nicht die richtige Formulierung ein. Etwa in der Art, *das Erbe wird wie folgt aufgeteilt: Im Falle des Todes von einem meiner Söhne wird es auf die verbleibenden lebenden Kinder aufgeteilt* … So ungefähr.«

»Aber …«

»Nichts aber. Du musst das Testament umschreiben!«

»Wilbert, du willst …?« Das Gespräch brach ab. Eine Bö hatte die Sophia durchgeschüttelt Wilbert hatte Mühe, das Handy in der Hand und gleichzeitig das Schiff auf Kurs zu halten.

Teelke meldete sich: »Wilbert?«

»Ja?«

»Das ist Urkundenfälschung!« Teelke hatte schnell verstanden.

Er musste seine Ehefrau, mit der zusammen er schon manches Geld an der Steuer vorbeigeschafft hatte, überreden, das Testament ein klein wenig zu ändern. »Wir sollten nicht zu lange darüber reden! Also, Renke wird nicht wieder lebendig, aber sein Geld, das sollte nicht … Du weißt schon!«

»Und wer soll das tun?«

»Teelke, ich kenne deine kalligrafischen Fähigkeiten. Hat Vater dich nicht öfter in seinem Namen unterschreiben lassen, wenn es schnell gehen musste und er unterwegs war? Und nicht nur das, manchmal hast du ganze Glückwunschkarten oder Widmungen an Kunden verfasst, wenn er keine Zeit oder Lust dazu hatte. Du kannst seine Handschrift perfekt kopieren!«

»Nein, Wilbert …«

»Ich laufe morgen wieder aus. Der Hafenmeister weiß nichts von dem Unglück. Renke geht offiziell erst morgen über Bord!«

Seine Frau unterbrach ihn. »Wilbert, das kannst du Renke nicht antun!«

»Renke treibt da draußen irgendwo in der Nordsee herum! So ist es nun mal. Ich habe meinen Bruder geachtet, das weißt du. Aber nun ist es geschehen. Ich bin Realist und du bist selbst einer. Und erzähl mir nichts von kriminell. Wer sagt denn immer, man muss so viel Geld wie möglich in der eigenen Kasse halten? Manchmal muss man dabei eben ein bisschen tricksen. Mia würde alles bekommen, was Renke zugestanden hätte. Das ist zu viel, Teelke! Wie ich die kenne, holt sie gleich ihren ganzen Grovenstedt-Clan mit ins Boot. Die ist imstande und lädt ihre komplette Familie zu einer Weltreise ein. Und das mit Geld, das Vater, Renke und ich erwirtschaftet haben. Da mache ich nicht mit. Und du willst das auch nicht! Ich …«

Teelke ließ ihn nicht ausreden. »Ich verstehe dich, aber …«, sie schluckte mehrmals, »ich mach das nicht! Ist das denn überhaupt möglich? Hätte das Bestand?«

»Bestand? Wie meinst du das?«

»Na, rechtlich gesehen.«

»Wenn ein Arend Ennenga etwas verfügt, dann wird es so gemacht, basta!«

»Willst du nicht erst unseren Anwalt fragen?«

Wilbert lachte laut auf. »Achtermann? Meine Liebe, ich soll unseren Anwalt fragen, ob wir das Testament fälschen dürfen?«

»Vielleicht kann man es anders verpacken«, entgegnete sie.

»Quatsch. Ich sagte doch: Es ist Arend Ennengas Testament und gegen Arend Ennengas letzten Willen wird keiner so schnell etwas einwenden.«

»Aber wie soll ich das machen?« Teelke hatte große Zweifel, dass der Plan ihres Mannes funktionieren würde.

Sie hatte kalligrafische Fähigkeiten, ja – aber waren die wirklich gut genug? Und es wäre Betrug, ein Verbrechen? Wobei sie bezweifelte, dass Wilberts spontane Idee überhaupt so funktionieren würde, wie er sich das dachte. Auf der anderen Seite wollte auch sie nicht, dass all das Geld von Renke einfach in Richtung der Familie Grovenstedt floss. Mia sollte etwas haben, ja, aber nicht alles. Sie wiederholte ihre Frage: »Wie soll ich das machen, Wilbert?«

»Vater hatte eine typische Handschrift, du kennst sie! Du musst das Testament nur abschreiben und einen Satz hinzufügen. Denk an früher, da hast du für ihn Bauanträge ausgefüllt, um …«

»Ja, ja. Das ist alles lange her. Es war nicht rechtens. Und deshalb muss man noch lange nicht …«

»Himmel, seit wann bist du dermaßen moralisch, liebe Frau?« In Wilberts Stimme schwang Sarkasmus mit.

»Hör mal …«, begann Teelke.

»Nein, du hörst mir zu!« Wilbert machte eine Pause. Er war ruppig geworden und gab sich gleich darauf Mühe, versöhnlicher zu wirken: »Wir wären dumm, wenn wir es nicht machen würden. Überleg mal, es ist unser Geld, Vater und ich haben es verdient. Den Grovenstedts geht's nicht schlecht, wozu ihnen all das Geld in den Rachen werfen? Wer hat Vater all die Jahre unterstützt? Ich ja wohl! Nicht Renke, bei ihm war *business as usual* angesagt, und Hannes schon gar nicht. Vater und ich …«

»Und ich habe die ganze Zeit über Däumchen gedreht, oder was?«

»Nein, nein.« Unwillkürlich verdrehte Wilbert die

Augen, jetzt kam wieder diese Masche. »Du hast auch immer für den Betrieb gelebt, natürlich! Und genau darum geht es ja: Sollen die Grovenstedts das Geld bekommen? Mia hängt eng mit ihrer Familie zusammen – die werden alle davon profitieren, aber dem Unternehmen wird das Geld fehlen!«

Teelke sagte kein Wort, so leicht konnte sie nichts schocken, doch Renkes Tod und Wilberts Forderungen waren im ersten Moment sehr verwirrend.

»Also«, setzte Wilbert fort, »ich laufe morgen in aller Herrgottsfrühe aus. Gleich besorge ich mir irgendwo vier Bier und erzähle dem Hafenmeister, Renke und ich würden ein, zwei Fläschchen trinken und bald schlafen gehen, weil wir wegen der Tide früh raus müssen. Morgen soll es wieder recht rau werden – aber nicht zu rau für die Sophia. Ich werde Kurs auf Wangerooge nehmen und irgendwo dort draußen muss es dann geschehen. Und du gehst an den Safe im Keller, du weißt, wo das Testament liegt. Morgen Abend bin ich zu Hause in Aurich. Dann sehen wir weiter.«

»Weiß Mia etwas von dem Testament?«

»Renke hat mir gesagt, sie wisse nur, dass er seinen Anteil erbt. Sie hat das Testament nie gesehen, wie auch! Und sie hat keinen Schimmer vom Gesamtvermögen der Firma, du allein weißt, dass Arend und ich da gewisse Summen zurückgehalten haben, die auch Renke nicht kannte. Also …«

»Wilbert, ich muss dir noch etwas sagen.«

»Nicht jetzt, Teelke, später!«

»Es ist wichtig!«

»Wichtig sind im Moment allein das Testament und das Geld!«

»Ich war doch neulich beim Arzt, diese Untersuchungen, die gemacht wurden …«

»Nee, Teelke, fang nicht wieder mit irgendwelchen Krankheitsgeschichten an. Renkes Tod geht mir gehörig an die Nieren. Ehrlich, erzähl mir morgen davon, nicht jetzt!«

Teelke standen Tränen in den Augen. Irgendwelche Krankheitsgeschichten. Wenn der wüsste! Sie litt seit Jahren darunter, dass er nicht an sie dachte, für ihre Probleme kein offenes Ohr hatte. Ohne sie hätte er wahrscheinlich manch falsche Entscheidung im Unternehmen getroffen. Aber wenn sie seine Unterstützung brauchte, dann war keine Zeit dafür.

Sie riss sich zusammen. Gut. Keine Rede mehr davon. Das ist mein Bier – also, wie weiter?

Wilbert dachte nur an seinen Plan: »Du magst die Grovenstedts auch nicht, alle, wie sie da sind!«

Teelke sagte zunächst nichts, sie konnte nicht. Wie Wilbert sie gerade abgewatscht hatte, ging ihr gehörig gegen den Strich. Sie versuchte, sich davon zu lösen, in diesem Augenblick klappte es allerdings noch nicht. Sie sagte lediglich: »Mit Mia habe ich mich immer recht gut verstanden.«

Sie erntete ein donnerndes Lachen, das sich mit dem Heulen des Windes vermischte.

»Verstanden? Ich kann mich an allerhand heftige Streitgespräche erinnern, fliegende Türen und grußlose Verabschiedungen, tagelange Sendepausen!« Erneut lachte Wilbert laut auf.

Teelke fand ihren Mann in diesem Augenblick anmaßend, wenn nicht gar widerlich. Und es war nicht das erste Mal, dass sie so empfand.

»Du lachst, wo dein Vater und dein Bruder …«

Erneut wurde Teelke von Wilbert harsch unterbrochen. »Schluss damit, bitte. Mir geht es um den Betrieb und Vaters Erbe! Nur das zählt, Teelke, da waren wir uns immer einig. Ich möchte nicht, dass sich Mia Grovenstedt einen mattschwarzen Lamborghini kauft, von unserem sauer verdienten Geld!« Wilbert musste Luft holen. Er regte sich auf, immerhin war gerade sein Bruder ertrunken, und nun schien seine Frau auch noch zu der angeheirateten Verwandtschaft zu halten.

Teelke sagte leise: »Mia ist die Letzte, die sich einen mattschwarzen Lamborghini zulegen würde!«

»Ist doch nur … ein Bild. Also, bitte, es geht um die Zukunft unseres Unternehmens, und ich sage ganz bewusst *unseres*, Teelke!«

»Renke würde Mia immer einen guten Anteil überlassen. Es ist völlig unglaubwürdig, wenn sie nichts bekommt.«

»Ja, sicher! Darum geht es aber doch gar nicht. Es geht darum, dass im Testament steht, dass Vaters Söhne zu gleichen Teilen erben. Wenn aber einer von ihnen verstorben ist, darauf kommt es an. Da muss allenfalls eine … eine, sagen wir, anteilige Erbschaft an die Ehepartner gehen. Und den Anteil von Mia, den verringern wir. Du musst irgendwie formulieren, dass nach Arends Tod alle Entscheidungen in meine Hände übergehen. Auf diese Weise muss es geregelt werden.«

»Du musst, du musst … Das sagst du so. Es muss ja auch juristisch in Ordnung sein, sonst steigen die uns aufs Dach. Was ist mit Hannes?«

»Der bekommt seinen Pflichtteil. Das können wir nicht verhindern. Vater hat ihn nicht enterbt. Aber mein Plan kann uns sehr viel Geld sichern, denke daran. Und bedenke auch: Mia bekommt ihr Stück vom Kuchen, wir verkleinern es nur.«

»Ich tue ja viel … aber das, das will ich nicht!«

»Überleg nicht lang!« Wilbert knallte seine Faust auf die Sitzbank der Jacht. Keine störrische Szene, bitte!

»Hier geht es nicht um ein paar lausige Euro – es geht um Millionen!«

»Schrei mich nicht an! Und Mia weiß doch noch gar nichts von Renkes Tod!«

Wilbert konzentrierte sich wieder auf das Boot, atmete tief durch. »Wir müssen aufhören. Überleg es dir noch mal, alles andere wäre dumm. Ruf erst einmal niemanden an. Bitte …«

Teelke spürte, dass Wilbert dieses »Bitte« ernst meinte. »Aber was ist mit Hannes? Soll ich ihm sagen …?«

»Himmel, natürlich nicht! Ich rufe dich morgen an, von Wangerooge aus. Ich fliege dann sofort nach Aurich, am späten Nachmittag kann ich dort sein. Hans-Peter nimmt mich sicher mit seiner Cessna mit, wenn das Wetter mitspielt. Es soll schon am Morgen aufklaren.« Wilbert verabschiedete sich und legte auf. Die Hafeneinfahrt von Cuxhaven lag vor ihm.

Als Wilbert Ennenga das Boot befestigt hatte und Segel sowie Taue an ihrem Platz waren, zog er sich eine

Weile in die Kajüte zurück. Zum Glück ließ sich weder der Hafenmeister noch sonst jemand blicken. Auf ein Gespräch hatte er in diesem Moment keine Lust. Renkes Tod ging nicht einfach so an ihm vorbei. Vereinzelt kullerte eine Träne seine Wange hinunter, dann überwogen wieder die Gedanken an seinen Plan, den er Teelke mitgeteilt hatte. Würde sie mitspielen? Teelke war geldgierig, das wusste er. Darum war sie eine gute Partnerin. Ein liebendes Ehepaar waren sie seit Langem nicht mehr.

Nachdem er sich frisch gemacht und wieder gefasst hatte, betrat er die Kaimauer und wandte sich dem Büro des Hafenmeisters zu. Der machte die letzte Abendrunde durch die Marina und kam ihm entgegen.

»'n Abend!«, grüßte Wilbert.

»Alles klar auf der Sophia?«, fragte Hafenmeister Hoogesand.

»Jau, alles bestens. Anstrengender Törn heute, ausreichend Wind, gelinde gesagt. Ich hol mir und meinem Bruder noch ein, zwei Fläschchen Bier und dann geht es früh in die Koje! Wo gibt's denn hier noch was? Der Laden hat ja schon zu!«

»200 Meter geradeaus hat ein neuer Kiosk aufgemacht, gleich rechts. Da bekommt man Flaschenbier zum Mitnehmen. Gibt sogar verschiedene Marken: Becks, Jever, Astra, Holsten, Dithmarscher und Flens.«

»Bestens, fast alles, was der Norden zu bieten hat, was? Morgen früh sind wir wohl um 7 Uhr wieder weg, zurück nach Wangerooge.«

»Das passt, tidemäßig. Es wird wieder stürmisch, aber

das wissen Sie ja bestimmt.« Der Hafenmeister schaute ihn gut gelaunt an. »Wo ist Ihr Bruder?«

Ein Stich durchzuckte Wilberts Herz, und er musste sich bemühen, sich nichts anmerken zu lassen.

»Er … hat sich ein bisschen hingelegt. Er ist ja nicht der große Segler. Und dann so ein Törn! Ihm ist richtig schlecht geworden.«

»Ja, das kann ich nachvollziehen. Und morgen geht's schon wieder zurück. Hat das Boot alles gut mitgemacht?«

»Aber sicher! Die gute, alte Sophia kann allerhand vertragen. Und laut Wetterbericht soll es morgen nicht so schlimm werden wie heute.«

»Sie werden wissen, was Sie tun. Ich muss weiter. Aber vorher muss ich Ihnen noch die Liegegebühr abverlangen, Herr Ennenga.«

»Klar.« Wilbert holte zwei Scheine aus seinem Portemonnaie und drückte sie dem Hafenmeister in die Hand. »Hier, stimmt so. Danke und bis bald mal«, murmelte er. Er war froh, dass Hoogesand es eilig hatte.

»Immer! Cuxhaven steht allen Seglern offen – und nicht nur denen!«, lachte der und winkte zur Verabschiedung.

»Wir kommen sicher mal wieder vorbei«, rief Wilbert im Weggehen. Mehr konnte er nicht sagen, denn das »wir« hatte einen dicken Kloß in seinem Hals verursacht. Vater und Bruder tot. Er war weiß Gott nicht zartbesaitet, aber mehr und mehr spürte er, wie die beiden Todesfälle ihm zusetzten. Er wusste, es würde noch schlimmer werden, morgen, wenn er alle alarmieren musste, weil Renke über Bord gegangen war …

4

Dass es wieder auffrischen würde, hatte er im Seewetterdienst gehört. Er machte ordentlich Tempo. Das Boot flog geradezu über die Wellenkämme. Bald schon müsste die Sophia in Sichtweite auftauchen. Er war äußerst angespannt. Es musste heute passieren, die Umstände waren ideal. Unbemerkt hatte er sich eines dieser Schnellboote ausleihen können. Das Wetter war genau richtig: Es stürmte bei meist schlechter Sicht. Um diese Jahreszeit waren kaum noch Skipper in diesen Gewässern unterwegs, und bei dem Wetter blieben fast alle im sicheren Hafen. Weit weg waren die großen Pötte, die Richtung Hamburg oder umgekehrt zur Nordsee fuhren, die scherten sich nicht um ihn. Ein sicheres Ding!

»Es muss mehr dabei herausspringen!«, war es ihm herausgerutscht. Ein verächtlicher Lacher aus dem Hörer war die Antwort gewesen. Kein Problem, noch einmal 10.000 drauf. Einfach so. Er hatte schlucken, sich setzen müssen. »Bedenkzeit«, hatte er verwirrt in den Hörer genuschelt und dann noch einmal: »Bedenkzeit.« Sein Gesprächspartner hatte nichts von einer Bedenkzeit gehalten. Jetzt oder nie! Es musste alles am nächsten Morgen passieren. Ab sechs Uhr kam die Flut … Keine Bedenkzeit. Und noch einmal 5.000 mehr. Danach war Schluss. Er hatte überlegt. Was für eine Summe! Schließlich seine Antwort: »Ich mache es.«

Daraufhin ein paar abschließende Worte zum Vorgehen von seinem Gesprächspartner: »Morgen schmeißt du dein Handy in die Nordsee! Und es muss wie ein Unfall aussehen. Es muss!«

Die Situation war kritisch. Wenn es weiter auffrischte, musste er umkehren, weil das Boot bei allzu schwerer See kaum sein Ziel erreichen würde. Nie und nimmer hätte er sich ein derart schnelles und kraftvolles Motorboot angeschafft. Ganz abgesehen davon, dass er nie in seinem Leben auch nur annähernd finanziell in der Lage dazu gewesen wäre. Das könnte sich nun ändern. Der Job, den er gestern angenommen hatte, würde ihm endgültig aus seiner Geldnot heraushelfen und ihm allerhand ermöglichen, wovon er gestern nicht einmal zu träumen gewagt hatte. Was er dafür tun musste, war allerdings alles andere als von Pappe.

Die Gewässer zwischen Jade, Weser und Elbe waren nur etwas für erfahrene Skipper. Die Gezeiten und die damit verbundenen Strömungen, die Sandbänke und Untiefen hatten schon so manchem Schiff den Garaus gemacht. Wenn er an den Kleinen und den Großen Vogelsand dachte, fielen ihm viele Geschichten von havarierten und schließlich im Mahlsand versunkenen Wracks ein. Ansonsten gab er nicht viel auf Bildung, die Schule war ein Übel gewesen und aus seiner Sicht nicht einmal ein notwendiges. Seegeschichten hingegen hatten ihn schon als Kind interessiert, egal, ob wahr oder nicht. Er hatte sich in seiner Kindheit und Jugend viel mit der Seefahrt, der Navigation und anderen, damit zusammenhängenden Themen beschäftigt. Nein, dumm war er nicht – und hatte die Schule dennoch abgebrochen. So viel unnützes Zeug hatte er einfach nicht ertragen. Zur See zu fahren war ihm immer als einzige wirklich attraktive Möglichkeit erschienen, bevor ihm alles entglitten war. Denn ohne Schulabschluss und ohne Berufsausbildung führte der Weg schnell in die Kriminalität.

Er zwang sich, alle Gedanken beiseitezuschieben. Er musste wahnsinnig Acht geben. Gefahren lauerten überall auf der See und waren manchmal schwer auszumachen, wie etwa von Schaumkämmen verdeckte Sandbänke bei miserabler Sicht. Passte man nicht auf, lief man schnell auf Grund. Dorthin wollte er jedoch einen anderen schicken.

Seit gut zwei Monaten arbeitete er in Cuxhaven. Mit seinem Vorleben hatte er eigentlich abgeschlossen. Nun war er eine Art Gehilfe des Hafenmeisters Hoogesand in der Cuxhavener Marina. Dieser Job bedeutete ihm durchaus etwas, denn er war ganz einfach eines: legal. Hoogesand hatte sich als netter Kerl herausgestellt und ihm eine Chance gegeben. Hin und wieder zeigte er sich ruppig und wütend, doch am Ende blieb er fair. Und bisher schien er recht zufrieden mit ihm zu sein. Er war zwei-, dreimal zu spät zum Dienst erschienen, doch Hoogesand hatte ein Auge zugedrückt. Er genoss die Freiheit: keinerlei Strafen mehr. Weder Geldstrafen noch Sozialstunden, keine Haft. All das war Geschichte. Jetzt … jetzt wollte er ins Leben zurückkehren, ein Leben ohne Gewalt und Verbrechen. Und dennoch war er im Augenblick mit hoher Geschwindigkeit unterwegs zu einem neuen Vergehen. Aber ihm war so viel Geld geboten worden! Schweiß trat ihm auf die Stirn, trotz des schneidenden Windes. Kalter Schweiß.

Die beiden Crownline-Bowrider-Boote, die seit Kurzem in der Marina lagen, wurden besonders gern von zahlungskräftigen Kunden ausgeliehen. Er mochte die neureichen Typen nicht, die an schönen Sommertagen mit Vollgas über die Nordsee heizten. Ein Boot wie dieses war etwa sieben Meter lang und mit Motoren von über 300 PS bestückt – da konnte man Gas geben, schienen viele zu glauben. Nicht alle waren von diesem Schlag, aber viele legten einen Habitus an den Tag, den sogar er, der bereits viele miese und schleimige Typen erlebt hatte, abartig fand.

Diese Neureichen wollten nur eines: Spaß haben. Das sagten sie auch. Vormittags den Rausch der letzten Dinnerparty ausschlafen, die ein wenig aus dem Ruder gelaufen war. Mittags – frisch herausgeputzt und schon wieder mit einem Glas Prosecco in der Hand – frühstücken und anschließend mit einem solchen Boot über die See ballern. Abends in die Disco, neueste Klamotten, neueste Trends, abzappeln bis zum Abwinken. Das waren coole Typen, nicht so ein armes Schwein wie er. Waren sie das? Sein Leben hatte ihm gezeigt, dass es Menschen gab, die sich einen Kehricht darum scherten, wenn andere vor die Hunde gingen. Man musste an den eigenen Vorteil denken.

Am Horizont tauchte ein Segel auf. Er gab Gas, das Boot nahm noch mehr an Fahrt auf. Jetzt sah er das Segelboot deutlich vor sich. Vollgas? Er schob den Hebel weiter nach vorn. Wahnsinn, was die Motoren hergaben. Es war ihm, als hebe er gleich mitsamt dem Boot ab und würde steil in den Himmel rasen.

Er musste hoch konzentriert sein. Was er beabsichtigte, war auch lebensgefährlich für ihn. Große Gefahr –

große Belohnung. Das war der Deal. Das Boot raste über das Wasser, die Gischt spritzte. Schnell näherte er sich dem Segelboot von hinten. Er würde dem alten Herren ordentlich Angst einjagen. Natürlich konnte er nicht einfach ins Heck rasen, schließlich musste sein eigenes Boot unbeschädigt bleiben, um zurückzukehren. Er musste den Segler zu einem Manöver zwingen, das ihm die Kontrolle über sein Boot nahm. Doch der Skipper war ein erfahrener Mann, im ungünstigsten Fall musste er die Jacht rammen und an Bord gehen … Kein Rettungskreuzer wäre so schnell vor Ort, dass er das Boot bei dieser aufgewühlten See rechtzeitig finden würde. Er musste die Gunst des schlechten Wetters nutzen, jetzt, in aller Herrgottsfrühe. Also Vollgas. Der Segler musste ihn mittlerweile gesehen haben.

Und das hatte Wilbert Ennenga in der Tat. War der von allen guten Geistern verlassen?, fragte er sich. Er hatte keine Möglichkeit, den Kurs zu ändern, das Fahrwasser hier war eng begrenzt. Doch das Motorboot schien das Tempo nicht zu drosseln. Das Ungeheuer wurde von Sekunde zu Sekunde größer. War der blind? Wollte er ihm einen Schreck einjagen? Vielleicht war es so ein Idiot aus dem Binnenland, ein Badewannenkapitän, der dachte, er sei der Größte? Womöglich angeheitert und durch den Alkohol animiert, den großen Macker zu spielen? Aber so früh am Morgen?

Wilbert Ennenga kannte die Gefahren und er kannte das Wattenmeer zwischen Neuwerk, Scharhörn, dem Knechtsand. Hier gab es keinen Platz für Spielchen.

Sein Blutdruck stieg, er schwitzte, das Herz pochte

wild. Das Motorboot trieb den Segler geradezu vor sich her. Das Unheimlichste daran war der Bootsführer. Er hatte grünes Ölzeug an, trug eine schwarze Mütze, und sein Gesicht war von einer Maske bedeckt. Warum? Was hatte der vor? Oder schützte die Maske ihn nur vor der salzigen Gischt? Sehr ungewöhnlich.

Wilbert konnte nicht manövrieren, nicht halsen, nicht wenden – es wurde eng. Ein Laie würde hier überall nur Wasser sehen, doch Ennenga wusste, dass sich unter der Wasseroberfläche Sandbänke versteckten und er nicht einfach irgendwohin ausweichen konnte.

Ennenga fluchte lauthals. Erneut drehte er sich um und sah den Mann am Steuer direkt an, doch der hatte kein Gesicht. Das Motorboot touchierte beinahe sein Heck. Wilbert schnürte sich der Hals zu. Plötzlich stoppte der Motorbootfahrer, ließ ihn ein Stückchen entkommen. Ennenga atmete durch, aber er ahnte Schlimmes. Und tatsächlich. Jetzt gab der Maskierte wieder Gas, näherte sich dem Heck. Ein Wahnsinniger! Wenn er sich doch mit ihm verständigen könnte! Er würde ihm Geld bieten, viel Geld … was auch immer er im Schilde führte.

Ennenga versuchte, die Nerven zu behalten. Der Typ beschleunigte von Neuem; der würde ihm glatt noch einmal ins Heck rasen! Es war ausweglos. Ennenga fierte das Segel auf und fuhr so eng an den Rand des Fahrwassers, wie es ihm möglich war. Näher durfte er der Fahrwasserkante keinesfalls kommen, da starke Böen die Sophia erfassten. Das Motorboot fiel erneut ein kleines Stück zurück. Wilbert hatte Mühe, den Wahnsinnigen im Auge zu behalten, schließlich befand er sich in schwierigem

Fahrwasser. Der Motorbootfahrer setzte zum Überholen an, hier verbreiterte sich die Fahrrinne. Das war also sein Ziel – was für ein Idiot!

Gott sei Dank!, ging es Ennenga durch den Kopf, denn für einen Augenblick dachte er, der Mann würde an ihm vorbeifahren, aufdrehen und abziehen. Er würde ihm wenigstens den Vogel zeigen! Oder besser nicht? Der Typ schien ein Hitzkopf zu sein.

Schon im nächsten Moment wusste Ennenga, dass er sich getäuscht hatte. Als das Motorboot auf gleicher Höhe war, zog es plötzlich zu ihm rüber, drängte Ennenga ab, immer weiter. Es war eine Frage von Sekunden, wann er auf Grund laufen würde. Wilbert war außer sich, schrie, Tränen der Verzweiflung traten ihm in die Augen. Die Sophia krängte. Wilbert hatte in seiner Panik vergessen, die Großschot zu lösen. Der Winde blies in das Segel und die Jacht neigte sich bedrohlich. Er stürzte, rappelte sich wieder auf und entdeckte die typisch weißen Wellenkronen an Backbord – natürlich war es hier zu flach für sein Boot! Das würde nicht gut gehen. Die Sophia richtete sich für einen Moment auf, was ihn erneut aus dem Gleichgewicht brachte. Die Kräfte verließen ihn. Er stürzte, und das rechte Knie, das ihm seit Jahren Schwierigkeiten machte, meldete sich mit einem stechenden Schmerz, als er mühsam versuchte, aufzustehen. Er winkte: aufhören, um Himmels willen, aufhören! Das ihm riesig erscheinende Motorboot drückte weiter gegen die Bordwand der Sophia, drängte ihn auf den Sand, der nicht zu sehen war und dennoch nur einen knappen Meter unter dem Kiel war. Sollte er hinüberspringen? Dem Typen eins in die Fresse hauen? Das würde ihm niemals gelingen, er hätte auch gar nicht die Kraft dazu. Der Unbekannte im Motorboot hingegen sah aus, als könnte er Wilbert einfach packen und in die See befördern. Zu Renke …

Ein Ruck. Wilbert stürzte nach vorn. Es war so weit. Grundberührung. Die Jacht kippte zur Seite, eine Welle hob sie an und setzte sie auf den Sand. Wilbert Ennenga verlor endgültig den Halt und schlug mit dem Kopf auf. Er konnte nicht aufstehen. Doch es war noch nicht zu Ende. Blut rann von seiner Stirn herunter, die Gischt wischte es wieder und wieder fort. Er konnte das Knie kaum mehr durchdrücken. Regen setzte ein, eine neue Bö warf die Sophia auf die Seite. Ennenga lag einen Moment hilflos in der Plicht. Er atmete schwer, alles schmerzte. Er war verloren.

Mit letzter Kraft bäumte er sich auf. Von Blut und Salzwasser überströmt schleppte er sich in Richtung Aufgang. Er musste dort hineingelangen, zu den Rettungsmitteln. Oder lag die Pistole zum Abschuss der Seenotraketen in einer Kiste bei der Pinne? Er drehte sich um und versuchte, geduckt zur Pinne zu greifen, während der Baum über ihm wild um sich schlug.

Wasser spritzte ins Boot. Plötzlich riss ein furchtbarer Schmerz seine Brust auseinander. Er krümmte sich, war unfähig, etwas zu tun. Leuchtrakete! Toplicht setzen! Funk! All das ging ihm durch den Kopf. Er würde nicht mehr an die rettungsbringenden Raketen herankommen. Plötzlich erinnerte er sich, dass sie vorn in der Kajüte lagen, im Bug, wo zwei Kojen waren. Wilbert Ennenga schloss die Augen. Ihm war schwindlig; seine Brust zog sich zusammen. Er glaubte, zu implodieren. Sein Knie pochte wie wahnsinnig. Um ihn herum rauschte es, die Bö tobte. Kraft- und willenlos lag Wilbert da, verletzt, schwer atmend, gekrümmt vom Schmerz.

In den vergangenen Monaten hatte er öfter dieses beklemmende Gefühl gehabt – der Arzt hatte ihn gewarnt. Keine Zigaretten mehr, kein Alkohol, und so bald wie möglich eine Herzkatheteruntersuchung. Er hatte nicht die Zeit dafür gefunden, nicht finden wollen. Bislang hatte ihn nie irgendetwas umgehauen.

Stress vermeiden! Auch das waren Worte des Arztes gewesen. Wilbert hatte darauf keinen Pfifferling gegeben.

Ein letzter Versuch, sich aufzurichten. Er rutschte weg, zum zweiten Mal stieß er mit dem Kopf gegen etwas Hartes, als alle Glieder ihren Dienst versagten. Er lag in einer rosaroten Flüssigkeit, einem Gemisch aus Blut, See- und Regenwasser. Wilbert war hundeelend. Er übergab sich, sein Kopf schien zerspringen zu wollen. Das Ende? Wo war das Schwein mit der Maske? War er überhaupt hier draußen, allein auf sich gestellt, ohne Chance – oder war das alles nur ein böser Traum? Wilbert Ennenga begann, das Vaterunser zu nuscheln, als ihn erneut Übelkeit übermannte.

Eine Welle warf die Segeljacht noch einmal auf die Seite. Wilbert schlug hart gegen die Wand der Plicht. Er hatte keine Kraft mehr, war den Bewegungen des Bootes hilflos ausgeliefert. Mit Mühe öffnete er die Augen, würgte erneut, bekam kaum Luft, röchelte nur noch. Der Schwindel nahm zu. Aber seine Gedanken hatte er noch beisammen. »Hilfe«, wollte er schreien. Stattdessen würgte er den letzten Rest Mageninhalt aus dem Leib. Er betete. Seine Augen schlossen sich.

Das Motorboot kehrte zurück, hielt sich längsseits der Sophia. Der maskierte Mann sprang mit einem Satz in die Jacht und befestigte sein Boot mit einer Leine, die er mitgeführt hatte. Er sah den Körper Wilbert Ennengas in der unappetitlichen Flüssigkeit hin und her wabern. Keine Regung mehr. War er tot? Oder nur bewusstlos? Im Augenblick scherte ihn das nicht weiter. Hauptsache, handlungsunfähig. Er nahm den Anker der Sophia und warf ihn weit hinaus. Danach machte er sich daran, das Segel zu bergen. Er legte nur zwei der Festmacher um das nachlässig zusammengepackte Tuch, befestigte es. Anschließend ging er in die Kajüte und fand dort schneller als gedacht, was er suchte: den Ankerball. In seiner Hektik rutschte er ab, als er die kleine Treppe aus der Kajüte hinaufsteigen wollte, zwei Stufen mit einem Schritt nehmend. Er versuchte, sich an der Wand festzuhalten, und riss sich die Handfläche an einem Nagel auf, an dem irgendetwas gehangen haben mochte, ein Bild, ein Barometer, was auch immer. »Verdammt!«, rief er, leckte das Blut von der Handfläche ab, und schon war er wieder oben an Deck. Wilbert Ennenga lag unverändert da. Der Mann befestigte den schwarzen Ankerball an der dafür vorgesehenen Fall und zog ihn in den Mast. Dreimal belegen, fertig. Trotz des starken Windes verlief alles problemlos. Als er die Sophia verlassen wollte, schaute er sich noch einmal nach Ennenga um. Hatte er sich bewegt? Etwas mitbekommen? So wie der da lag, war er tot. Der Maskierte zögerte. Dann entschied er, sich zu vergewissern. Auftrag war Auftrag, den musste er erfüllen. Kurz legte er Zeige- und Mittelfinger auf die Halsschlagader Ennengas und zwang sich, ruhig zu atmen, was seine Aufregung kaum zuließ. Sein Herz schlug kräftig, in Gedanken war er nicht bei der Sache, dachte an die nächsten Schritte. Er musste unerkannt bleiben, das Boot sicher zurück in den Hafen bringen. Nein, da tat sich nichts mehr. Gut so! Er war ein Betrüger, ein Verbrecher, ja, aber kein Mörder … Er hätte es getan, für so viel Geld. Aber dieser Mann hier war nicht durch seine Hand gestorben, sagte er sich. Der Maskierte löste die Leine seines Bootes, sprang wieder hinüber. Er musste an dem Segelboot vorbeifahren, um genug Platz zum Wenden zu haben.

Er gab Gas. Der Wind flaute ein wenig ab, schon kurze Zeit später wurde die Sophia von einer Welle erfasst und schwamm wieder frei, es war beinahe Hochwasser. Durch den Anker schwoite sie unruhig hin und her. Bald käme die Ebbe. Das Wattenmeer würde weite Flächen freigeben, und die Sophia läge auf dem Schlick. Ein Ankerlieger. Das war hier erlaubt. Bis jemand entdecken würde, dass da einer im Boot lag, würde viel wertvolle Zeit vergehen. Er wäre auf und davon. In einer Zukunft, die ihm genug Geld und damit Aussichten bot. Mit Geld konnte man alles kaufen. Alles! Mit Geld brauchte man sich keine Sorgen mehr zu machen. Dachte er.

5

Jörn Peters hatte nach dem Biologiestudium in Münster als wissenschaftlicher Mitarbeiter im botanischen Institut gearbeitet, das im wunderschönen Schlossgarten untergebracht war. Allerdings hatten sich seine Interessen im Laufe der Zeit zur Fauna verlagert, und hier speziell zur Vogelwelt. Schließlich, nachdem einer seiner Teilzeitverträge wieder einmal abgelaufen war, hatte er eine Stelle beim Nationalpark Wattenmeer angenommen und war seither für ornithologische Bestandsaufnahmen zuständig. Ausgestattet mit mobilem Tablet inklusive GPS und entsprechender Datenerfassungssoftware besuchte er die ostfriesischen Inseln und erfasste zahllose Vogelarten, untersuchte Nistplätze und Gelege, studierte das Rast- und Brutverhalten. Er verglich seine Zahlen mit denjenigen vorheriger Untersuchungen, um negative oder positive Trends zu erkennen und Erklärungen für diese Entwicklungen zu finden. Über Jahre hinweg erstellte Zeitreihen gaben Aufschluss, ob die vielfältigen Schutzmaßnahmen der Nationalparkverwaltung Früchte trugen und ob der allgegenwärtige Klimawandel zu Veränderungen führte.

Peters Ergebnisse fanden Anerkennung in Vereinsblättern, Zeitschriften und nicht zuletzt den Publikationen der Vogelwarte Helgoland. Er liebte die Inseln und kannte sie alle: auf westfriesischer Seite Terschelling, Ameland und Schiermonnikoog, auf ostfriesischer Borkum, Juist, Norderney, Baltrum, Langeoog, Spiekeroog und Wangerooge. Selbst Memmert und Mellum hatte er schon besucht, beide gar nicht oder lediglich zeitweise bewohnt. Auf Memmert residierte – entgegen früherer Zeiten – nur noch während der Frühjahrs- und Sommermonate einen Inselvogt, der verhinderte, dass sich allzu viele Segler auf dieses Eiland verirrten, das dem Natur- und Vogelschutz vorbehalten war. Schon 1924 war es auf Betreiben Otto Leeges, der damals den Namen *Memmert-Vater* bekam, zum offiziellen Naturschutzgebiet erklärt worden. Im Jade-Weser-Elbe-Mündungsgebiet hatte Peters Minsener Oog, Scharhörn und Neuwerk besucht. Er wollte sich von hier aus weiter in den Norden vorarbeiten: die Halligen und die nordfriesischen Inseln Amrum, Föhr und Sylt würden wiederum andere Eindrücke bieten. Er liebte das Wattenmeer, seine Tierwelt und die Wetterkapriolen, die an einem einzigen Tag von blauem Himmel mit Sonnenschein bis zum Gewittersturm mit Hagel und Windstärke zehn alles bereithalten konnten.

Am heutigen Tag hätte ihm das Wetter fast einen Strich durch die Rechnung gemacht. Es war windig, die Wolken hingen tief, die Sicht war nicht besonders gut. Bei diesen Verhältnissen hatten Marten Frerichs, der Bootsführer, und Peters sich in einem kleinen Motorboot in Richtung des Knechtsandes aufgemacht, um den Ornithologen auf dieser Sandbank abzusetzen und am Abend wieder abzuholen.

»Wullt du würkelk bi dat Schietweer up de Sandplaat?«, hatte ihn Marten gefragt. »Mörgen word dat beter.«

»Würkelk« stand für »wirklich« und »Weer« für »Wetter«. Jörn Peters lernte eifrig plattdeutsch, er fand es schade, dass die Sprache, die in Norddeutschland beinahe von Ort zu Ort anders klang, ihre Bedeutung verlor.

»Ich muss unbedingt noch in diesem Jahr dorthin – vielleicht ist es die letzte Chance«, hatte Peters ihm geantwortet. Frerichs hatte nur mit den Schultern gezuckt. Dann waren sie von Dorum-Neufeld gestartet, hatten den Leuchtturm Obereversand passiert und sich schnell dem Knechtsand genähert. Wie so viele Seezeichen hatte Obereversand mittlerweile an Bedeutung verloren – doch ein emsiger Verein kümmerte sich um seinen Erhalt. Und nach wie vor wurde kritisch darauf aufmerksam gemacht, dass diese alten Seezeichen plötzlich wieder wichtig werden könnten. Was nämlich, wenn das GPS mal ausfiel? Was, wenn die Amerikaner es einfach außer Betrieb setzten? Zumal es dauern würde, bis das europäische Satellitennavigationssystem GALILEO vollständig installiert war. Von all dem abgesehen, waren diese Leuchttürme herrliche Zeugen der jahrhundertealten Seefahrtsgeschichte.

Peters wollte Beobachtungen anstellen und diese mit den Ergebnissen einer Studie des vorigen Jahres vergleichen, die sich einerseits mit der Erstbesiedlung mit Pflanzen, andererseits mit dem Vorkommen spezieller Vogelarten beschäftigt hatte. Würde sich Knechtsand zu einer Insel weiterentwickeln? Die Dynamik dieser Sandbänke und Inseln war einfach überwältigend. *Werdendes Land in der Nordsee* – dieses uralte Werk Otto Leeges, auf das er zufällig gestoßen war, hatte, was das Naturwissenschaftliche anbetraf, nichts an Aktualität verloren.

Marten Frerichs setzte Peters auf Knechtsand ab und fuhr mit einem »Denn kiek di mal de Vögels an! Ick bün vonavend wär dor« von dannen. »Vonavend« – »abends« – Peters brauchte immer noch ein wenig Zeit, bis er das Plattdeutsche für sich übersetzt hatte.

»Wenn de Weer to schlecht word, kumm ick ehrder«, rief Frerichs noch, und Peters nickte ihm zu. Ob sich das Wetter halten würde, auch wenn er es sich jetzt schon wesentlich besser gewünscht hatte, oder ob es noch ärger käme, konnte man nicht wissen. In letzterem Fall musste er rechtzeitig von der Sandbank runter, aber Frerichs würde schon darauf achten, dann würde er »ehrder«, also »früher«, kommen.

In diesen frühen Morgenstunden bewegte er sich in Richtung Westen, stets an der Wasserkante entlang. Das bereitete ihm, trotz der schlechten Witterung, so viel Freude, dass er, wären nicht die tiefen Seegatten zwischen den Inseln und Sandbänken gewesen, vom Ostende Knechtsands bis zum Westende Borkums oder zum Nordende Sylts hätte laufen wollen, von ihm aus auch darüber hinaus. Mal suchte Jörn Peters mit den Augen das Meer, mal die Sandfläche ab, stoppte, wenn Seeschwalben ihre Flugkünste am Himmel vollführten oder in die Nordsee hinabstürzten, weil sie einen Fisch entdeckt hatten und diesen mit unglaublicher Geschicklichkeit aus den Fluten holten, um ihn dann genüsslich während des Fluges zu verspeisen. Fisch mochte Peters selbst gern – gekocht, gegrillt oder roh –, ein guter Matjes war etwas Herrliches. Gegen den Fischfang war aus seiner Sicht nichts einzuwenden – wenn er auf Nachhaltigkeit abzielte. Von dem industriellen Fischfang mit Netzen, die auch Kleingetier und Jungfischen den Garaus machten, dem Gammel, wie die Fischer hier an der Küste sagten, hielt er nichts. Bei Vorträgen in den verschiedenen Häusern des Nationalparks Wattenmeer wurde er nicht müde, diese und andere Freveltaten des Menschen gegenüber den Meeresbewohnern anzuprangern.

Dunkle Wolken zogen über den Himmel und der Wind wehte nun stärker. Peters bekam Bedenken, ob seine Idee, gerade heute Knechtsand aufzusuchen, so gut gewesen war. Ab und zu kam für Sekunden die Sonne durch, so entstanden sehenswerte Lichtspiele, alle paar Sekunden neue Eindrücke, die auf Peters einprasselten. Er beschloss, den Knechtsand zu umrunden und anschließend auf die höher gelegene Mitte zu gehen, wo sich Primärdünen anschickten, der Sandbank erste, winzige Anzeichen einer werdenden Insel zu verleihen. Hier nisteten Seevögel.

Peters schritt kräftig voran. Da hinten, an der Wasserkante, entdeckte er etwas, etwas Größeres. Ein Seehund oder eine Kegelrobbe war sein erster Gedanke. Sie lagen gern auf den Sandbänken und dösten. Das taten sie allerdings eher bei gutem Wetter, nicht bei »Schietweer« wie jetzt. Vielleicht hatte er sich bei der miserablen Sicht auch getäuscht.

Er näherte sich und vermutete, dass es ein toter Seehund war, denn da bewegte sich nichts. Oder ein verendeter Tümmler. Diese Verwandten der Wale trieben manchmal als Kadaver an, und sogleich machten sich Vögel – allen voran Möwen – über den willkommenen Leckerbissen her.

Auf wenige Meter herangekommen hielt Jörn Peters inne. Ein mulmiges Gefühl stieg in ihm auf, während ein Regenschauer wie aus heiterem Himmel auf ihn niederprasselte. Wäre er nur morgen gefahren, wie Frerichs empfohlen hatte. Das Ding vor ihm war weder Seehund noch Tümmler, auch kein Fischernetz und keine Plastikplane, die bei Sturm von einem Frachtschiff geweht sein mochte. Eine Ahnung sagte ihm, was dort lag. Ein Gedanke durchflog sein Hirn: Komm, dreh ab, so etwas musst du nicht haben! Dennoch ging er weiter.

»Scheiße«, fluchte er, »warum muss mir das passieren, gerade heute?« Er erschauerte.

Als er unmittelbar vor dem menschlichen Körper stand, der dort lag, war ihm kalt und er fühlte sich schlecht. Der Mensch lag halb auf der Seite, das Wasser schwappte manchmal über die Füße. Jörn Peters überwand sich, berührte den Körper, verharrte, rüttelte dann zaghaft. Keine Regung, nichts zu spüren. Tot. Er musste die Polizei informieren, so schnell wie möglich.

Er vermutete aufgrund der Statur, dass es sich um einen Mann handeln musste. Er betrachtete den Hinterkopf und war insgeheim froh, der Leiche nicht ins Gesicht schauen zu müssen. Der Lage nach musste der Tote nach Westen blicken, soweit man von »blicken« sprechen konnte … Erneut lief ein kalter Schauer über seinen Rücken. Mutterseelenallein auf dem Knechtsand mit einem Toten. So hatte er sich den Tag nicht vorgestellt.

Egal, los jetzt, machte er sich Mut. Er holte einen nicht weit entfernt liegenden alten Besenstiel, den die letzte Flut an den Strand gespült hatte, und rammte ihn als weithin sichtbares Erkennungszeichen neben dem Leichnam in den Sand. Gleichzeitig speicherte er auf dem Tablet die Position und machte ein Foto. Peters schickte die Daten per SMS an einen Bekannten von der DGzRS, der Deutschen Gesellschaft zur Rettung Schiffbrüchiger. Er sollte alles Weitere in die Wege leiten.

Peters hatte sich derweil von der Leiche abgewendet. Nun drehte er sich um und blickte nochmals auf den leblosen Körper. Langsam ging er daran vorbei. Als er bereits einige Schritte gemacht hatte, blieb er stehen. Sollte er …? Sollte er sich umdrehen? Oder sollte er davongehen und der Fall wäre für ihn gegessen? Er könnte sich abholen lassen, in seiner Unterkunft hinter dem Deich einen heißen Tee kochen und zurück an seine ornithologische Arbeit gehen. Tote Vögel waren ihm vertraut, die konnte er, in Einzelteile zerlegt, auch unters Mikroskop legen. Tote Menschen waren ihm zuwider. Er wollte nichts mit Leichen zu tun haben.

Außerdem hatte er an diesem Abend noch viel zu tun: Bilder von der Kamera auf den Computer ziehen, sortieren, in die Dropbox kopieren und mit einem Kollegen, der gerade auf Trischen unterwegs war, via Skype über seine Eindrücke und Erkenntnisse diskutieren. Danach noch ein kühles, friesisch-herbes Jever-Pils trinken und ab in die Koje! Das war sein Plan gewesen.

Er stand dort, unentschlossen. Ein Blick zurück würde ihm noch einmal die Leiche zeigen. Er drehte sich um, kurz nur, die Neugier hatte gesiegt. Aber es war ein Fehler gewesen, das wurde ihm sofort klar. Wie besessen rannte er los. Es sah ihn ja keiner. Erst einmal weg hier!

Die Augenhöhlen. Die Augenhöhlen würde er so schnell nicht vergessen. Die fehlenden Augen und die tiefen, schwarzen Löcher im Kopf, die ihn dennoch anzustarren schienen ... Ein gigantischer Schreck war ihm in die Glieder gefahren.

Jörn Peters rannte über den Strand, als sei der Teufel persönlich hinter ihm her. Als sei die Leiche plötzlich aufgesprungen und verfolge ihn, genau den Weg nehmend, den er zeichnete, jeden Schlenker, jede Kurve. Als sehe der Tote ihn, trotz fehlender Augen, aus denen sich eine Kreatur, was immer es auch für eine gewesen war, ein leckeres Abendmahl gemacht haben mochte.

Jörn Peters hielt den Blick starr nach vorn gerichtet. Doch jeden Moment, so fühlte es sich an, würde ihn der Tote an der Schulter packen, ihn umreißen und weit mit sich schleifen, in die dunklen Fluten, um ihm das gleiche Schicksal zu bringen, das der armen Seele selbst widerfahren war.

6

Unter blauem Himmel und weißen Kumuluswolken stampfte ein malerischer Windjammer durch die See, wunderbar anzusehen. Weiße Segel, weißer Rumpf, ein Schiff wie die Gorch Fock oder die Krusenstern. Ein

Anblick, wie man ihn nicht jeden Tag bekam, höchstens mal beim Besuch der Kieler Woche oder dem Hamburger Hafengeburtstag.

Wilbert Ennenga saß an der Pinne seiner Sophia und blickte nach vorn. Er wäre als Kind gerne Kommandant auf einem solchen Windjammer gewesen. Doch für ihn hatte es nur einen Weg gegeben, das hatte sein Vater ihm von klein auf deutlich vor Augen geführt.

Wilbert fühlte den Schmerz, aber er war zu keiner Reaktion mehr fähig. Das Segelschiff würde sicher bald beidrehen, sonst würde es seine Sophia rammen – und versenken, dachte Wilbert. Dann begann das Bild des Windjammers vor seinen Augen zu kreisen, Schwindel und Übelkeit übermannten ihn.

Doch das Schiff kam immer noch näher. Es steuerte direkt auf Wilberts Jacht zu. Der wollte, aber konnte seine Arme nicht bewegen, er konnte ja nicht einmal aufstehen. Es gab keine Chance, ein Ausweichmanöver zu fahren. Um Himmels willen …

Dann sah er eine Person an Deck. Der Sensenmann, leibhaftig. Mit lächelndem Schädel – was völliger Unsinn war, dachte er – und einem seltsamen Eisenhaken in der Hand: »Fahr nur, fahr weiter. Es ist so weit!«, rief er Wilbert zu.

Wilbert riss seinen Blick vom Sensenmann los. Ihm fiel seine Familie ein, Teelke, die mit ihm durch dick und dünn gegangen war. Die Liebe war dahin – das Geschäft hatte sie zusammengehalten. Manchmal hatte sie sich aktiv in die Geschäftspolitik eingemischt und gefordert, Gegner auf dem Markt zu unterbieten, um Aufträge zu bekommen. Manchmal hatten sie damit Konkurrenten ausgebootet. Arend Ennenga GmbH & Co KG war eine Baufirma, die den Widrigkeiten und Gefahren des Marktes widerstand, und weder Teelke noch Wilbert hatten da Zurückhaltung gekannt. Jetzt stand Teelke vor ihm: »Mach es so, wie ich es gesagt habe! Du darfst jetzt nicht nachgeben!«

Wilbert sah seine Verwandten, als wandelten sie im Spalier an ihm vorbei. Sie winkten ihm zu, entfernten sich dann, bis sie nicht mehr zu sehen waren. Für immer?

Der Windjammer. Er tauchte wieder vor ihm auf. Er hätte der Galionsfigur am Bug an die Brust greifen können, so nah war er. Eine Frau, ein Engel? Konnte man ein Engel sein, wenn man mit einem Großbetrieb am Markt bestehen wollte? Aber hatte er unrecht gehandelt? Jemanden übervorteilt? Hatte er sich nicht immer an Recht und Gesetz gehalten und beides nur da freier ausgelegt, wo es Lücken gab? War das sein Fehler gewesen? Er fühlte Reue und Schuld – nicht immer war er korrekt vorgegangen.

Es musste zur Katastrophe kommen. Der Windjammer würde jeden Moment die Sophia rammen. Es gab keinen Ausweg, keinen Platz, keinen Raum, keine Zeit. In den Rahen des makellos weißen Schiffes standen nun Hunderte, Tausende Sensenmänner und refften die Segel. Alle blickten ihn an, während sie stoisch arbeiteten. Sie lachten. Wilbert gruselte es und die Stiche in der Brust nahmen noch einmal zu. Sein Herz rumpelte, setzte aus, versuchte es nochmals. Nebel kam auf. Nebel? Eben schien doch noch die Sonne? Sein Blick verschwamm. Dann ließ der Schmerz nach. Längst hätte das Schiff mit seiner Sensenmann-Crew seine Sophia rammen müssen. Sein Boot, sein Ein und Alles, sein Refugium. Der einzige Ort, der ihm in seinem Leben als Juniorchef und schließlich Leiter des großen Baubetriebes eine Pause von Terminen, Entscheidungen, Hektik und Ärger geboten hatte. Das Wort »Burn-out« hatte er stets mit einem spöttischen Lächeln abgetan.

Plötzlich konnte er sich bewegen, nichts tat mehr weh, er rannte zum Bug, er winkte, schlug mit den Armen wild um sich, schrie. Er zog die Notraketenpistole aus einem Halfter, als trüge er sie immer bei sich, und schoss einmal, zweimal, dreimal, immerzu. Der blaue Himmel verfärbte sich blutrot. Die Leuchtkugeln nahmen Tropfenform an und sanken langsam zur Meeresoberfläche, die sich bei deren Eintauchen ebenso rot verfärbte. Die Sophia segelte weiter. Sie rammte den Windjammer nicht und er sie ebenfalls nicht. Die Sensenmänner waren fort. Der Windjammer war leer. Niemand mehr an Bord. Ein Geisterschiff.

Zum letzten Mal öffnete Wilbert Ennenga die Augen. Der Himmel war nicht blau, nicht blutrot. Er war grau. Grau wie der Tod. Es stürmte und er sah den Mast, darin baumelte ein schwarzer Ankerball. Er ankerte? Hier? Er spürte, dass das Boot auf Sand lag.

Ihm war klar: Es ist das Ende, das Herz will nicht mehr. Gleich wird es aufhören, seine Arbeit zu tun. Er spürte es. So also fühlt sich Sterben an.

Der letzte Atemzug. Der Windjammer hatte sich verflüchtigt. Ein fliegender Holländer. Nichts davon wahr. Selbst im Sterben fehlte es an Wahrhaftigkeit.

Dann war sein Todeskampf verloren. Das Herz stolperte, es geriet völlig aus dem Takt. Dass er Vater und Bruder so schnell folgen würde, hätte er nie gedacht.

Hatte es dieses Motorboot gegeben, das ihm ins Heck gefahren war? Diesen maskierten Mann? Oder war der ebenso irreal gewesen wie die Segel reffenden Skelette auf dem weißen Windjammer?

Er nutzte diese unerwartete letzte Sekunde der Klarheit zu einem lauten Ausruf in den grauen, trostlosen Himmel: »Amen!«

7

»Der Mann ist ertrunken. Fremdverschulden kann ich nicht feststellen. Ebenso zweifelsfrei ist, dass es sich um Renke Ennenga handelt.« Der Rechtsmediziner Claus Adena machte eine Pause, wiederholte dann noch einmal, als müsste er sich selbst überzeugen: »Tod durch Ertrinken.«

Nachdem die Sophia nicht, wie von Wilbert Ennenga am Vortag angekündigt, in den Hafen von Wangerooge zurückgekehrt war, hatte sich der dortige Hafenmeister, ein alter Bekannter Ennengas, Sorgen gemacht und mit seinem Kollegen in Cuxhaven in Verbindung gesetzt. Der wiederum bestätigte das Auslaufen der Jacht. Daraufhin hielt es der Wangerooger für ratsam, eine Meldung abzusetzen, dass ein Boot vermisst wurde. Wegen des schlechten Wetters konnte allerdings nicht sofort mit der Suche begonnen werden, doch der nächste Tag versprach Besserung. Es lag nahe, von einem Unglück auszugehen, und die zwischenzeitlich gefundene Leiche vom Knechtsand mit den Ennenga-Brüdern in Verbindung zu bringen. Informationen zur Identifikation Renke Ennengas waren schnell in die Rechtsmedizin nach Cuxhaven übermittelt worden.

»Keine Gewalteinwirkung?«, fragte Kommissar Bergmann. Er war sogleich informiert worden, nachdem ein Biologe namens Jörn Peters die Leiche auf Knechtsand gefunden hatte. Ohne zu zögern, denn noch war das bei den Wasserverhältnissen möglich gewesen, war er mit der Wasserschutzpolizei zum Fundort gefahren, um den Leichnam zu bergen und nach Cuxhaven zu bringen.

»Keinerlei Gewalteinwirkung. Ein paar Schürfwunden, aber die stammen wohl eher vom Aufschlagen auf Planken oder Reling, bevor der Mann über Bord gegangen ist. Dann ist er ja auf die Sandbank getrieben, und dabei sicher im flachen Wasser beim Auf und Ab der Wellen einige Male über den Sand geschrabbt. Wenn da noch Muscheln liegen, vor allem diese messerscharfen Schwertmuscheln, kann das die Ursache für ein paar Ratscher im Gesicht und an den Händen sein. Aber die Todesursache ist eindeutig. Wenn man in Salzwasser ertrinkt, kommt es zu einem Lungenödem …«

Wahrscheinlich setzte Adena gerade zu einem Vortrag über die verschiedenen Möglichkeiten des Ertrinkungstodes an. Der Kommissar hörte nicht länger zu, er überschlug Zeiten und Geschehnisse und unterbrach den Arzt schließlich, wobei er etwas anderes als das, was ihm eigentlich durch den Kopf ging, vorschob: »Also, erst einmal müssen wir die Angehörigen informieren. Das sollen die Kollegen vor Ort tun.« Er überlegte kurz. Dann setzte er wieder an: »Herr Ennenga ist mit seinem Bruder in Richtung Cuxhaven aufgebrochen und in raue See geraten, die vorhergesagt war, aber vielleicht heftiger ausfiel als angenommen. Irgendwo geschah dann der Unfall … Wegen der miesen Sicht- und Wetterbedingungen wurde das Boot bisher nicht gefunden. Für morgen hat Sven Plöger sehr gutes Wetter vorausgesagt …«

»Sven Plöger?«, fragte Adena beiläufig.

»Der Mann für die Wetterkarte im Zweiten.«

»Ich sehe immer die Tagesschau, da macht das Claudia Kleinert. Die sieht meistens besser aus als das Wetter auf der Karte.«

Bergmann ging nicht auf Adenas Bemerkung ein.

»Spätestens morgen wissen wir mehr. Warten wir mal ab, was aus dem Boot und dem zweiten Besatzungsmitglied geworden ist.«

»Falls die zweite Person auch über Bord gegangen sein sollte: Die Nordsee entscheidet selbst, wann sie Wasserleichen freigibt …« Der Rechtsmediziner betrachtete Renke Ennengas Leiche ausgiebig. »Es kann Tage dauern, bis er gefunden wird. Dass er hier«, er zeigte auf den leblosen Körper, »gleich auf den Knechtsand gespült wurde, war Zufall.«

Bergmann hatte seinen Blick abgewendet. Es gehörte zu seinem Job, Tote zu sehen – dennoch musste das nicht länger sein als unbedingt notwendig. Er antwortete nicht.

»Herr Bergmann, gibt es einen Zusammenhang mit einem Verbrechen, oder warum sind Sie hier? Ich meine, Sie sind von der Kripo.«

»Verbrechen? Nein, nein«, reagierte Bergmann geistesabwesend. »Also zum einen wissen wir eben noch nicht, ob der zweite Ennenga auch in die Nordsee gefallen ist, zum anderen … Ich meine, Sie wissen doch, in solchen Fällen muss jemand von der Polizei anwesend sein, reine Routine. Bei Wasserleichen wird eigentlich immer die Polizei hinzugezogen. Es musste schnell gehen, die Tide, wissen Sie? Tja, ich war gerade verfügbar – immerhin leiden wir zunehmend unter Personalnot. Nein, im Ernst, das mag zwar ein Grund sein, aber schließlich müssen alle Eventualitäten ausgeschlossen werden. Und, unter uns gesagt, gegen eine Reise nach Knechtsand hätte ich nichts einzuwenden. Bislang kenne ich Juist und Norderney, Amrum, Föhr und Hooge, selbst auf Trischen war ich schon mal – diese künstliche Insel, die sich jetzt ganz natürlich weiterentwickelt. Knechtsand war noch nicht dabei, und da kommt man schließlich nicht alle Tage hin.« Bergmann grinste.

»Ja, der Traum von der einsamen Insel … Aber dann lieber eine Südseeinsel, nicht Knechtsand, oder? Mal wieder zum Toten: Meiner Ansicht nach ist die Todesursache eindeutig geklärt.«

»Ich muss unbedingt mit den Kollegen in Ostfriesland sprechen – die können schneller etwas über die Ennengas in Erfahrung bringen. Allerdings weiß ich bereits, dass sie nicht irgendwer sind. Sie sind ziemlich dick im Baugeschäft. Das könnte also ein gefundenes Fressen für die Presse sein. Da würden einige Gerüchte aufkommen, gerade wenn ein beträchtliches Vermögen im Hintergrund schlummert. Aber darüber sollen sich die Kollegen in Aurich einen Kopf machen! Danke erst einmal ... aber, Herr Adena, könnte er nicht auch vergiftet und anschließend ins Meer geworfen worden sein?«

»Dazu müsste ein toxikologisches Gutachten erstellt werden. Das zu veranlassen wäre eher Ihr Job. Allerdings sehe ich nicht wirklich eine Notwendigkeit dazu«, antwortete Adena und machte ein mürrisches Gesicht.

»Trotzdem – sobald Sie etwas wissen, informieren Sie mich bitte.« Bergmann zögerte und fügte dann an: »Also, was Sie da tagtäglich machen ... Ich könnte das nicht.« Bergmann schüttelte den Kopf.

»Ach, das mit dem Leichenschnippeln? Daran gewöhnt man sich. Letztlich ist es ein Job wie jeder andere«, winkte Adena ab. »Es werden also Ermittlungen wegen dieser Ennengas aufgenommen?«

»Es ist eben eine bekannte Unternehmerfamilie. Die waren schon in der Presse wegen eines Todesfalles – und jetzt ein zweiter plus ein Vermisster. Das wird Wellen schlagen! Ich mach mich auf den Weg. Für heute habe ich genug von Toten!«

»Das möchte ich auch mal sagen können«, lachte Adena und reichte ihm die Hand.

»Tschüss. Meine Nummer haben Sie ja, falls Ihnen noch etwas auffällt. Obwohl – gerne komme ich wirklich nicht zu Ihnen!«, fügte er hinzu.

»Ich hoffe, das liegt nicht an mir, sondern an den anderen Anwesenden hier«, schmunzelte Adena, und Bergmann staunte über die gute Laune des Mannes, der die meiste Zeit des Tages in der Nähe von zahlreichen Kühlkammern verbrachte, in denen noch manch weiterer Tote liegen mochte.

»Da haben Sie recht. Es sind diese schweigenden Leichen, die mich stören!«

»Sie sagen es: Sie schweigen. Das kann man auch positiv sehen.«

8

Die Schulklasse von Martina Andresen war am Wandertag kaum im Zaum zu halten. Sie waren im Watt unterwegs. Vor Kurzem hatte es noch geregnet und gestürmt, doch der Witterungsumschwung war schnell und der Wetterbericht derart viel versprechend gewesen, dass die Lehrerin die Anrufe besorgter Eltern mit dem Hinweis abgeblockt hatte, bei schlechtem Wetter würde der Ausflug mithilfe einer Telefonkette kurzfristig abgesagt. Das hätte sie jedoch sehr bedauert. Eine Wattwanderung von Cuxhaven nach Neuwerk, davon war sie fest überzeugt, bedeutete nachhaltiges Lernen, also solches, bei dem etwas hängen blieb. Das funktionierte jedoch nur in Zusammenhang mit einleuchtenden Beispielen und praktischer Erfahrung. Nachhaltiges Lernen war allerdings nach wie vor nicht Hauptziel des hiesigen Bildungssystems. Ihr Sachunterricht war von Experimenten und kleinen Exkursionen geprägt, und der Wandertag sollte den Kindern die unmittelbare Erfahrung ihres Lebensraumes – der Küste, des Wattenmeeres, des Deichvorlandes und seines Hinterlandes – ermöglichen.

Den Schülerinnen und Schülern war es recht, so fiel der aus ihrer Sicht oft langweilige Frontalunterricht aus.

»Peer, sofort wieder zurück! Unser Wattführer und ich gehen voran!«, rief Andresen.

Peer, der Klassenclown, drehte vergnügt um und raste an der Klasse vorbei ganz nach hinten, nachdem er dasselbe vor wenigen Minuten in die andere Richtung getan hatte, dabei eine Wette gewinnend, die er mit Lars abgeschlossen hatte: »Wetten, ich laufe einfach so nach vorn, noch vor Frau Andresen, obwohl sie es mehrmals verboten hat?« Nun hatte ihn die Klassenlehrerin auf dem Kieker – aber Peer hatte die Wette gewonnen. Das war ihm im Moment wichtiger, und er spürte, wie einige Klassenkameraden ihm Bewunderung zollten.

»Frau Andresen, dürfen wir barfuß laufen?« Merle wollte eigentlich immer barfuß gehen, egal zu welcher Jahreszeit und wo. Sie hatte nicht mitbekommen, dass sich einige längst ihres Schuhwerks entledigt hatten.

»Nicht so schnell!« Die beleibte Angelika hatte Probleme mit der Kondition.

»Wann machen wir Pause?« Karsten hatte keinen Bock mehr zu laufen und ergänzte: »Können wir nicht Fußball spielen? Hier ist doch super viel Platz!«

»Bist du bekloppt?«, schallte es ihm von Torsten entgegen. »Hier im Schlick?«

»Ruhe jetzt! Wir laufen noch eine halbe Stunde, dann machen wir Pause und ich erzähle euch etwas über den Nationalpark Wattenmeer«, rief Frau Andresen dazwischen.

»Oh, wie interessant!«, raunte Wiegand seinem Kumpel Morten zu.

Ein wenig Ruhe kehrte ein und die Gruppe schritt voran.

»Guck mal, das Segelboot liegt ganz schief!«, rief Claudia plötzlich.

»Ja«, pflichtete Klaas Fischer, der Wattführer, ihr bei. Er hatte am Vorabend mit Martina Andresen wegen der unsicheren Wetterlage telefoniert, sie beruhigt und gesagt, dass sich die tiefhängenden Wolken, Wind, Regen und der Dunst über Nacht verziehen und am nächsten Tag mit Sonnenschein zu rechnen sei. Er hatte den Seewetterbericht studiert und verfügte intuitiv über ein gutes Gespür für die Wetterentwicklung.

Fischer hatte das schräg liegende Boot längst ausgemacht und wunderte sich, obwohl in diesem Streifen um das schmale Elbe-Weser-Wattfahrwasser zwischen Cuxhaven und Neuwerk das Trockenfallen erlaubt war. In vielen anderen Bereichen des Nationalparks war das nicht der Fall. Insofern war es zwar nichts Besonderes, wenn Boote hier auf dem Watt lagen, die Ebbe abwarteten, bei auflaufendem Wasser wieder flott wurden und ihren Weg in der einen oder anderen Richtung fortsetzten. Der schwarze Ankerball des Bootes hing oben im Mast – ein sicheres Zeichen, dass der Segler diesen Platz zum Trockenfallen bewusst gewählt hatte. Dennoch wunderte sich Fischer, dass sich dort so gar nichts tat. Nichts und niemand war zu sehen. Zudem blähte sich das Segel bei der schwachen Brise ab und zu ein wenig auf, es schien recht schlampig befestigt worden zu sein.

Fischer ließ es keine Ruhe, er wandte sich an die Lehrerin: »Frau Andresen, gehen Sie bitte genau in dieser Richtung weiter«, er hielt den Zeigerfinger entsprechend ausgestreckt, »immer an den Pricken entlang, die weisen den Wattwanderweg. Wir haben ja darüber gesprochen. Dort hinten ist der Leuchtturm von Neuwerk. Zum Glück haben wir gute Sicht, er ist also nicht zu übersehen. Ich gehe nur mal einen Bogen und schaue kurz nach dem Segelboot da hinten. Mal sehen, ob alles in Ordnung ist. Wissen Sie, der Wattführer hat ja auch immer so ein bisschen die Aufgabe, nach dem Rechten zu sehen. Ist das okay?«

»Ja klar, kein Problem«, entgegnete die Pädagogin, auch ein wenig geschmeichelt, dass ihr Fischer hier im Watt die alleinige Führung der Gruppe zutraute, und fügte hinzu: »Dann sehen die Kinder gleich, dass auch im Watt für Ordnung gesorgt wird.« Sogleich begann sie, sich die Worte zurechtzulegen, mit denen sie den Kindern beibringen wollte, dass selbst hier draußen, weit vor dem Deich, Regeln galten, an die man sich halten musste. Schließlich war dies ein Nationalpark, und hinter dem Begriff verbarg sich mehr als der reine Titel. Der Wechsel von Ebbe und Flut hielt so manche Besonderheit, aber auch Gefahr bereit, über die die Kinder etwas lernen sollten.

»Gut, danke, sind ja nur ein paar Minuten«, nuschelte Fischer abwesend. »Ich will sehen, was da los ist. Wir haben ja auch noch unsere Handys. Ich bin in gut 20 Minuten wieder bei Ihnen, falls Sie nicht plötzlich lossprinten wie Peer.« Er lachte.

Fischer lief sehr schnellen Schrittes in Richtung des Bootes. Frau Andresen schaute ihm kurz nach, rief dann: »Kinder, alle hinter mir her! Es wird nicht vorgelaufen. Das gilt ganz besonders für einen!«

Die Kinder gehorchten und folgten in einem leicht ungeordneten Gänsemarsch der Lehrerin, die nur mit zwei, drei Schülern Mühe hatte, sie zurückzupfeifen, weil sie ständig seitlich oder nach vorn auszubüxen versuchten. Darunter auch Peer.

Klaas Fischer näherte sich dem Boot. Sein siebter Sinn sagte ihm, dass etwas nicht stimmte. Andererseits hatte er schon viele Dinge erlebt, bis hin zu unerfahrenen Seglern in diesen überaus schwierigen Gewässern, die ungefähr alles falsch machten, was man falsch machen konnte. Neulich erst war so ein Experte einfach aus dem Fahrwasser raus auf eine Sandbank gefahren und ebenfalls trockengefallen. Die Alkoholfahne, die Klaas Fischer entgegengeweht war, als er einen Blick in das Boot geworfen hatte, hatte ihm sofort gesagt, warum der Segler den Kurs nicht hatte halten können. Seltsamerweise meinten wohl einige Menschen, ein Boot zu führen sei weniger verantwortungsvoll als ein Kraftfahrzeug und durchaus mit ein paar Pils und Korn im Kopf machbar.

Als Fischer das Boot erreicht hatte, fuhr ihm ein gewaltiger Schreck in die Glieder. Er wandte sich abrupt ab und holte zwei-, dreimal tief Luft. Langsam, ganz langsam drehte er sich erneut um, überwand sich, und schaute in die Plicht der trockenliegenden Jacht. Jetzt starrte er auf die Szenerie und war für ein paar Sekunden unfähig, den Blick abzuwenden. Er wusste, dass es falsch war. Das Bild würde ihn sicher lange verfolgen.

Der Mann sah entsetzlich aus. Er hatte zahlreiche Verletzungen am Kopf. Das Rot des Blutes schien sich in verschiedenen Farbtönen in die hölzernen Grätings und die Kleidung gefressen zu haben. Das Gesicht des Mannes war zu einer hässlichen Grimasse verzerrt, fette Glupschaugen starrten Fischer an. Trübe Augen, kalt und ausdruckslos. Tot. Klaas Fischer machte sich nicht die Mühe, den Puls zu fühlen.

Nicht dass Fischer nicht schon Tote gesehen hätte, aber die waren vom Leichenbestatter zurechtgemacht worden, lagen auf einer Bahre oder in einem offenen Sarg, in ordentlicher Kleidung, die Hände auf der Brust, mit Blumen und Kerzen in einer sauberen, stillen Halle. Der hier sah anders aus.

Der Mann lag gekrümmt und mit schmerzverzerrtem Gesicht, mit Kratzern und Schürfwunden übersät in der von blutrotem Wasser gefüllten Plicht. Was war passiert? Dank des in seinem Smartphone integrierten GPS-Empfängers konnte Fischer eine exakte Koordinate mitteilen, als er die DGzRS und die Polizei anrief. Die momentan guten Sichtverhältnisse machten es ohnehin leicht, das Boot zu finden. Der leblose Körper musste so schnell wie möglich aus dem Watt ans Festland oder wenigstens zunächst nach Neuwerk gebracht werden. Die Polizei hatte geantwortet, einen Hubschrauber zu schicken, um die Leiche von der Sandbank wegzuschaffen. Das fand Fischer etwas übertrieben, aber die würden wohl wissen, was sie taten.

Dann fiel ihm siedend heiß die Schulklasse wieder ein, die er zwischenzeitlich völlig vergessen hatte. Er zückte erneut das Handy, um Frau Andresen mitzuteilen, dass es ein wenig länger dauern würde, es habe hier einen Unfall gegeben. Er würde sofort einen erfahrenen Kollegen informieren, der der Klasse von Neuwerk aus entgegenkäme und sie sicher auf die Insel begleiten würde.

Nach seiner Meldung forderte er besagten Kollegen von Neuwerk an. Er selbst wollte vor Ort bleiben, um die Umstände zu erklären, wie er die Leiche gefunden hatte.

Mit seinem Fernglas beobachtete er nach kurzer Zeit, wie ein Mann, von Neuwerk kommend, auf die Schulklasse zulief. Es klappte also, die Gruppe war in Sicherheit. Das beruhigte ihn für einen Moment, aber er erschrak sofort wieder, als er zu der Leiche sah. Er musste sich ein wenig von dem Boot entfernen, allerdings nicht zu weit, um die Möwen zu hindern, sich weiter über den Toten herzumachen. Ein einfacheres und reichhaltigeres Mahl war aus Sicht der anpassungsfähigen und oft gefräßigen Küstenbewohner kaum zu haben. Die wetterfeste Kleidung machte ihnen allerdings zu schaffen.

Hitchcocks *Die Vögel* kam ihm in den Sinn und Klaas Fischer wünschte, das alles hier wäre nur ein Film. Doch der übel zugerichtete Leichnam, der vor ihm in einem Boot im trockenlaufenden Watt lag, war so real wie er selbst. Die Totenwache, die er hielt, war ebenso unerwartet wie unfreiwillig über ihn gekommen.

9

»Das Herz hat nicht mehr mitgemacht. Wilbert Ennenga nahm Medikamente – Bluthochdruck, verengte Gefäße, war Raucher. Und hier liegt Tod durch Herzinfarkt vor«, murmelte Claus Adena, dem es erstmals in seinen fast 30 Dienstjahren passierte, dass er zwei Brüder obduzierte, die so kurz hintereinander verstorben waren. Die Information mit den Medikamenten hatte er von Bergmann. Sie waren auf dem Boot gefunden worden.

»Herzinfarkt«, wiederholte Kommissar Bergmann, der sich wunderte, nun auch den zweiten Ennenga-Bruder leblos vor sich liegen zu sehen. Er war benachrichtigt worden, nachdem der Wattführer Klaas Fischer die Polizei über die Leiche im Boot informiert hatte. Die Polizeidienststelle Cuxhaven war für den Fall zuständig und hatte den Toten per Hubschrauber in die Cuxhavener Gerichtsmedizin transportieren lassen. Die Verletzungen, die der Mann aufwies, deuteten jedoch auf Gewalteinwirkung hin.

»Ja, Tod durch Herzinfarkt«, sagte Claus Adena noch einmal.

»Und die Verletzungen?«, fragte Bergmann.

»War es nicht recht stürmisch, als der Mann da draußen mit seinem Boot herumschipperte? Er mag gefallen sein, gestolpert, vielleicht haben Wind und Wellen ihn umgehauen, und dann ist er sicher ordentlich hin und her geworfen worden. Jedenfalls – wenn Sie darauf hinauswollen – hat er sich nicht geprügelt und ist auch nicht geschlagen worden. Ein natürlicher Tod infolge Herzversagens.«

»Er hat an verschiedenen Stellen Schürfwunden, am Kopf eine fette Platzwunde – können solche Verletzungen durch einen Sturz verursacht werden?« Bergmann zweifelte daran.

»Vielleicht hat der Herzinfarkt nicht gleich zum Tode geführt. Das ist oft der Fall: Es entsteht ein Brustschmerz, der Betroffene macht sich nichts draus, der Schmerz nimmt zu, strömt schließlich aus, in die Arme, meist den linken. Und in dem Moment können weitere Symptome hinzukommen: Schwindel, Übelkeit, alles Mögliche. Wenn man in dieser Situation auf einem stark schwankenden Boot herumläuft, kann man überall anecken, fallen, wieder aufstehen, erneut umkippen. Also, die Hämatome sind erklärbar.« Für Adena war die Todesursache klar.

»Sie haben sicher recht!«, schloss Bergmann und meinte: »So könnte es gewesen sein. Ennenga wollte laut Angaben des Cuxhavener Hafenmeisters nach Wangerooge zurück. Nur …« Bergmann hielt gedankenversunken inne.

»Nur?«, hakte der Rechtsmediziner nach.

»Ich verstehe nicht, weshalb ein so erfahrener Mann …« Er wurde von Adena unterbrochen. »Erfahren? In welcher Hinsicht?«

»Vom Segeln her, meine ich. Der Hafenmeister erzählte, dass Ennenga seit Langem segelte. Das Seltsame an dieser Sache ist, dass erst kürzlich der Vater verstarb, und nun sind seine beiden Söhne ebenfalls tot.« Bergmann zeigte auf die Leiche vor ihnen. »Die Familie betreibt ein gutgehendes Unternehmen, sagte ich ja neulich schon.«

»Woran ist er gestorben, der Vater?«, fragte Adena.

»Weiß ich nicht.«

Claus Adena interessierte die medizinische Komponente: »Falls der Vater auch an einem Herzleiden, einem Schlaganfall oder Ähnlichem verstorben ist, besteht natürlich bei den Kindern ein erhöhtes Risiko, das, je nach Lebensweise, früher oder später zum Tode führen kann.«

»Ja, ja, sicher. Wir müssen noch allerhand Fakten zusammentragen. Warum müssen die auch in unserem Zuständigkeitsbereich gefunden werden?«

»Die Leichen werden sicher überführt, oder?«

»Die werden in Aurich begraben. Haben Sie den Totenschein für Wilbert Ennenga ausgestellt?«

»Nee, gewiss nicht! Das hat ein Kollege längst gemacht, Dr. Ahrens. Ich habe ihm alles mitgeteilt – wir sind uns einig, was die Diagnose betrifft.«

»Herzinfarkt«, nuschelte Bergmann.

»So ist es!«, bestätigte Adena laut und deutlich, als wollte er damit das Gespräch beenden und sich neuen Aufgaben zuwenden. Vorher bemerkte er noch, dass es nicht schlecht wäre, wenn die Herren Ennenga möglichst bald überführt würden, er habe hier so viele Tote und wisse bald nicht mehr, wohin mit ihnen.

»Ich verstehe. Besten Dank, Herr Adena.« Bergmann blieb stehen, er überlegte. »Wenn Renke Ennenga …« Er machte eine Pause.

»Ich meine, Renke Ennenga ist doch wohl vor seinem Bruder gestorben. Können Sie das bestätigen, aus Ihrer Sicht?«

»Nun ... Wie kommen Sie darauf?« Adena zögerte.

»Wilbert Ennenga lief am 15. abends in Cuxhaven ein. Nach den Angaben des Hafenmeisters war sein Bruder an Bord, er selbst wollte wohl noch etwas einkaufen. Ich frage mich, wieso nur er in seinem Boot im Watt gefunden wurde. Was ist mit seinem Bruder passiert? Der muss ja eigentlich vorher über Bord gegangen sein, er wurde am Vormittag des 16. auf dem Knechtsand gefunden. Das ist wesentlich weiter südlich. Wenn er während der Fahrt zurück nach Wangerooge ins Wasser gestürzt wäre, hätte er kaum mehr oder weniger gleichzeitig auf Knechtsand gefunden werden können. Und dann wurde Wilberts Leiche am 17. morgens entdeckt, allein im Boot. Das passt doch nicht ...« Bergmann sah Adena an, der wenig Lust hatte, mit dem Kommissar zu spekulieren.

»Es ist jetzt Ihre Arbeit, das alles herauszufinden«, sagte der Gerichtsmediziner.

»Da muss ich noch mal Kollegen von der Wasserschutzpolizei befragen, wie das zusammenhängen kann. Die haben mehr Ahnung von den Strömungen dort«, murmelte Bergmann vor sich hin, bevor er Adena fragte: »Also, falls Renke Ennenga vor Wilbert gestorben ist, könnten Sie das bestätigen?«

»Bei Wasserleichen ist das immer so eine Sache. Bei Wilbert Ennenga kann ich den Todeszeitpunkt recht klar bestimmen, aber Renke ...«

»Zwischen dem Abend des 15. und dem Morgen des 17. liegen ja ein paar Stunden!« Bergmann schien sehr erregt.

»Renke Ennenga hat Waschhaut an den Fingern, in der Hohlhand und am Handrücken. Eine sogenannte weiße Hohlhand war noch nicht ausgebildet, das tritt etwa ein bis drei Tage nach dem Wassertod ein. Ich würde daraus – mit Vorsicht – schließen, dass Renke Ennenga mindestens sechs bis zwölf, aber weniger als 36 Stunden im Wasser trieb, bevor er auf die Sandbank gespült wurde. Nun, Letzteres trifft ja zu, wie wir jetzt wissen. Sonst wäre auch die Waschhautbildung an den Fingerbeeren noch deutlicher.«

»Da liegt eine ganze Spanne dazwischen.«

»Genauer geht es im Moment nicht. Wasserleichen machen in dieser Hinsicht oft Probleme. Jeder Mensch ist anders …«

»Egal. Dieser Vogelfritze hat ihn am 16. auf dem Knechtsand gefunden! Und zwar vormittags! Er muss vorher ertrunken sein … Er trieb davor schon eine Zeit lang herum, sei es über oder unter Wasser, mit der Strömung. Aber wieso ist sein Bruder …? Ich muss das noch mal genau durchdenken!«

»Es ist schwierig, den exakten Todeszeitpunkt festzustellen. Aufgrund der beginnenden Waschhaut muss er aber einige Zeit im Wasser gelegen haben.« Das hatte Adena schon einmal gesagt, es war zweifelsohne ein wichtiger Fakt.

»Das könnte ja bedeuten, dass Wilbert Ennenga bereits ohne seinen Bruder aus Cuxhaven ausgelaufen ist, weil der schon gar nicht mehr an Bord war. Ihre Aussage, dass er wahrscheinlich einige Stunden in der Nordsee trieb, bestätigt das, Herr Adena. Aber Wilbert Ennenga hat nichts und niemandem etwas gesagt! Keine Hilfe geholt, hat selbst den Hafenmeister nicht informiert. Das ist doch mehr als sonderbar!«

»Werter Herr Kommissar, ich möchte nicht unhöflich erscheinen, aber ich habe noch eine Menge zu tun. Die polizeilichen Schlussfolgerungen überlasse ich Ihnen. Ich kann nur raten, vorsichtig zu sein! Wilbert Ennenga kann unter Schock gestanden haben. Aus medizinischer Sicht ist das alles andere als ungewöhnlich, gerade beim Tod eines Nahestehenden. Dann machen manche Personen zu – wollen nicht wahrhaben, was passiert ist.«

»Das wird zu klären sein!«, sagte Bergmann. »Ich muss unbedingt mit den Kollegen aus Aurich sprechen. Die sollen mal herkommen, diesem Aspekt muss nachgegangen werden. Sie haben mir sehr geholfen, Herr Adena. Falls Ihnen noch irgendetwas auffällt, sagen Sie mir bitte gleich Bescheid?«

»Selbstverständlich. Aber ein Verbrechen liegt nicht vor, der eine hat auch nicht dem anderen eins auf den Deckel gegeben. Renke Ennenga ist ertrunken, Wilbert Ennenga durch einen Herzinfarkt gestorben. Das ist Fakt! Ich sage das nur, damit Ihr kommissarisches Denken nicht mit Ihnen durchgeht.« Adena lachte.

»Keine Angst, Herr Doktor. Ich werde noch einmal in Ruhe überlegen und das Ganze mit Kollegen durchsprechen, die mehr Erfahrung mit Wasserleichen im Wattenmeer haben. Vielleicht habe ich noch etwas außer Acht gelassen. Jedenfalls kenne ich die Todesumstände nun besser. Vielen Dank, Herr Adena. Tschüss, ich muss los.«

»Auf Wiedersehen und frohes Schaffen!«

»Danke, gleichfalls.« Ein müdes Lächeln zeigte sich auf Kommissar Bergmanns Gesicht. »Ach ja, Herr Adena, überflüssig zu sagen, aber ich tue es trotzdem: Ich würde Sie bitten, meine laut ausgesprochenen Gedanken von eben für sich zu behalten.«

»Hören Sie mal, Herr Kommissar! Wenn ich jedem alles, was ich über Todesmerkmale und -zeitpunkte weiß, erzählen würde, könnte ich viel Geld mit meinen Geschichten verdienen. Ich könnte grausige Kriminalromane schreiben …«

»Bleiben Sie lieber treu dienender Beamter!« Bergmann lachte und ging. Er wollte dieser Ungereimtheit nachgehen, wollte sich bei den Kollegen der Wasserschutzpolizei über Fahrwasser sowie Flut- und Ebbströmungen aufklären lassen und musste auf jeden Fall die Auricher Kollegen informieren. Das alles würde die sicher interessieren, gerade angesichts der Prominenz der Toten.

10

Der Tod seiner Brüder war Hannes Ennenga von Mia Grovenstedt per Telefon mitgeteilt worden. Nach Renkes Unfall hatte sie ihn angerufen, aber mehr als die Tatsache selbst hatte sie ihm nicht sagen können. Und kurze Zeit später kam die Todesnachricht von Wilbert. Ein grausames Schicksal sei über die beiden hereingebrochen, und als sie dies sagte, dachte Hannes zunächst, sie übertreibe mit ihrer Wortwahl. Gleich darauf wurde ihm bewusst, dass sie gar nicht so falsch lag, schließlich hatte es gleich beide erwischt … Zunächst hatte Hannes Mia nicht geglaubt, wohl wissend, dass sie mit so etwas eigentlich keinen Spaß treiben würde. Die Mitteilung war derart unglaublich, sie musste erst einmal in seinem Kopf ankommen, nachdem er sie zunächst stoisch hingenommen hatte. Vermutlich lag es auch am zwiespältigen Verhältnis zu seiner Familie, dass er kaum Reaktionen zeigte. Mia hatte ihm schluchzend die Umstände erklärt, soweit sie bekannt waren, und Hannes hatte kaum etwas gesagt.

»Und was geschieht jetzt?«, fragte er.

Am anderen Ende der Leitung vernahm nur leise: »Weiß ich auch nicht. Teelke hat sicher alles im Griff!«

»Teelke?«

»Du wirst von ihr hören. Ich möchte jetzt nicht weiter darüber sprechen. Grüße an Karolinka!«

Damit war das Gespräch beendet, Hannes ahnte, dass Mia weinend sitzen bleiben würde, während er sich erst einmal einen schottischen Auchentoshan genehmigte und versuchte, einen klaren Gedanken zu fassen.

»Wilbert und Renke sind tot«, sagte er zu Karolinka, als sie ins Wohnzimmer kam. Nach dem obligatorischen »Über so etwas scherzt man nicht« realisierte sie schließlich, dass hier von Scherzen keine Rede sein konnte. Sie kannte Hannes erst seit knapp zwei Jahren und seine Brüder waren ihr selten begegnet, daher nahm sie den Tod der beiden gefasst zur Kenntnis. Karolinka versuchte, Hannes zu trösten – doch er wollte nicht getröstet werden, seine Gefühle zeigten sich ambivalent. Er wunderte sich selbst und dachte unweigerlich an die Trennung vom Betrieb und damit von der Familie. Konnte er nun denjenigen spielen, der urplötzlich in größte Trauer verfiel? Still saß er da nach dieser Botschaft. Nur zögerlich spürte er, dass die Todesfälle von Vater und Brüdern nicht einfach so an ihm vorbeigingen. In seinem Inneren entstand etwas, ein Bauchgefühl, Traurigkeit. Sein Herz schnürte sich zusammen.

Nach einiger Zeit sagte er zu Karolinka, die einen kleinen Imbiss in der Küche zubereitete: »Was wird nun werden? Mit dem Betrieb? Mit mir? Was habe ich damit zu tun? Ich bin der Letzte der Ennenga-Brüder. Mein Gott! Ich will damit gar nichts zu tun haben! Ich kann überhaupt keinen klaren Gedanken fassen. Ich muss hier raus! Im Restaurant sehe ich nur all die Arbeit. Wir schließen für zwei Tage, okay? Lass uns morgen in den Harz fahren, richtig früh. Einmal auf den Brocken wandern, zum Nachdenken … Übermorgen fahren wir zurück. Ich rufe gleich bei unseren Vermietern an, die haben sicher etwas frei, die kleine Dachwohnung …«

Karolinka war sich nicht sicher, ob es das Richtige war, merkte jedoch, dass Hannes ein wenig Zeit für sich brauchte.

Ein Segelunfall? Mann über Bord? Die beiden waren ja nicht das erste Mal unterwegs gewesen.

Seine Gefühle schwankten zwischen den Extremen. Mal wollte er weinen, mal saß er da und dachte, gut, nicht zu ändern, also auf zur Doppelbeerdigung. Und das, wo vor Kurzem erst ihr Vater zu Grabe getragen worden war. Dann schlugen seine Gefühle wieder um.

Karolinka riss ihn aus seinen Gedanken.

»Gut«, sagte sie, »lass uns in den Harz fahren. Das wird dir helfen den Schock zu überwinden!« Karolinka sprach perfektes Deutsch. Dabei rollte sie das R, was Hannes herzerfrischend fand.

Er fühlte sich ein wenig besser. Die Aussicht auf die Wald- und Bergwelt tat ihm gut, und es war fast, als setze er damit seinen Protest gegen die Familie fort: Die einen segelten auf Nord- und Ostsee, der andere fuhr in die Harzer Berge. Er goss sich einen zweiten Whisky ein.

11

Die beiden Damen, die den Vormittag in der Sonne des Frühherbstes genossen, mochten irgendwo zwischen 55 und 65 Jahren alt sein, für einen Außenstehenden war das schwer auszumachen. Die Frauen saßen in einem Café am Norder Marktplatz, der sich bei dem guten Wetter von seiner besten Seite zeigte. Der alte Friedhof, bestanden mit teils sehr alten, wunderschönen Bäumen und behauptet von der ehrwürdigen Ludgerikirche, bot eine wunderbare Kulisse. Wer die Bürgerhäuser rund um den Markt kannte, wusste diesen Platz als besonders sehenswert zu schätzen.

Teelke Ennenga trank einen Latte macchiato, während sich ihre Schwägerin Mia Ennenga-Grovenstedt einen Pfefferminztee bestellt hatte. Teelke schaute verächtlich auf die Tasse mit dem Beutel. Ihre Schwägerin trank weder Kaffee noch Schwarztee, aß sehr wenig und wenn, dann meistens vegetarisch. Teelke hielt nichts von all diesen Essgewohnheiten. Für sie waren das allenfalls Trends, und sie argumentierte mit Menschen, die gesund über 90 Jahre alt geworden waren und immer alles gegessen hatten, was die Küche zu bieten hatte. Zudem war Mia aus ihrer Sicht ohnehin viel zu vorsichtig und manchmal geradezu weinerlich veranlagt. Das hatte sie ihr schon oft vor Augen geführt und Mia hatte stets klein beigegeben.

Teelke Ennenga hatte dieses Treffen vereinbart. Sie mussten miteinander sprechen, fand sie, jetzt, wo ihre Ehemänner auf tragische Weise ums Leben gekommen waren. Da sie in Aurich überall bekannt waren, hatte sie vorgeschlagen, nach Norden zu fahren. Auch hier war das Bauunternehmen Ennenga auf beinahe jeder Baustelle präsent, doch Teelke und Mia, die sich ohnehin wenig in der Öffentlichkeit zeigte, hofften, hier würden sie seltener von Freunden und solchen, die es gerne wären, angesprochen. Teelke hatte Wichtiges zu bereden, das spürte Mia, aber das war ja klar, nach allem, was passiert war.

Mia wollte das Gespräch nicht beginnen, also hatte sie über das Wetter geplaudert, jetzt sei es so gut, aber als Wilbert und Renke mit der Sophia unterwegs waren … Dann wechselte sie das Thema, pries die Schönheit des Norder Marktes. Teelke interessierte das alles nicht. Ihr war der unausweichliche Small Talk oft völlig egal. Auf Empfängen und bei anderen offiziellen Anlässen, bei denen sie und Wilbert als bedeutende Wirtschaftsvertreter zugegen gewesen waren, hatte sie sich innerlich zur Ruhe rufen müssen, wenn sich die Unterhaltung allzu sehr um Belanglosigkeiten drehte. Ihr waren die geschäftlichen Belange wichtig. Teelke lebte seit jeher in beachtlichem Wohlstand und verstand es, dies auch zu zeigen. Es war nicht so, dass sie verschwenderisch gewesen wäre. Im Gegenteil, sie hielt das Geld zusammen und vermehrte es. Aber wenn es die Lage zuließ, gab sie es auch aus. Und in den letzten Jahren waren die Geschäfte derart gut gelaufen, dass sie sehr viel ausgegeben hatte.

Mia war das Geld egal, sofern sie genug davon hatte, um, wie sie sagte, vernünftig davon leben zu können. Kleidung, Schmuck, Reisen, all das war ihr wichtig, doch sie könnte auch ohne leben. Das war bei Teelke anders. Mia hielt sich aus dem Umfeld des allseits bekannten, reichen Bauunternehmers Arend Ennenga, in das sie durch die Heirat mit Renke Ennenga geraten war, lieber heraus.

Im Grunde wusste sie gar nicht genau, wie es weitergehen sollte. Sie hatte kaum Vertraute und mit ihrem Ehemann war die für sie wichtigste Person gerade jämmerlich in der Nordsee ertrunken.

»Wir müssen über die Nachfolge sprechen und über das Erbe«, sagte Teelke geradeheraus.

Mia blickte zu Boden. Eben erst waren Wilbert und Renke verunglückt, und schon fing sie vom Erbe an. Mia überlegte einen Augenblick, ob sie aufstehen und gehen sollte. Ihr fehlte die Kraft für derartige Gespräche.

»Hallo? Jemand zu Hause? Frau Mia Ennenga-Grovenstedt, bitte melden!«, sagte Teelke etwas lauter.

Langsam hob Mia den Kopf, sah ihre Schwägerin an und senkte gleich wieder ihr Haupt – sie hatte plötzlich keine Lust mehr, mit Teelke in diesem Café zu sitzen. Sie wollte sich keine Gedanken um das machen, was nun unweigerlich auf sie zukam. Ein Leben ohne Renke. Ein Leben allein. Doch sie raffte sich auf, drückte den Rücken ein wenig durch.

»Entschuldige, Teelke, ich war mit den Gedanken woanders.«

»Das habe ich gemerkt. Geträumt, was? Aber doch wohl nicht vom großen Geld, oder?«

Mia empörte das Lächeln in Teelkes Gesicht – hatte die Frau denn gar kein Schamgefühl?

»Hör auf, Teelke. Arend ist noch nicht lange tot. Und nun sind Wilbert und Renke auch nicht mehr da.« Mia schluchzte, da war er wieder, dieser dicke, fette Kloß im Hals. »Man sollte nicht so reden, wenn man plötzlich Schwiegervater, Ehemann und Schwager verloren hat.«

Einen Moment lang schwieg Teelke mit ernstem Gesichtsausdruck. Dann sagte sie: »Du hast ja recht. Aber hör mal, meine Liebe, wir sind alt genug, um zu wissen, dass wir uns nicht allzu sehr der Trauer hingeben dürfen. Wir sind jetzt die Eigentümer der Firma. Wir beide und Hannes, der letzte gebürtige Ennenga, der noch lebt. Es muss alles geregelt werden, die Beerdigungen natürlich auch. Ich habe das Unternehmen Davids damit beauftragt – du bist hoffentlich einverstanden. Die erledigen schon mal ganz viel. Wenn sie Fragen haben, melden sie sich.«

Teelke hat alles im Griff, wie immer, dachte Mia. Doch der Bestatter Davids war auch aus ihrer Sicht keine schlechte Wahl.

»Ich möchte, dass alles schnell und ohne große Aufregung, vor allem ohne großes Aufsehen vonstattengeht«, fuhr Teelke fort.

»Ja, ja, Teelke Ennenga organisiert schon wieder!«, rutschte es Mia heraus. »Und wie du das sagst: *der letzte Ennenga*!«, ereiferte sie sich.

»Na, ist er doch. Unser Starkoch an der Ostsee …« Teelke kiekste eigenartig.

Mia hätte zu gern spontan geantwortet: »Hannes ist der Einzige, der aus diesem wichtigtuerischen Ennenga-Clan ausgebrochen ist.« Und sie hätte noch lieber hinzugefügt: »Dafür habe ich ihn immer bewundert, immer!« Doch sie tat es nicht. Widerspruch war nicht ihre Stärke. Er rief Streit hervor, und im Streitgespräch war sie jedes Mal die Unterlegene. Sie hatte es sich schlichtweg abgewöhnt, zu widersprechen. Das machte vieles leichter, dachte sie jedenfalls. Erst langsam, ganz langsam hatte sie realisiert, dass mit dieser Einstellung ihr eigenes Leben eher komplizierter wurde. Ihre Selbstachtung ging dabei verloren, dieser Gedanke war ihr allerdings erst in den letzten Jahren gekommen, schleichend.

»Das Restaurant finde ich sehr schön. Renke und ich waren einmal dort, ihr doch auch …«, sagte Mia.

»Na ja«, Teelke überlegte, »im Grunde ist es aber doch eine kleine Klitsche. Hannes kommt gerade so über die

Runden, sagt Wilbert immer.« Sie räusperte sich und fügte ein wenig heiser hinzu: »Sagte er immer.« Dann sah Teelke nach oben, als wollte sie ihren verstorbenen Mann irgendwo zwischen den Wolken erspähen.

»Trotzdem ist es schön. Klein, gemütlich, nicht so … so protzig!«, nuschelte Mia, aber Teelke schien ihr gar nicht zuzuhören.

»Wie hieß es noch?« Teelke dachte nach. »Nun fällt mir das nicht ein, Mensch noch mal!« Sie wühlte in ihrem Gedächtnis.

Auch sie wurde älter, vergaß mehr und mehr, dachte Mia und sagte: »Strandschlösschen.«

»Strandschlösschen, richtig«, wiederholte Teelke. Es ärgerte sie, dass sie den Namen vergessen hatte. In letzter Zeit passierte ihr das öfter. Erst gestern waren ihr im Gespräch mit dem Anwalt der Familie einige Details zu Wilberts Bankkonten nicht eingefallen – die hatte sie sonst immer parat gehabt, jederzeit abrufbar. Es war einfach zu viel passiert in den letzten Tagen. Außerdem war da … Sie wischte den Gedanken weg. Dann räusperte sie sich und fuhr in forschem Ton fort: »Bald ist Testamentseröffnung! Wir müssen das mit dem Geld regeln.«

»Was gibt es überhaupt zu regeln? Es wird alles im Testament festgelegt sein.«

»Ich kenne nicht jede Einzelheit. Es geht um Arends Testament. Wilbert, Renke und Hannes sind die Erben. Doch nun sind zwei von den dreien nicht mehr da. Das ändert alles.«

»Wir erben eben. Wir sind die Ehepartner. Fertig.«

Mias Gesichtsausdruck zeigte keinerlei Regung, als sie dies sagte.

»Wir, ja. Und Hannes.«

»Na also! Kennst du das Testament?«

»Ja«, sagte Teelke. »Arend hat an alles gedacht. Nur …«

»Was?«, forderte Mia eine Erklärung für Teelkes Zögern.

»Ich finde, es ist nicht gerecht, wenn Hannes auch erbt. Er hat nichts zum Erfolg des Unternehmens beigetragen.«

»Das Testament ist das Entscheidende! Wenn darin steht, das Hannes erbt, dann erbt er.«

»Das Geld gehört in das Unternehmen und nicht in den Imbiss von Hannes«, spottete Teelke. »Er hat es nicht verdient. Er hat damals selbst gesagt, dass er nichts mehr will!«

»Es ist ein schönes Spezialitätenrestaurant, kein Imbiss!«, entgegnete Mia ein wenig zu laut, sah sich verlegen um und sprach anschließend leiser weiter: »Wenn er erbt, ist es eben so. Und es wäre richtig! Das Unternehmen wird schon nicht pleitegehen!«

»Nein. Und Arend wollte das auch nicht. Ich weiß das!«, widersprach Teelke.

»Arend hat sich vor seinem Tod mit Hannes versöhnt.«

»Ach, versöhnt … Er sah Hannes immer als einen an, der … der, na ja, den Betrieb verraten hat. Aber egal. Ich kenne das Testament. Es ist alles fixiert. Und, Mia, Arend war ein harter Geschäftsmann, du weißt das. Auch bezüglich deiner Erbschaft müssen wir noch sprechen …«

»Bitte?« Mia sprang auf und starrte Teelke entsetzt an. Zögerlich fragte sie: »Was willst du damit sagen?«

Teelke schaute einen Augenblick erschrocken zu

ihr hoch, dann setzte sie ein überlegenes Lächeln auf: »Keinen Aufstand hier, bitte. Das Erbe von Arend wird gerecht aufgeteilt. Das heißt, dass der Großteil im Unternehmen bleibt und du und Hannes werden ausbezahlt. Also, reg dich nicht auf.«

»Steht es so im Testament? Alles andere hat keinerlei Relevanz.« Mia setzte sich wieder. Was hatte das alles zu bedeuten? Was wollte ihr Teelke nun eigentlich mitteilen? Sie spürte, dass sie diesem Gespräch nach all den schrecklichen Ereignissen nicht mehr lange gewachsen sein würde.

»Sicher, zum Glück gibt es ein Testament. Eine gesetzliche Aufteilung wäre nicht in unserem und auch nicht in deinem Interesse.«

»Woher willst du wissen, was in meinem Interesse ist?«

»Ach, Mia, du hast dich nie groß um die Geschäfte gekümmert, Renke hat alles für dich geregelt.«

Mia wusste, das Teelke recht hatte. Dennoch hatte sie immer alles mit Renke besprochen. Und wieso kannte Teelke das Testament – sie selbst hatte jedoch keine Ahnung? Aber die wusste eben Bescheid, mischte mit. Sie nicht. Sie gab keine Antwort.

»Wir könnten Regelungen treffen, die dem Betrieb zugutekommen. Wir beide, Mia. Wir entscheiden, das musst du begreifen. Wir – also, das muss ich jetzt zugeben, vielleicht eher du – könnten Hannes von der Notwendigkeit überzeugen, dass wir, nicht er, alles Weitere in die Hand nehmen. Er schert sich eh um nichts.«

»Hör auf damit!« Dicke Tränen liefen Mia über die Wangen. Sie konnte nicht mehr. Das war zu viel. Sie war keine Geschäftsfrau, im Gegensatz zu Teelke. Sie wollte von all dem nichts wissen, wollte sich in ihren Garten zurückziehen, nachdenken und trauern. Dort, wo sie oft mit Renke gesessen hatte.

»Nun bleib doch bitte ruhig. Du musst zugeben, dass die plötzliche Verantwortung über derart viel Geld einen nicht kaltlässt, oder?« Teelke warf ihr einen herausfordernden Blick zu

»Himmel, ich mag mir darüber keine Gedanken machen. Noch nicht!«, schluchzte Mia. Sie tranken den letzten Schluck ihrer Getränke.

»Du wirst dir Gedanken machen müssen. Und zwar bald!« Teelke Ennenga sah ihre Schwägerin schief von der Seite an, die versuchte, ihrem Blick auszuweichen. »Und sei gerecht, Mia: Hannes hat die Familie einfach verlassen, im Stich gelassen, jawohl! Dass der überhaupt etwas bekommt …«

»Fang nicht wieder mit diesen Sprüchen an!«, wehrte Mia ab. »Hannes wollte und will sein eigenes Leben leben.«

»Eigenes Leben … Wer lebt schon wirklich sein eigenes Leben? Und nun hat er auch noch eine Freundin!«

»Das ist doch wohl sein gutes Recht!«

»Ja, meinetwegen … Aber warum gerade eine Polin?«

»Und warum nicht? Eine Polin, ja. Eine supernette Person. Ich mag sie sehr. Endlich mal nicht so eine verbiesterte, nur dem Geschäft und dem Geld hinterherhechelnde Person.«

»Spielst du damit auf mich an, oder was? Supernett … Ich weiß nicht. Mir kam sie komisch vor, als ich sie das letzte Mal sah. Sie wird Hannes sicher bearbeiten, damit er sich ein Stück vom Kuchen holt. Die beiden haben übrigens gerade nichts Besseres zu tun, als für zwei Tage in den Harz zu fahren«, meinte Teelke spöttisch.

»Herrgott, lass sie doch! Dort finden sie ein bisschen Ruhe, bevor der ganze Kram mit den Beerdigungen losgeht. Wilbert und Renke haben sich nach Arends Tod auch für zwei Tage zurückgezogen. Das ist typisch für die Ennengas. Arend hat das doch auch schon gemacht, damals, als sein Vater starb.«

»Hat er das? Weiß ich gar nicht mehr. Aber das ist jetzt eine andere Situation, schließlich ist Hannes … na, eben der letzte Ennenga!«

Teelke sah Mia unverwandt in die Augen. Das kannte Mia. Dieser Blick ließ ihr das Blut in den Adern gefrieren. Wenn Teelke einen so anschaute, war sie kurz vorm Explodieren. Und das war nicht schön, schon gar nicht in diesem Café auf dem Norder Marktplatz. Hannes, der Abtrünnige – diese Verbohrtheit, selbst im Angesicht des Todes. Mia schauderte.

12

»Diese Geschichte ist von gewisser Brisanz, Frau Itzenga.« Polizeipräsident Eilsen betonte jedes Wort, um zu unterstreichen, dass es sich bezüglich des Todes der

Brüder Ennenga keinesfalls um irgendeine Lappalie handelte. Die Presse interessierte sich in einem kaum vorstellbaren Ausmaß dafür. »Das Unternehmen Ennenga ist seit Jahrzehnten eines der führenden der Region. Für Ostfriesland ist der Betrieb unglaublich wichtig angesichts der ansonsten bescheidenen Möglichkeiten, hier Arbeitsplätze zu schaffen. Der Tod von Arend Ennenga hat nicht nur die Wirtschaftswelt Ostfrieslands geschockt. Immerhin hat die Firma Verbindungen nach ganz Europa, in die USA, bis nach China! Und nun sterben zwei Haupterben, mehr oder weniger gleichzeitig so kurz nach dem Tod des Vaters, und dann noch bei einer Segeltour. Das ist für die Medien ein gefundenes Fressen! Wenn jetzt auch noch herauskommt, dass Renke Ennenga ertrunken, Wilbert Ennenga danach einfach so in Cuxhaven eingelaufen und am nächsten Morgen wieder losgesegelt ist, stehen der Spekulation Tür und Tor offen.«

»Wenn die Ergebnisse der Kollegen in Cuxhaven denn stimmen«, warf Tanja Itzenga ein.

»Na, hören Sie mal! Dieser Kommissar in Cuxhaven hat mir die Vorfälle und seine Einschätzung telefonisch messerscharf geschildert. Da geht es um rechtsmedizinische Erkenntnisse, die wollen Sie doch wohl nicht anzweifeln?« Eilsen sah die Hauptkommissarin erstaunt an.

»Nein, die Ergebnisse als solche nicht. Aber die Rekonstruktion der Segeltour, das große Ganze, das ist doch noch gar nicht endgültig geklärt.«

»Sehen Sie, deshalb müssen wir handeln. Sie und Herr Ulferts fahren nach Cuxhaven. Diese Gerüchte müssen im Keim erstickt werden, was nur funktioniert, wenn wir den Sachverhalt klären. Sie wissen ja, Frau Itzenga: Fakten zählen, sonst nichts. Haben Sie gestern gelesen in der …? Also sonst lese ich die nicht, aber diesmal, angesichts der Schlagzeile *Tod der Brüder Ennenga: wirklich ein Segelunfall?*. Typisch. Dieses Fragezeichen sagt doch alles. Die haben wieder mit den Toten zuerst gesprochen. Haben Sie es gelesen?«

Tanja Itzenga war überrascht. Sie hatte den Redeschwall ihres Vorgesetzten abwarten wollen und nicht damit gerechnet, so plötzlich reagieren zu müssen. Daher fiel ihre Antwort kurz aus: »Nein.«

»Sie müssen sich dafür interessieren, Frau Itzenga. Dann steht da noch, dass es keinerlei Neuigkeiten gebe und die Ennengas angeblich eines natürlichen Todes gestorben seien, was jedoch erstaunlich und kaum zu glauben sei … Die Polizei hülle sich in Schweigen und all so etwas. Eben dieses typische journalistische Geschwätz, was allerlei Vermutungen zulässt. Das werden wir unterbinden, indem wir den Tathergang rekonstruieren und entsprechend darstellen. Dann hat die liebe Seele wieder Ruh. Übrigens gibt es noch ein neues Detail. Ein Fischer hat bei den Cuxhavener Kollegen ausgesagt, er habe an diesem 16. zwei Boote in der Ferne gesehen, ein schnelles Motorboot und ein Segelboot. Das Motorboot habe sich dem Segelboot gefährlich genähert. Es muss nicht, aber es kann sich um Wilbert Ennengas Jacht gehandelt haben, zumal das zeitlich hinkäme. Er muss ungefähr südlich von Neuwerk gewesen sein. Das andere Boot muss ermittelt werden.«

»Ein Fischer? Bei dem Wetter?«, fragte Itzenga.

»Er war auf dem Weg in den Hafen von Dorum-Neufeld, kam aus einer Werft in Brunsbüttel wegen einer Motorüberholung.«

»Und …«, setzte Itzenga an.

»Das Scharhörn-Riff hatte er bereits passiert und war unterwegs in Richtung der Tegeler Rinne beziehungsweise der Robinsbalje.« Eilsen war aufgestanden und fuhr mit dem Zeigefinger über eine Seekarte.

»Die habe ich mir extra kommen lassen«, sagte er mit Blick auf die Karte, die er notdürftig an der Wand befestigt hatte. Er liebte Karten aller Art. Da der Fall in der Öffentlichkeit Wellen schlug und zudem die Möglichkeit bot, dienstlich Seekarten zu besorgen und zu betrachten, waren alle Begleitumstände gegeben, die das persönliche Engagement des Polizeipräsidenten erforderte.

»Als der Fischer sich einmal mehr umschaute, weil es für einen Moment aufklarte, so sagt er, habe er die beiden Boote gesehen, im Wattfahrwasser südlich von Neuwerk. Er sei sich nicht sicher, aber es könnte zu einer Kollision gekommen sein. Die Sicht war allerdings nicht besonders gut, wenig später seien die Boote in Dunst und Nebel verschwunden. Dem muss nachgegangen werden.«

»Weiß der Zeuge um die Person Ennenga? Ich meine, dass der da verunglückt ist?

»Na klar, die Zeitungen sind voll davon, und er scheint sie zu lesen. Den Zusammenhang hat er gleich hergestellt. Deshalb hat er sich ja gemeldet.«

»Wenn sich der Herr an die Presse wendet …«

»Sehen Sie – dann ist das, was wir bislang an Gerüchteküche haben, ein Kindergeburtstag! Er kann damit Geld machen. Wir müssen endlich Fakten schaffen! Ich habe den Kollegen in Cuxhaven gesagt, sie möchten alles unternehmen, um dem Mann deutlich vor Augen zu führen, dass er den Mund zu halten hat.«

»Und …«, versuchte es Itzenga wieder, doch Eilsen war nach wie vor nicht zu bremsen.

»Ich habe bei dem Fall sofort an Sie gedacht. Aus verschiedenen Gründen, Frau Itzenga. Meines Wissens liegt im Moment nichts Akutes bei Ihnen an …«

Ha!, dachte Tanja, nur weil gerade kein Mordfall vorlag, hieß das noch lange nicht, dass es nichts zu tun gab.

»… und ich denke, Sie sollten unbedingt mit dem Kollegen in Cuxhaven sprechen. Die prüfen schon, ob dieser Fischer die Wahrheit sagt oder Seemannsgarn gesponnen hat. Davon mal abgesehen, müssen wir so oder so eine Erklärung abgeben, dass die Kriminalpolizei – wenn es doch nur ein Unfall war – da letztlich nichts verloren hat. Die Presse muss beruhigt werden.« Jetzt holte der Polizeipräsident endlich tief Luft.

»Da ist noch etwas, liebe Kollegin.« Immer wenn Eilsen »Liebe Kollegin« sagte, wollte er etwas von ihr, das wusste Itzenga. »Nicht dass Sie denken, durch jede Geschichte irgendeines Fischers würde ich mich veranlasst sehen, meine besten Leute raus in die Welt zu schicken.«

»Beste Leute« – es hieß, auf der Hut zu sein. Itzenga kannte ihren Chef.

Eilsen erwähnte nochmals das Gespräch, das Wilbert Ennenga mit dem Hafenmeister geführt hatte. Es sei doch wirklich seltsam, dass er so gefasst nach Möglichkeiten gefragt hatte, noch Bier zu kaufen. Bergmann habe ihm die Geschehnisse sehr detailliert erläutert.

»Bergmann?«, fragte Itzenga.

»So heißt der Kollege in Cuxhaven, hatte ich das noch nicht erwähnt?«

»Nein.«

»Na, jetzt wissen Sie's. Kollege Bergmann will den Fall mit uns zusammen bearbeiten, die Ennengas kommen nun einmal aus Aurich. Ein netter Mann übrigens, dieser Bergmann, sehr höflich, mit guten Umgangsformen, jedenfalls am Telefon.« Eilsen sah sein Gegenüber erwartungsfroh an.

Tanja Itzenga ließ nur ein »Das ist wirklich etwas verwunderlich« von sich hören.

Unbeirrt fuhr Eilsen fort: »Das sind also die Fakten. Oder zumindest Anhaltspunkte. Die Zweifel des Cuxhavener Kollegen sind natürlich nicht von der Hand zu weisen, die Konstellation der Geschehnisse ist … befremdlich, will ich mal sagen.« Eilsen überlegte einen Moment lang. »Ach ja, der Rechtsmediziner, so Bergmann, sagt, dass es keine Hinweise auf Gewaltanwendung gibt. Ein natürlicher Tod, bei beiden Ennengas.«

»Ich hatte schon den Gedanken: Wilbert Ennenga und sein Bruder geraten in Streit miteinander – Geschäfts- und Erbschaftsdinge, was weiß ich. Wilbert Ennenga wirft Renke über Bord, um so einen größeren Anteil am Erbe zu erhalten. Oder wahrscheinlicher: Während des Streits sind sie handgreiflich geworden und Renke Ennenga fällt unglücklicherweise über die Reling«, dachte Itzenga laut.

»Sie sagen das so platt, Frau Itzenga. Aus solchen Gründen ist schon so mancher umgebracht worden! Ich kann mir nicht vorstellen, dass Ihre erste Version stimmt, das waren schließlich kultivierte Leute. Aber sicher, das ist letztlich kein Grund. Vielleicht haben sie sich dennoch überworfen, oder es war ein Unfall. Aber dass Wilbert Ennenga dann auch noch tot im Boot liegt …« Auf Eilsens Stirn zeigten sich kleine Sorgenfalten.

»Wie nun weiter? Soll ich verdeckt ermitteln, so 007-mäßig, oder wie lautet der Plan?« Tanja Itzenga biss sich auf die Unterlippe.

Eilsen ignorierte die Bemerkung.

»Sehen Sie, wenn die Presse auch nur den leisesten Hinweis bekommt, hinter der Sache könnte etwas anderes als ein Segelunfall stecken, wenn wir diese Gerüchteküche noch beflügeln, indem wir sie bestätigen, ohne zu wissen, was wirklich war, dann haben wir hier die Hölle auf Erden in den kommenden Tagen und Wochen. Ich bekomme Anrufe von höchster Stelle deswegen. Den Vater, aber auch Wilbert Ennenga kannten viele Leute da oben. Wir müssen die Todesumstände schnell aufklären, aber bitte nicht in der Öffentlichkeit! Ich wette, da sind schon Journalisten unterwegs und recherchieren … Wir brauchen Argumente, Fakten, Tatsachen.«

»Und Sie meinen …«

»Genau. Sie sind die Richtige dafür. Im Moment liegt doch ansonsten nichts Ernsthaftes an, oder?«

»Mein Schreibtisch ist voll mit …«

»Lassen Sie das liegen, ab sofort gilt Ihr Interesse allein der Aufklärung der Todesfälle Wilbert und Renke Ennenga.«

»Aber wir sind die Kriminalpolizei. Wenn es natürliche Tode waren …«

»Wer will das zum jetzigen Zeitpunkt endgültig bestätigen? Wer weiß, was passiert ist? Was hatte dieses Motorboot in der Nähe von Ennengas Jacht zu suchen? Warum sagte er nichts, als sein Bruder gestorben war? Lauter Fragen, die beantwortet werden müssen, ganz abgesehen von den Erbschaftsangelegenheiten!«

»Die rechtsmedizinischen Gutachten sind eindeutig, das haben Sie eben selbst gesagt.«

»Ich weiß. Ich kann es nicht ändern, Frau Itzenga. Der Landrat, der Innenminister – überall läuten die Glocken! Man interessiert sich für die Ennengas, immerhin arbeiten die an einer Reihe großer Projekte, die von öffentlicher Hand finanziert werden! Raten Sie mal, wer höchstwahrscheinlich den Zuschlag zur klimaschonenden Wärmedämmung der Trakte B und C unseres Gebäudes hier erhalten soll?« Eilsen stockte. »Aber das dürfen Sie auf keinen Fall weitergeben! Das ist aus der letzten internen Besprechung auf Leitungsebene!«

»Verstehe«, entgegnete Itzenga nachdenklich.

»Fahren Sie mit Ihrem Kollegen Ulferts nach Cuxhaven, um mit Bergmann zu sprechen. Sie sollten auch noch mal den Hafenmeister befragen, den Wilbert Ennenga im Jachthafen getroffen hat. Übrigens ist es sehr schön in Cuxhaven, ich war vor vier, fünf Jahren einmal dort.

Wenn man da auf dem Deich steht und die dicken Pötte sieht, die in Hamburg ein- und auslaufen – allein deswegen ist es die Reise wert. Wattwandern nach Neuwerk, ein gutes Matjesfilet mit Bratkartoffeln essen – also, mir hat es da gefallen! Aber …«, Eilsen rang sich ein Lächeln ab, »Sie sind natürlich ausschließlich aus dienstlichen Gründen dort.«

»Gut, dann versuche ich, Herrn Bergmann zu erreichen, vielleicht können wir schon morgen fahren«, meinte Itzenga und freute sich insgeheim über diesen Auftrag von höchster Stelle. So konnte sie sich guten Gewissens von der Aufarbeitung liegen gebliebener Akten drücken.

»Das ist gut. Reservieren Sie gleich einen Dienstwagen. Wenn keiner da ist, lassen Sie es mich wissen, das kriegen wir schon hin.«

»Ich informiere Sie, sobald ich mehr weiß.«

»Ich hoffe, es bleibt dabei.«

Itzenga zögerte. »Wobei?«, fragte sie verdutzt.

»Dass tatsächlich nichts anderes hinter den Todesfällen steckt.«

»Das werden wir klären.«

»Möglichst schnell und geräuschlos. Na dann, viel Erfolg.« Eilsen wandte sich ab und widmete sich wieder der Karte der Jade-Weser-Elbmündung an der Wand.

13

Hannes ging beim Aufstieg zum Brocken stets voraus, Karolinka, die dunklen, schulterlangen Haare zu einem Pferdeschwanz gebunden, hinter ihm. Sie war froh, nicht unmittelbar für Hannes' Ablenkung oder Trost sorgen zu müssen. Das Zwitschern der Vögel, das Rauschen des Windes in den Bäumen, das Plätschern sowie Gurgeln der Bäche lenkte ihn ab und ließ ihn klarere Gedanken fassen, so hoffte sie. Sie kannte ihn mittlerweile gut genug, um zu wissen, dass er zunächst die eigenen Gedanken ordnen und die Geschehnisse für sich verarbeiten musste, bevor er die Dinge mit ihr erörterte. Sie selbst hing gern ihren Gedanken nach, besonders beim Wandern in dieser herrlichen Umgebung. Sie dachte an ihre Heimatstadt Stettin und daran, wie sie früher ihrem Onkel, ehemaliger Betreiber eines kleinen Bauernhofs unweit der deutsch-polnischen Grenze, mit Eltern und Geschwistern bei der Kartoffelernte geholfen hatte. Sie hatten die Kartoffeln eingesammelt, welche die Erntemaschine nicht aufgelesen hatte. Die Kinder hatten sich Wettkämpfe untereinander geliefert; schließlich war gezählt worden, wer mehr Kartoffeln in seinem Sack hatte und damit am Ende Sieger an einem traumhaften Spätsommertag in der schönen, landwirtschaftlich geprägten Gegend um Stettin war.

Karolinka war nun gedanklich bei der Familie Ennenga, in die sie über Hannes hineingeraten war. Sie sprach mit Teelke kaum mehr als die absolut notwendigen Worte. Die Witwe Wilberts war für sie eine schwierige Gesprächspartnerin. Sie war so herrschsüchtig. Vor allem aber hatte Teelke Karolinka ihr Missfallen darüber spüren lassen, dass Hannes mit ihr zusammen war. Telefonate mit Mia hingegen konnten durchaus eine halbe Stunde oder länger dauern.

Teelke stellte eine gewisse Abneigung gegenüber Karolinka nie in Abrede. Sie warf hier und da Vorurteile über Polen in den Raum, um die Freundin ihres Schwagers zu provozieren. Doch sie war Karolinkas Humor nicht gewachsen, sodass sie sich ärgerte, wenn ihre gehässigen Pfeile an Karolinkas Lachen und gekonnten Retourkutschen abprallten und wie ein Bumerang zu ihr zurückkamen. Nachdem Karolinka einmal auf eine solche Anmerkung Teelkes für alle hörbar geantwortet hatte, aus einer bitteren Quelle könne eben kein süßes Wasser fließen, war der Gesprächsfaden zwischen ihnen endgültig gerissen.

Mit Mia war es anders. Sie war die Einzige gewesen, die offen bekannt hatte, wie schön sie das kleine Restaurant finde und wie sehr sie Hannes bewundere, diesen schwierigen Schritt gegangen zu sein. Raus aus der Firma, rein in ein freieres Leben.

Karolinkas Gedanken schweiften zum vorherigen Tag. Als sie mit einer Flasche Rotwein das Wohnzimmer der kleinen Ferienwohnung in Wernigerode betreten hatte, die Hannes seit Jahren anmietete, hatte sie sich neben ihn gesetzt, schweigend seine Hand genommen, sie gestreichelt, ihn angelächelt.

Sie hatte versucht, das Gespräch auf all die Aufgaben zu lenken, die ihnen nun bevorstanden. Die kurzfristigen, wie die Beerdigung und alle damit zusammenhängenden Verpflichtungen, die er, Hannes, wohl oder übel übernehmen musste. Und die langfristigen. Schließlich hatte der Tod seiner Brüder Folgen bezüglich der Unternehmensführung und des Erbes. Doch Hannes wollte nicht ständig darüber nachdenken. So viel Geld, hatte er bemerkt, mache ihm Angst. Damit hatte er weniger das Erbe gemeint, sondern vielmehr eine eventuelle Verpflichtung, an zukünftigen betriebs- oder vermögensrelevanten Entscheidungen beteiligt zu werden. Er hatte erst einmal einen Whisky zu sich genommen. Der zehnjährige Bladnoch war einer seiner Favoriten, ein Lowlander und ein Gegensatz zu den Islay-Whiskys mit ihrem rauchigen Geschmack. Karolinka hatte gesagt, er solle nicht zu viel trinken.

»Nee, zu viel nicht«, war seine Antwort gewesen. Aber was hieß schon »zu viel«?

»Wie wunderbar, dieser Ausblick!«, rief Karolinka in diesem Moment, die auf einem Felsvorsprung stehen geblieben war. Hannes drehte sich um, lief ein paar Schritte zurück und stellte sich neben sie.

»Herrlich!«, sagte er und umfasste ihre Hüfte. Er sah nach oben in den blauen Himmel, und Roger Cicero fiel ihm ein: »*… steh ich hier und schau nach oben. Frag mich, wo du gerade bist und wie es da wohl ist …*« Unter ihnen lag ein wunderschönes Tal.

Schließlich erreichten sie den Gipfel und kehrten beim Brockenwirt ein, wo sie einen halben Liter Hasseröder zu einem soliden Harzer Mittagessen orderten. Danach bestellte Karolinka einen Kaffee, Hannes hingegen trank zwei weitere Biere und gönnte sich dazu jeweils einen

Kräuterlikör, einen Schierker Feuerstein. Karolinka wiederholte, er solle nicht zu viel trinken, doch Hannes erwiderte, sie würden mit der Schmalspurbahn nach Wernigerode zurückkehren, da mache es nichts, wenn er ein bisschen angeschickert sei. Außerdem habe er allen Grund, einen zu heben, jetzt, wo plötzlich mehr als die Hälfte seiner Familie tot war.

Nach einiger Zeit verließen sie das Lokal. Hannes kaufte vorher noch ein paar Feuerstein-Flachmänner. Gemeinsam gelangten sie zu Norddeutschlands höchstgelegenem Bahnhof. Die Schmalspurbahn stand mit schnaufender Dampflok abfahrbereit am Bahnsteig. Sie stiegen zu, wobei sich bemerkbar machte, dass Hannes reichlich angetrunken war. Beinahe hätte er eine der Stufen verfehlt, die zum Waggon hinaufführten. Karolinka störte sich an seinem Verhalten. Nicht dass sie nicht mit Betrunkenen umgehen konnte, sie hatte schon so manchen erlebt. Sie selbst mochte Wein und Bier, vertrug den ein oder anderen Wodka. Doch sie hatte sich den Tag anders vorgestellt. Sie hatte erwartet, dass die lange Wanderung, die Luftveränderung und die völlig anderen landschaftlichen Eindrücke zu einem tiefer gehenden Gespräch über das weitere Vorgehen führen würden, nicht dazu, sich abmühen zu müssen, einen Besoffenen wohlbehalten in die Ferienwohnung zurückzubefördern.

»Trink bitte nicht noch mehr«, bat sie und schaute nach links und nach rechts, als die Bahn sich ruckelnd und mit lautem Pfeifen in Bewegung setzte.

»Ich habe innerhalb weniger Tage meinen Vater und meine Brüder verloren«, lallte Hannes, »da darf ich mir auch mal einen gönnen und ihnen zuprosten – und hier bin ich ihnen ja näher, so auf'm Berg.«

Sie fand das nicht zum Lachen. »Bitte, Hannes, nicht so laut. Der Tod deines Vaters und deiner Brüder sollte kein Grund sein, sich dermaßen zu besaufen!«, entgegnete Karolinka, der ihr Partner ein wenig peinlich wurde, zumal einige der Umsitzenden zuhörten und sich vielsagend zuzwinkerten.

»Komm, Liebes, du magst ab und zu auch gern mal einen heben. Weißt du noch, wie wir in Stettin am Hafen mit deinen Freunden Wodka-O-Saft getrunken haben? Nicht nur einen – man, waren wir duhn. Und die Bedienung hieß genauso wie du, da brauchten wir uns alle nur einen Namen zu merken. ›Karolinka, noch 'ne Runde!‹ War mehr als lustig! Und weißt du was?« Hannes schrie nun beinahe: »Jetzt trinke ich erst recht einen auf Vattern und Wilbert und Renke.« Er öffnete einen der Flachmänner. »Im Grunde waren sie allesamt Arschlöcher«, er trank, »aber sie waren meine Familie!« Er warf das Fläschchen einfach auf den Boden.

»Bitte, Hannes!«, raunte Karolinka. Sich derart aufzuführen, das musste nicht sein. Sie verstand, dass er die Todesfälle irgendwie verarbeiten musste, aber sicher nicht volltrunken, und vor allem dermaßen lautstark in aller Öffentlichkeit.

»Ach, meine liebe Kleine, stell' dich nicht so an. Die Leute verstehen das, oder?« Hannes sah eine ältere Dame an, die neben ihm auf der anderen Seite des Ganges saß. Die lächelte zurück, sagte nichts. Hannes wandte sich wieder Karolinka zu, lachte mit wirrem Blick, sah plötzlich sehr traurig aus, drehte den Verschluss eines weiteren Fläschchens auf und trank es – zu Karolinkas Entsetzen – in einem Zug leer.

Am Nebentisch lachten die Leute, einer rief: »Hey, Hut ab, der Herr, beeindruckende Leistung!«

Hannes lachte ihn mit glasigen Augen an: »Das schmeckt aber auch heute, das Zeug!«

Karolinka lächelte müde zurück. Mittlerweile ging ihr die Situation gehörig auf die Nerven. Warum tat Hannes ihr das an? Wollte er nicht seine Ruhe haben, seiner toten Verwandten gedenken? Nun schickte er sich an, eine ganze Batterie Likörfläschchen zu trinken, obwohl er bereits einiges beim Mittagessen konsumiert hatte.

»Ich steige in Schierke aus, wenn du weitersäufst!«, fauchte Karolinka und machte damit jeder Brockenhexe Konkurrenz.

»Quatsch nicht. Gönn' mir das doch einfach!«, entgegnete Hannes. Sein Blick wurde immer trüber. Polternd warf er einen leeren Flachmann in einen Papierkorb. Er war besoffen. Betrunken hätte zu harmlos geklungen.

»Gegen zwei, drei Bier habe ich nichts, aber heute trinkst du zu viel!« Karolinkas Miene sagte alles, Hannes nahm sie jedoch nicht ernst.

»Ach, so viel trinke ich gar nicht. Ich werd's überleben, Liebes! Und wenn nicht, ich habe alles schriftlich …« Er rülpste und Karolinka wäre gerne im Boden versunken. »… alles schriftlich gemacht. Du bekommst alles, was ich habe, wenn ich abkratze. Kann ja schnell gehen, meine Brüder haben es schließlich gerade vorgemacht! Aber du hast mir gute Tipps gegeben. Ich hätte nie dran gedacht, das alles zusammenzuschreiben. Du kriegst alles!«

»Darum geht es mir doch gar nicht!«

»Nee? Aber so ist es doch. Du kriegst das Restaurant, mein Auto, meinen alten Ehering habe ich auch noch! Echtes Gold, falls du ihn haben willst. Und falls ich von diesem gottverdammten Betriebsvermögen irgendetwas abbekommen sollte, kriegst du es auch. Ich meine, so wie du redest, könnte ich ja gleich wegen übermäßigem Alkoholkonsum umfallen.« Hannes lachte, aber wohl weniger, weil sich das Wort »Alkohol« mehr wie »Allohol« angehört hatte.

Karolinka war geschockt vom Zustand ihres Lebensgefährten. Wieso redete er gerade hier und jetzt über all diese Dinge?

»Mir reicht es endgültig. Dein Verhalten ist unerträglich. Ich gehe«, zischte sie.

»Ich find' schon zur Ferienwohnung. Tu, was du nicht lassen kannst, meine Liebe.«

Die alte Dame, die ihn eben noch angelächelt hatte, sah weg, als Hannes nun mit glasigen Augen zu ihr hinüberblickte. In diesem Augenblick hielt die Dampflok mit quietschenden Rädern. Sie zischte, als der Lokführer eine Wasserdampfwolke aus einem Ventil entweichen ließ. Sie standen in Schierke. Hannes nahm eine neue Flasche.

Karolinka stand auf.

»Du machst also weiter. Das war es dann. Ich hoffe wirklich, du findest unsere Wohnung noch! Du weißt, wir müssen morgen früh zurück nach Haffkrug! Es gibt viel zu regeln.« Sie griff sich ihren Rucksack sowie ihre Jacke und verließ den Waggon. Die alte Dame und die anderen Leute um sie herum machten Gesichter, die aussagten, dass sie den Ernst der Lage erkannt hatten. So, nun hatte er es zu weit getrieben, nun hing der Haussegen verdammt schief. Man musste eben die Grenzen des Partners kennen.

»He, du willst jetzt nicht wirklich aussteigen, oder?«, rief Hannes, sprang auf, schwankte und stützte sich an der gegenüberliegenden Sitzlehne ab, lallte so etwas wie: »'schulligung!«, und stolperte hinter Karolinka her.

»Karolinka Iwan…«, er musste aufstoßen, dann kam nur noch ein: »Bleib!« Die Bilder vor seinen Augen begannen, sich zu drehen. Er trat auf die kleine Plattform am Ende des Waggons, sah nach links, nach rechts. Von Karolinka weit und breit keine Spur. Ja, rigoros konnte sie sein, seine Karolinka. Wenn die was androhte, tat sie es auch. Eigentlich war das eine Eigenschaft, die er sehr an ihr mochte. Für einen Moment kam ihm der Gedanke, wirklich zu weit gegangen zu sein. Doch der Alkohol verhinderte, dass er diesen Gedanken weiterverfolgte. Die Dampflok ließ ein lautes Signal ertönen und setzte sich schwerfällig und lärmend in Bewegung.

»Scheiße!«, fluchte Hannes laut vernehmlich. Viele der auf dem Bahnsteig Stehenden sahen ihm nach, die meisten belustigt, hatten sie die Szene doch live miterlebt, und auch wenn Karolinka, ohne ein Wort zu sagen, raschen Schrittes aus dem Waggon gestiegen war, hatte ihr Gesichtsausdruck Bände gesprochen. Es war nicht schwer zu erkennen, dass der Mann, der sich krampfhaft an dem Metallgitter festhielt, das die Außenplattform des Waggons umgab, auf der man auch während der Fahrt stehen konnte, abgefüllt war.

»Gehen Sie lieber in den Waggon zurück!«, riet ihm eine ältere Frau wohlwollend, die in Schierke zugestiegen war. »Der Zug schwankt ganz schön hin und her!«

»Danke für den Rat.« Hannes unterdrückte nur mühsam einen Rülpser. »Aber sehen Sie, gute Frau, ich weiß wohl, was ich zu tun und zu lassen habe!«, erwiderte er unfreundlich im Inhalt, doch lächelnd und ruhig im Ton, sodass die Dame höflich zurücklachte. Die glasigen Augen sagten alles. Kurz wurde ihm bewusst, was für einen Blödsinn er daherredete, in Sekundenbruchteilen war dieser Gedanke allerdings wieder verflogen. Er hatte Mühe, sich zu halten, als der Heizer in der Lok neue Kohlen auflegte.

Der Zug nahm an Fahrt auf. Hannes begann, mit einer Hand in den Taschen zu graben. Hatte er nicht noch einen Feuerstein dabeigehabt? »Einer geht noch, einer geht noch rein …«, rauschte es durch seinen Kopf. Nee, Taschen leer. Vielleicht war es wirklich genug. Karolinka hatte natürlich recht gehabt. Nun war er allein, und das an einem Tag wie diesem. Er musste in Wernigerode die Ferienwohnung finden, was kein Problem war, weil er »die bunte Stadt am Harz«, wie Hermann Löns sie einst genannt hatte, seit Jahren kannte. Karolinkas Zorn war möglicherweise bereits verraucht, wenn er zu Hause ankam. Es würde schon werden. Die frische Luft war jetzt das Richtige. Und wenn sich eine Schwade des Qualms, den die Dampflok manchmal ausstieß, in seine Nase verirrte, sog er sie geradezu ein. Er mochte den Geruch von kokelndem Holz und verbrannter Kohle.

Vorsichtig bewegte er sich an den linken Gitterrahmen, ergriff die kalte Eisenstange. Einen Blick in Fahrtrichtung werfen, den Wind ins Gesicht pusten lassen, vermischt mit dem Kohlegeruch der schnaufenden Lokomotive. Die Schmalspurbahn ratterte wesentlich schneller bergab, als sie sich den Berg mühsam hinaufgewunden hatte. Hannes schob den Kopf nach außen, der Fahrtwind blies ihm nun heftig ins Gesicht. »Tschüss, Renke! Tschüss, Wilbert!«, rief er plötzlich laut, und ein vollbärtiger Mann, der, von Hannes bis dahin unbemerkt, neben ihm auf der Plattform stand, sah ihn verwundert an. Doch Hannes war das egal. Er wollte hier stehen, die Bergluft genießen, die Landschaft, an seinen Vater und die Brüder denken, und er hätte, verdammt noch mal, gerne einen weiteren Schnaps getrunken.

»Seien Sie vorsichtig!«, sagte der Mann, der nun dicht bei ihm stand.

»Bin ich, bin ich«, antwortete Hannes verwirrt. Hätte der keine Wollmütze, sondern einen Turban auf dem Kopf gehabt, hätte er ihn für einen Taliban gehalten, dieser dunkle Teint und der Vollbart … Er wollte allein sein, konnte der nicht wieder gehen? Er hatte gar keine Lust, sich über irgendwelche Belanglosigkeiten zu unterhalten.

Die Brockenbahn beschrieb eine lang gezogene Kurve, die Lok gab ihren markerschütternden Pfeifton ab. Hannes hielt sich fest, doch er hatte Mühe, ein Schwindelgefühl zu unterdrücken. Er sollte sich setzen. Es wurde langsam kalt. Alles drehte sich, das Gefälle wurde größer, der Zug fuhr noch schneller, eine Rauchschwade traf Hannes' Gesicht, er wurde nach außen getragen. Die Fliehkraft, dachte er. Fliehen. Vor all dem Scheiß. Er wollte keine Toten, keine Beerdigungen, er wollte kein Geld aus dem Betrieb, den er gehasst hatte. Ja, gehasst. So musste er es sagen. Gehasst! Diese Firma, der alles, alles unterworfen worden war. Die immer an erster Stelle gestanden hatte. Wichtiger als die Schule, sein Vereinssport, seine Freunde. »Der Betrieb geht vor.« Das waren die Worte seiner Eltern gewesen, von morgens bis abends. Dabei hatte sich sein Vater noch zurückgehalten, wohingegen seine Mutter die Firma wohl zehn Mal am Tag als Grund für dies und jenes genannt hatte, für Arbeit, Aufgaben, Zwänge und das Hintenanstellen eigener Bedürfnisse. Sie hatte ihren Mann immer und immer wieder ermahnt: »Arend, denk' an die Firma.« Und sie hatte sich mit dem Geld, das der Baubetrieb einbrachte, sehr gut eingerichtet. Seine Mutter war eine Frau gewesen, die den Gewinn und Erfolg des Unternehmens als allerhöchste Priorität angesehen hatte. War es nicht seltsam, dass Wilbert mit Teelke eine Frau geheiratet hatte, die genauso handelte, genauso sprach? Wilbert war der Erste mit einer Freundin gewesen – Teelke, schon damals. Sie hatte sich zur rechten Hand der Schwiegermutter entwickelt, bis diese, weit vor Arend, das Zeitliche gesegnet hatte. Arend Ennenga war froh gewesen, in Wilbert und Teelke Familienmitglieder zu haben, die seinen Kurs mit aller Kraft unterstützten. Plötzlich sah

Hannes dies alles deutlicher als je zuvor, obwohl er ziemlich blau war. Aus der Zwangswelt seiner Eltern, Mutter wie Vater, war er ausgebrochen. Er, Hannes, als Einziger war er anders! Er war der freie Mann in der Familie Ennenga. Auch die Tatsache, dass Karolinka fürs Erste stiften gegangen war, lag allein daran, dass er tat, was er für richtig hielt. Und nun hatte er sich einfach mal betrunken. Niemand konnte ihm vorschreiben, wann er saufen durfte und wann nicht.

Hannes ließ die Eisenstange los, an der er sich festhielt, und versuchte in der lang gezogenen Kurve der Zentrifugalkraft entgegenzuwirken.

»Sie sollten lieber reingehen. Da ist es warm. Und sicherer«, sagte der Typ mit dem Vollbart. War der die ganze Zeit über hier gewesen? Hannes widerstand den Kräften, die an ihm zerrten, und dem Schwindel. Der Alkohol wirkte stärker von Sekunde zu Sekunde. Sturzbesoffen, das war ihm lange nicht mehr passiert! Ein Lächeln flog über sein Gesicht.

Er lehnte sich erneut über das Metallgitter, den Wind im Gesicht, doch durch eine ruckartige Bewegung des Waggons verlor Hannes den Halt. Als er die Stange packen wollte, um sich festzuhalten, griff er glatt daran vorbei. Er taumelte und alles drehte sich, als er über die Brüstung stürzte. Er fiel, er flog, er schlug auf.

Dass die Plattform plötzlich leer war, bemerkte niemand. Den Besoffenen hatten die Leute im Waggon längst vergessen. Seitlich, wie er sich positioniert hatte, war vielen gar nicht aufgefallen, das er dort überhaupt gestanden hatte. Der Mann mit dem Vollbart war kurz vor Hannes'

Sturz verschwunden. »Seien sie vorsichtig«, war sein Rat zum Abschied gewesen.

Hannes war lautlos gefallen, kein Schrei, kein Rufen. Kopfüber nach unten, wie Renke über Bord. Das Knacken des Genickknochens beim Aufprall auf massivem Granitfels hatte niemand gehört. Das weit verspritzte Blut und das durch die zerbrochene Schädeldecke hervorquellende Gehirn wurden allenfalls von ein paar Ameisen, Käfern und sonstigem Waldgetier bemerkt. Die Dampflok gab in der Ferne erneut ein gellendes Pfeifsignal ab, als grüße sie ihn ein letztes Mal.

14

Es ginge um wichtige Angelegenheiten, so war es von Teelke angekündigt worden. Der Ablauf der Trauerfeier müsse festgelegt, betriebliche Fragen erörtert und Erbschaftsdinge besprochen werden. Das müsse jetzt geschehen, nicht irgendwann, ob Mia nun wolle oder nicht. Es ging auch noch um eine andere Angelegenheit, die sie mit ihr bereden musste, und Aufschub könne es zwangsläufig nicht geben. Mia war nicht begeistert gewesen. Sie wollte trauern, nur das. Teelke hingegen stellte schon wieder das Geschäft in den Mittelpunkt.

Die Schwägerinnen hatten eine Uhrzeit verabredet. Als

Mia an der Haustür stand, zögerte sie. Bei dem letzten Gespräch am Norder Marktplatz war ihr noch deutlicher vor Augen geführt worden, dass Teelke sie all die Jahre über wie jemanden behandelt hatte, der nichts Wichtiges beitrug. Sie musste nun berücksichtigt werden, als Mitglied der Familie, Frau des Bruders ihres Ehemannes. Aber wozu? Dass Teelke das nicht gefiel, spürte Mia deutlich.

Mia drückte den Klingelknopf. Das vertraute Ding – dang – dong ertönte. Nach einem zweiten Schellen öffnete Teelke die Tür. Mia erschrak. Ihre Schwägerin sah fürchterlich aus. Unter ihren Augen waren dunkle Ringe. Sie hatte geweint, lange und intensiv. Sieh an, dachte Mia, anscheinend leidet sie doch unter Wilberts Tod. Irgendwie beruhigte sie diese Erkenntnis.

»Komm rein«, Teelkes Ton war alles andere als freundlich, »und geh' schon mal ins Wohnzimmer.« Dann fügte sie hinzu: »Ach, hol' doch eine Flasche Rotwein aus dem Keller, von dem Merlot, den Wilbert so gerne mochte. So ein Fläschchen kostet 15 Euro, aber er ist wirklich gut. Wir haben ihn oft getrunken.«

Mia verzog das Gesicht. Nicht wegen des Weines, der Ton gefiel ihr nicht. Da war sie wieder, die Chefin. Wir tranken Wein, der ein bisschen was kostet … Mia und Renke konnten auch gut mit einer Flasche sizilianischem Rotwein für 2,99 leben. Hauptsache einer aus Trauben, die viel Sonne empfangen hatten, dunkelrot, fast schwarz.

Mia wechselte die Richtung, ging die Treppe hinunter und öffnete die Tür zum Weinkeller. Hier waren alle Mauern mit Holzregalen versehen und eine Menge Flaschen gelagert. Vielleicht würde der Wein das Gespräch zwischen ihnen leichter gestalten. Die Tür hatte sich langsam geschlossen, war angelehnt. Mia hatte die gesuchte Flasche gerade aus dem Regal gezogen. Plötzlich öffnete sich die Tür schlagartig. Mia erschrak heftig und drehte sich um, die Flasche französischen Wein fast aus den Händen verlierend. Teelke weinte, die Schminke rann mit der Tränenflüssigkeit die Wangen herunter. Sie sah noch schlimmer aus als vorhin an der Haustür.

»Mein Gott, hast du mich erschreckt!«, rief Mia. »Was hast du denn?«

Teelke fixierte Mia. Dann stürzte sie auf ihre Schwägerin zu, die erneut Mühe hatte, die Flasche Wein festzuhalten. Teelke umarmte sie, schluchzte, weinte heftiger, rang nach Luft. Sie klammerte sich an Mia und jammerte schließlich, kaum hörbar: »Ich habe doch nur noch dich!«

Mia wusste nicht, was sie tun konnte. Gefühlsausbrüche von Teelke waren ihr völlig fremd. Sie wagte nicht, ihre Arme um sie zu legen. Teelke fiepte wie ein schwer verwundetes Tier.

»Ich habe doch nur noch dich!«, wiederholte sie. Schniefend fuhr sie fort: »Es ist alles noch viel schlimmer, so furchtbar, Mia, so furchtbar. Du darfst nicht denken, es ginge alles einfach an mir vorbei, Mia, nein, so ist es nicht! Die Tage seit dem Unglück … Jeden Abend sitze ich hier allein und heule mir die Augen aus dem Kopf. Dass Wilbert und Renke tot sind, kann ich immer noch nicht glauben!«

Teelke klammerte sich immer noch an Mia, die wie angewurzelt dastand. Plötzlich ließ Teelke sie los, trat einen Schritt zurück.

»Entschuldige«, sagte sie, wischte sich die Tränen weg, was nur dazu führte, dass sich Wimperntusche und Kajal weiter in ihrem feuchten Gesicht verteilten.

»Schon gut.« Mia empfand für einen Moment so etwas wie Mitleid. Aber jetzt hatte Teelke mit einem Male wieder diesen strengen Blick. Waren für einen Augenblick ihre wahren Gefühle zum Vorschein gekommen? Gab es doch ein zerbrechliches Inneres hinter der harten, geschäftsmäßigen Maske?

»Beruhige dich erst einmal«, sagte Mia, doch was sie nun tun konnte, war ihr nicht klar. Derart hilflos und verwirrt hatte sie die Schwägerin nie erlebt. Es war fast beängstigend. Das Gesetz *Teelke weiß immer, was sie tut, die braucht keine Hilfe* hatte auf einmal keine Gültigkeit mehr.

»Es ist noch mehr … Da ist noch etwas«, begann Teelke. »Es ist …«, sie schien es nicht herauszubringen. Teelke, die Starke, die Allgegenwärtige, die Wissende, die sich nie eine Schwäche erlaubte, dachte Mia. Nun stand ein Häufchen Elend vor ihr. Aber ihre alte Stärke – oder was man dafür hielt? – schien langsam zurückzukehren. Sie drückte den Rücken durch und begann von Neuem: »Es ist nicht nur Wilberts Tod.«

Mia sah sie verwundert an: »Ich verstehe nichts von dem, was du sagst.«

»Ich … ich war beim Arzt, schon vor einiger Zeit, und vor Kurzem hatte ich wieder einen Termin. Ich musste sowieso hin, mir Beruhigungsmittel verschreiben lassen. Es geht wirklich nicht alles einfach so an mir vorbei, Mia, wirklich nicht.« Teelke sah niedergeschlagen nach unten, als gäbe es dort etwas zu entdecken.

»Und?«, fragte sie kurz angebunden.

»Mir ist aufgefallen, dass ich in letzter Zeit mehr und mehr vergesse, Dinge durcheinanderbringe …«, antwortete Teelke.

»Das geht mir auch so, wir sind eben nicht mehr die Jüngsten«, versuchte Mia, die unangenehme Situation etwas erträglicher zu gestalten. Sie fühlte sich nicht wohl in diesem Weinkeller.

»Mach keine blöden Witze!«, entgegnete Teelke schroff. »Es ist ernster, als du denkst.« Teelke räusperte sich, hob den Kopf, sah Mia in die Augen.

Mia hätte sich am liebsten weggeduckt. Was war denn nur mit ihrer Schwägerin? Mit großen Augen sah sie die ihr gegenüberstehende Frau an. Die rang nach Worten, atmete schwer.

»Ich habe Demenz«, sagte Teelke.

Mia konnte zunächst nicht antworten. Nach dem ersten Schreck dachte sie: Das war es also. Das auch noch, zu all den Todesfällen, diesem ganzen Mist! Die neue Chefin der Arend Ennenga GmbH & Co KG hatte Demenz! Die Unternehmensführerin vergaß Termine, die Namen von Geschäftspartnern, Bilanzzahlen, Gesprächsergebnisse … Tendenz schlimmer werdend. Eine Katastrophe.

»So alt bist du doch noch nicht, red kein dummes Zeug«, sagte Mia und erschrak – derart schroff wählte sie ihre Worte sonst nicht.

»Nicht so alt, danke, danke. Es ist so, wie ich es sage.« Sie drehte sich um und öffnete die Tür.

»Die Diagnose ist eindeutig«, fügte sie mit strengem Grundton hinzu, Mia den Rücken zuwendend. Sie ging die Kellertreppe hoch.

»Lass uns den Wein trinken!«, rief sie. Mia bemerkte, dass sich Teelkes Stimme wieder gefangen hatte. Wahrscheinlich bereute sie schon jetzt, ihr gegenüber derart viele Gefühle gezeigt zu haben.

Mia wartete noch einen Augenblick. Sie musste ihre Gedanken ordnen, bevor sie Teelke folgte. Sie atmete tief durch, ging die Treppe hoch und betrat das geräumige Wohnzimmer, in dem sie und Renke mit Teelke und Wilbert so manches Mal zu Abend gegessen hatten. Das Kopfende des langen Tischs dort war immer von Arend Ennenga eingenommen worden. Wilbert, als sein Nachfolger, hatte nur wenige Male auf diesem Platz gesessen, bevor sein Herz mitten im Wattenmeer den Dienst versagt hatte.

Als Mia das Zimmer betrat, Teelke auf dem Stuhl sitzen sah und sich ihre Blicke für einen Moment trafen, lief ihr ein kalter Schauer über den Rücken. Die Diagnose Demenz war niederschmetternd. Wollte denn die Flut von Hiobsbotschaften gar kein Ende nehmen?

15

»Ich habe Neuigkeiten.« Bergmann begrüßte Tanja Itzenga und Ulfert Ulferts mit diesen Worten in seinem Büro, schüttelte ihnen die Hände und stellte sich dann erst vor: »Bergmann, Hinnerk Bergmann.« In einer Ecke des Raumes befand sich ein kleiner Besprechungstisch, auf dem drei Tassen Kaffee standen. »Tee kann ich auch kommen lassen«, bot Bergmann an, dabei die Herkunft seiner Gäste bedenkend, doch Itzenga trank ab und an gerne mal eine Tasse Kaffee und Ulferts schüttete das dunkle Gebräu tagtäglich in viel zu großen Mengen in sich hinein. Kaffee zu kochen war so viel einfacher als die Teezeremonie. Und Teebeutel zu benutzen, was leichter war, konnte einem in Ostfriesland als Frevel vorgeworfen werden. Das Märchen, das sich in Teebeuteln die Blätter befinden, die in der Teefabrik auf dem Fußboden zusammengefegt wurden, hielt sich nach wie vor.

»Mein Name ist Itzenga«, stellte sich die Hauptkommissarin vor.

»Ulferts«, sagte Ulfert, auch er schüttelte Bergmann die Hand, bevor sich die drei an den Tisch setzten.

»Neuigkeiten?«, hakte Tanja Itzenga nach und beobachtete ihren Cuxhavener Kollegen. Ulferts musterte sie kritisch von der Seite. Ihm war schon bei der Begrüßung aufgefallen, was für ein gut aussehender, sportlicher Typ dieser Bergmann war. Er hatte ein überaus geschmeidiges Lächeln, das musste man ihm lassen. Wenn er lachte, zeigten sich Grübchen auf seinen Wangen.

»Wie Sie wissen, habe ich mit dem Hafenmeister gesprochen. Dabei bin ich, angesichts der Autopsien der beiden Brüder, auf diesen Widerspruch gestoßen und habe Polizeipräsident Eilsen kontaktiert«, begann Bergmann.

»Da ist ein neuer, interessanter Punkt aufgetaucht.«

Bergmann, so erschien es Ulferts, endete immer, wenn es spannend zu werden schien. Als warte er geradezu auf ungeduldige Blicke.

»Außer dem bereits bekannten mit dem Dorumer Fischer«, ergänzte der Cuxhavener, »der die beiden Boote gesehen haben will.«

»Um welchen Punkt handelt es sich?«, fragte Ulferts.

»Etwa eine Stunde, nachdem Wilbert Ennenga abgefahren ist, lief ein Mitarbeiter des Jachthafens aus, mit einem Motorboot. Der Bootsverleih im Jachthafen hat zwei Boote des Typs Crownline Bowrider. Sportboote mit kräftigen Motoren. Wer einen Sportbootführerschein besitzt, kann sie sich ausleihen, Touristen, Gäste, die mal ein wenig übers Meer rauschen wollen. Der Hafenmeister, Siegfried Hoogesand heißt er übrigens, wusste nicht, dass sein Mitarbeiter unterwegs war. Er hat an diesem Vormittag Besorgungen gemacht und war erst nach Mittag wieder an seinem Arbeitsplatz. Er hat dann später am Nachmittag einen anderen Segler getroffen, der in der Marina an seinem Boot arbeitete. Von dem hat er erst erfahren, dass sein Mitarbeiter mit dem Motorboot rausgefahren war. Das heißt, der Mitarbeiter war exakt zu der Zeit auf See, als Wilbert Ennenga unterwegs nach Wangerooge war.

»Sie meinen, das könnte das Motorboot sein, von dem der Fischer aus Dorum erzählt hat?«

»Genau. So viele Boote fahren zu dieser Jahreszeit ja nicht da draußen rum.«

»Was zu beweisen wäre«, merkte Ulferts an.

Bergmann fuhr fort. »Natürlich, es liegt aber nahe. Die Skipper im Jachthafen sind aufmerksame Leute. Dieser Peter Janssen, das ist der Mann, der Hoogesands Mitarbeiter mit dem Boot wiederkommen sah, hat sich nichts dabei gedacht. Er kennt den Mitarbeiter, weiß, dass er immer mal Probefahrten macht, Boote verlegt oder auch schon mal mit Mietern hinausfährt, um ihnen die Gefahrenstellen in dem schwierigen Gewässer zu erklären. Als Janssen beiläufig Hoogesand davon erzählt hat, wurde dieser stutzig, weil das Fahren mit diesen Booten ausschließlich nach persönlicher Absprache mit ihm zulässig ist. Im Anschluss an das Gespräch inspizierte er das Leihboot, wobei ihm am Bug ein paar Riefen auffielen. Da das verdammt teure Schiffe sind, wurde er sauer und hat sofort seine Aushilfe zur Rede gestellt. Der Mann, so Hoogesand, hat wohl erst rumgedruckst, aber schließlich zugegeben, dass er mit dem Boot gefahren ist. Was sollte er auch tun? Er war gesehen worden. Er habe eine Probefahrt machen wollen, weil Hoogesand deren Notwendigkeit wegen einer Reparatur mal beiläufig erwähnt hatte. Na, jedenfalls sagte er, dass er, als es auffrischte, eine rote Boje übersehen und leicht gerammt hat.«

»Und Sie meinen, das stimmt nicht?«, fragte Tanja Itzenga.

»Die entscheidende Frage, Frau Kollegin, genau«,

pflichtete Bergmann bei. »Das Interessante kommt jetzt: Nachdem Ennengas Segelboot aus dem Neuwerker Watt hier in den Jachthafen gezogen worden war, sind am Heck Schadstellen entdeckt worden. Zwei Boote, ungefähr gleichzeitig im Neuwerker Watt unterwegs, da lag es für mich wegen der Aussage des Fischers nahe, Proben zu nehmen. Habe an beiden Booten Rückstände abgekratzt. Soweit man überhaupt etwas sehen konnte, ich musste schon genauer gucken.«

»Und dann haben Sie das gleich ins Labor gebracht?«, bemerkte Ulferts.

»So ist es. Und nun dürfen sie dreimal raten, wovon die Lackreste in den Riefen am Bug des Motorbootes stammen?«

»Von der Boje.« Tanja Itzenga lachte Bergmann an, was dieser erwiderte.

»Das Ganze wird immer verworrener«, fuhr Itzenga fort. »Wilbert Ennenga scheint es völlig egal gewesen zu sein, dass sein Bruder ertrunken ist. Und nun dieser Hafenmitarbeiter, der zu ungewöhnlicher Zeit rausfährt und Ennenga rammt, der wiederum wenig später tot in seiner Jacht gefunden wird, trockenliegend auf dem Watt. Aber … vielleicht hat der wirklich nur eine Probefahrt machen wollen und es war ein Unfall. Es ist durchaus möglich, dass die beiden Boote sich in die Quere gekommen sind. Wir haben uns die Verhältnisse im Wattfahrwasser von einem Kollegen der Wasserschutzpolizei erklären lassen. Das Wattfahrwasser südlich Neuwerk in Richtung Wesermündung ist teilweise sehr eng, und es war stürmisch. Wenn Ennenga da geankert hat …«

»Und weshalb sollte er, so kurz nach der Abreise, schon wieder ankern?«, fragte Bergmann.

»Vielleicht hat ihm sein Herz Probleme gemacht. Er hatte ab und an Herzprobleme«, warf Ulferts ein. »Er wirft den Anker, will Hilfe holen. Da entdeckt er das Motorboot, das ihm wenig später ins Heck fährt. Das könnte seinen Herzanfall ausgelöst haben.«

»Möglich. Dennoch: Sobald er das Motorboot gesehen hat, hätte er die Polizei alarmieren können, Rettung holen, ein Leuchtzeichen abgeben. Ist aber alles nicht passiert«, sagte Bergmann.

»Er konnte ja nicht ahnen, was passieren würde«, erwiderte Itzenga.

»Okay, da haben Sie recht«, räumte der Kommissar ein.

»Und wenn er einen Herzanfall hatte, wie hätte er dann die Polizei alarmieren sollen?«, sah Itzenga auch diese Möglichkeit und fuhr fort: »Dennoch, merkwürdig ist das alles. Ich frage mich außerdem, wieso einer morgens rausfährt, bei dem Wetter und gegen die Anordnung seines Chefs. Probefahrt? Ich weiß nicht, nicht unter solchen Bedingungen.«

»Es könnte immerhin sein. Auch er muss sich nach der Tide richten, und wenn sein Ziel Neuwerk war, was er behauptet hat, musste er zu diesem Zeitpunkt losfahren, damit genug Wasser da war. Die Probefahrt … Einer der Motoren war wenige Tage zuvor repariert worden, die Zündspule wurde ausgetauscht. Bis Neuwerk und zurück – so hat er es wohl gegenüber Hoogesand dargestellt«, meinte Bergmann.

»Er hätte auf der Elbe herumkurven können, das reicht doch vollkommen zum Testen«, sagte Ulferts.

»Genau das habe ich mir auch gedacht. Aber er nahm exakt der Weg, den Ennenga genommen hat. Das gibt zu denken, nicht?« Bergmann sah die Kollegen abwechselnd an.

»Ennenga fährt mit seiner Jacht Richtung Wangerooge, der Mann im Schnellboot ist vielleicht nicht besonders erfahren, es ist kabbelige See … Was weiß ich.« Ulferts suchte nach Erklärungen.

»Die Boote sind sich gefährlich nahe gekommen«, nahm Itzenga diesen Aspekt auf, »wenn man dem Fischer Glauben schenken kann. Bei dem Zusammenstoß könnte Wilbert Ennenga gestürzt sein, daher die Verletzungen. Schock und Aufregung wiederum könnten den Herzinfarkt ausgelöst haben.«

Aus Ulferts' Sicht war das Ganze ein wenig vage. »Diesen Mitarbeiter müssen wir noch einmal genau befragen«, schloss er.

»Ich habe das schon gemacht, dabei ist leider nicht viel herausgekommen. Allerdings hatte ich auch nicht viel Zeit, mich mit ihm zu beschäftigen. Der Mann ist Pole, spricht allerdings sehr gut Deutsch«, erwiderte Bergmann. »Als besonders redselig kann man ihn jedoch nicht beschreiben. Vielleicht sollten wir es einmal zusammen versuchen, Frau Itzenga.«

Ulferts ärgerte sich, dass Bergmann nur sie ansprach.

»Ich würde mir den Herren gerne ansehen, was meinst du, Ulfert?« Tanja Itzenga wandte sich ihrem Kollegen zu, was Ulferts wiederum freute.

»Auf jeden Fall!« Die Frage kam zu überraschend, als dass er mehr hätte antworten können.

Bergmann erhob sich.

»Gut, sehen wir uns morgen um neun wieder hier im Büro? Bis dahin habe ich sicher ein Treffen mit dem Hafenmeister und seinem Mitarbeiter vereinbart. Jetzt muss ich leider noch zu einem anderen Meeting. Ein versuchter Mord bei Otterndorf, gleich hinterm Deich.«

»Okay, morgen um neun, bei Ihnen im Büro!«, sagte Itzenga, stand auf und gab Bergmann die Hand. Ulferts verabschiedete sich ebenfalls.

»Ich hoffe, Sie haben ein gutes Hotel gefunden?«, erkundigte sich der Cuxhavener Kommissar, im Weggehen begriffen.

»Wir waren noch gar nicht dort, sind gleich zu Ihnen«, meinte Itzenga, »aber es wird schon in Ordnung sein.«

»Gut. Dann bis morgen, Frau Kollegin.« Bergmann sah sie noch einmal kurz, aber intensiv an, drehte sich dann zu Ulferts und nickte ihm zu.

»Tschüss«, sagte Itzenga. Sie und Ulferts verließen das Büro und schließlich das Polizeigebäude.

»Was nun?«, fragte Ulferts, als sie ein paar Schritte schweigend nebeneinander her gegangen waren.

»Wir könnten zum Jachthafen fahren. Vielleicht treffen wir den Hafenmeister«, antwortete die Hauptkommissarin.

»Da sind wir morgen früh. Es wird bald dunkel. Und ich habe Hunger!«, entgegnete Ulferts.

»Hunger … da sagst du was, Ulfert.« Tanja Itzenga merkte erst in diesem Moment, wie sehr ihr eigener

Magen knurrte. »Was nehmen wir? Pommes Schranke, wie Schimanski, oder was Fischiges?«

Ulfert Ulferts' Laune stieg in Sekundenschnelle. Tanja wieder für sich allein zu haben und die Aussicht auf ein leckeres Essen nebst kühlem Bier wirkten sich positiv auf sein Gemüt aus.

»Hier ist nicht Duisburg-Hafen, sondern Cuxhaven. Aber entscheide du.«

»Was Fischiges«, sagte sie. »Pommes Schranke haben wir doch neulich erst beim *Grillfriesen* in Georgsheil gegessen.«

Sie zeigte auf ein Schild, das von einem Scheinwerfer angeleuchtet wurde. *Jules Kombüse – Frischer Nordseefisch à la carte* stand darauf, darunter: *Wir haben auch Fischbrötchen zum Mitnehmen.*

»Gut, frisch wird er hoffentlich sein – aber in Ostfreesland is de Fisk am besten«, meinte Ulferts.

»Lass mal«, sagte Tanja Itzenga schmunzelnd, »die können hier auch Fisch.«

»Und de Butt is ook so platt as bi uns, wat?«

Als die beiden Polizisten gerade über die Türschwelle des kleinen Restaurants traten, meldete sich Tanja Itzengas Handy. Sie kramte es aus ihrer Handtasche und schaute auf das Display.

»Och nee«, rutschte es ihr heraus.

»Was ist?«, fragte Ulferts, doch Tanja Itzenga hatte sich bereits umgedreht und trat wieder auf die Straße.

»Eilsen!«, gab sie Ulferts noch zu verstehen, bevor sie das Gespräch entgegennahm.

Ulferts wurde von einem Kellner empfangen und an einen Tisch für zwei Personen geführt. Er bestellte zwei

Jever Pils. Das Telefonat zwischen Tanja Itzenga und Eilsen schien ein wenig länger zu dauern. Er bedauerte Tanjas Pils, das langsam schal wurde, und trank schon mal seines. Bevor dem seiner Chefin das gleiche Schicksal widerfuhr, genehmigte er sich auch ihres. Aufmerksam las er sich währenddessen die Speisekarte durch, bis die Hauptkommissarin schließlich zurückkehrte, die beiden leeren Gläser bemerkte und Ulferts gespielt vorwurfsvoll ansah.

»Ich konnte es doch nicht schal werden lassen«, verteidigte er sich und Itzenga lachte.

»Dann bestell mal schnell zwei Neue!«

»Was wollte Eilsen?«, fragte Ulferts.

»Du wirst es nicht glauben: Hannes Ennenga, der dritte Bruder, ist auch tot.«

16

Tanja Itzenga, Ulferts, Bergmann, Hafenmeister Hoogesand und dessen Mitarbeiter standen auf dem Steg der Marina neben den schnittigen Crownline-Bowrider-Motorbooten.

»Das Boot wurde neulich repariert, genauer gesagt der Motor. Die Zündspule hat Probleme gemacht. Und Herr Hoogesand hat gesagt, dass es mal Probe gefahren werden müsste. Das habe ich gemacht«, erklärte Krysztof Iwanczyk den Kommissaren.

»Ich habe nie gesagt, dass du die Probefahrt machen sollst«, stellte Hoogesand fest.

Iwanczyk reagierte zunächst nicht, fand schließlich aber doch ein paar Worte: »Ich hatte Sie so verstanden, Chef.«

»Siehst du, das habe ich dir schon mehrmals gesagt«, regte sich Hoogesand auf. »Denken tue ich hier, das brauchst du nicht. Wenn du die Fahrt hättest machen sollen, hätte ich gesagt: Mach die Probefahrt! Das habe ich aber nie getan. Hätte ich auch nicht. Bei den teuren Booten will ich schon noch mit von der Partie sein! Und du fährst einfach so los. Und das bei dem Wetter!« Er wandte sich an die Polizisten: »Da sehen Sie, mit welchem Personal man es heute zu tun hat. Aber in Zeiten des Fachkräftemangels muss man jeden nehmen, mir ist er auch noch empfohlen worden! Immerhin kann er mit Booten umgehen. Dachte ich wenigstens.«

»Tatsächlich?«, fragte Kommissar Bergmann direkt an Iwanczyk gewandt, um zu verhindern, dass wieder dessen Chef für ihn antwortete. Er hatte jedoch keinen Erfolg.

»Er hat einen Bootsführerschein und zumindest mal eine Bootsbauerlehre angefangen, in Stettin«, erläuterte Hoogesand.

»Angefangen? Sie haben eine Bootsbauerlehre angefangen?«, fragte Ulferts. Iwanczyk schien etwas sagen zu wollen, tat es aber nicht.

»Er ist durch die letzte Prüfung gefallen. Die Theorie. Was soll's, ich brauch hier jemanden, der anpacken kann. Und wenn er will, kann er das. Er ist sogar recht geschickt in einigen Dingen.«

»Sie haben die Testfahrt also nicht angeordnet«, kam die Hauptkommissarin auf das eigentliche Thema zurück.

Hoogesand griff das sofort auf, wobei seine Erregung wieder zunahm: »Nee, allerdings nicht! Der Iwanczyk ist seit knapp zwei Monaten hier und hat bislang gut gearbeitet. Das mit dem Motorboot, diese Testfahrt, nee, davon habe ich nichts gewusst.« Hoogesand schickte einen bösen Blick in Richtung Iwanczyks.

»Ich dachte, ich hätte mich klar ausgedrückt, was eigenmächtiges Handeln angeht? Dass du mich so anlügen kannst, dafür könnte ich dich …«

Bevor der Hafenmeister sich vergaß, schritt Itzenga ein und meinte: »Nun mal langsam. Wir müssen wissen, was sich während der Probefahrt ereignet hat, Herr Iwanczyk. Bitte, schildern Sie uns die Ereignisse genau.«

Iwanczyk machte einen nervösen Eindruck, zuckte zusammen, als die Hauptkommissarin ihn aufforderte zu reden, und sagte leise: »Mann, tut mir ja leid … Ich dachte, ich mache nichts Falsches, wenn ich die Probefahrt mache.«

»So früh am Morgen?«

»Man muss ja wohl rausfahren, wenn die Flut kommt, jedenfalls wenn man Wattfahrwasser befahren will.«

»Okay, das ist richtig. Wie lange waren Sie draußen, wohin und wie weit sind Sie gefahren? Ist irgendetwas Ungewöhnliches während Ihrer Spritztour passiert?« Tanja Itzenga musterte Iwanczyk, dem nicht bekannt war, dass die Polizisten und Hoogesand bereits mehr wussten. Er hatte Mühe, ihrem Blick standzuhalten.

»Zu der Zeit und bei dem Wind waren sicher nicht viele Boote draußen«, stellte Kommissar Bergmann fest.

»Und so eine Segeljacht, die Sophia, die haben Sie sicher auch bemerkt, wo Sie ja Kurs auf Neuwerk genommen haben. Wieso eigentlich?«, schloss Ulferts an.

Unruhig trat Iwanczyk von einem Bein aufs andere. Gleich drei Kommissare um ihn herum, dann noch sein Chef, der stinksauer war. Ihm wurde klar, dass es falsch gewesen war zu bleiben. Nachdem er sich das Boot genommen hatte, wohl wissend, dass sein Chef dies nie und nimmer genehmigt hätte, wäre nur ein Weg der richtige gewesen: auf und davon, wie geplant. Pjotr hatte es ihm dringend geraten: sofort verduften! Aber hätte er sich nicht verdächtig gemacht? So hatte die Chance bestanden, dass es gar nicht entdeckt wird. Nun hatten sie ihn in der Mangel. Er kam sich ziemlich dämlich vor.

»Ich achte nicht groß auf andere Boote. Ich war allein auf See. Hab dann ja auch umgedreht …« Weiter kam er nicht.

»Erzählen Sie keinen Unsinn. Sie wissen, wie man mit Booten umgeht, und Sie kennen die hiesigen Gewässer. Sie können uns nicht weismachen, die Sophia nicht gesehen zu haben. Auf See kann man weit gucken.« Bergmann redete sich warm. Er hatte zwischenzeitlich die Papiere Iwanczyks vom Hafenmeister in die Hände bekommen, ältere Kopien des Bootsführerscheins, schlechte zwar, aber sie waren leserlich. Allerdings fehlten ihm die erforderlichen Polnischkenntnisse, doch Hoogesand hatte bestätigt, dass es sich um einen Bootsführerschein handelte.

»Sie wissen ein Boot zu führen und verschließen nicht die Augen, wenn Sie am Steuer stehen. In unseren schwierigen Gewässern schon gar nicht.« Bergmann sagte das mit Nachdruck und Iwanczyk schien sich zu winden.

»Ja«, sagte er zögerlich, »ja, da war ein Segelboot, kurz nachdem ich die Boje …«

»Zu der Boje kommen wir noch. Aber sehen Sie, langsam kommt ja die Erinnerung zurück. Und nun mal Butter bei die Fische«, sagte Bergmann auffordernd »erinnern Sie sich an den Bootstyp, die Farbe, irgendwelche Besonderheiten?«

Iwanczyk wurde noch unruhiger. »Nein, also, so sehr achte ich nun wirklich nicht auf so etwas. Ein … ein gewöhnliches Boot eben.«

»Gewöhnlich. Nun gut, aber die Farbe, die werden Sie noch im Kopf haben?«

»Die Farbe? An dem Tag war alles grau in grau. Ist es eigentlich immer im Moment.«

Tanja Itzenga fragte sich, ob er damit einfach die Wettersituation beschrieb oder ob einer wie Iwanczyk eventuell tiefsinnig sein konnte.

»Er ist farbenblind«, warf Hoogesand ein. »Das habe ich festgestellt, als er mir Lackfarbe bringen sollte.«

»Herr Iwanczyk, Sie überzeugen uns nicht.« Bergmann sah die Kollegen an, die mit ihren Mienen deutlich machten, dass sie ihm zustimmten. Der Cuxhavener Kommissar fuhr fort: »Es gibt noch andere Mittel und Wege, in Erfahrung zu bringen, wann Sie sich wo mit dem Crownline-Boot befunden haben. Also bitte!«

»Wollen Sie mir drohen? Da rede ich lieber mit meinem Anwalt. Hier muss ich doch gar nichts sagen«, entgegnete Iwanczyk plötzlich forsch.

Er wusste, dass er einen Fehler gemacht hatte. Er hätte den Bug des Motorbootes besser bearbeiten sollen, nachdem er es wieder an seinem Liegeplatz festgemacht hatte. Er hatte die Schadstelle reparieren wollen, weitgehend ohne Spuren zu hinterlassen. Das Können dazu hatte er aus seiner Lehre mitgenommen. Doch er war fürchterlich nervös gewesen, hatte nicht entdeckt werden wollen. Und als er diesen Skipper in seinem Boot bemerkt hatte, diesen Janssen, der ihn bei der Rückkehr gesehen haben musste, hatte er sich rasch entfernt, die Utensilien zur Behebung des Schadens in den Schuppen zurückgelegt und sich so lange nicht aus der kleinen Holzbehausung bewegt, bis niemand mehr zu sehen gewesen war. Er hatte leichtfertig geschlampt. Warum war er nicht ruhig bei Janssen vorbeigegangen und hatte ihm irgendeine Geschichte aufgetischt? Aber vor allem hätte er sofort abhauen sollen, sofort!

»Also, was ist jetzt?«, insistierte Bergmann.

»Warum ist das alles wichtig? Ich habe eine Boje gerammt. Das Segelboot habe ich zwar gesehen, aber nur von Weitem.« Iwanczyk rang mit sich. Er würde hier nicht wegkommen; er stand auf einer Steganlage, um ihn herum vier Personen.

Bergmann nickte Hoogesand zu.

»Krysztof, hör mal«, setzte der Hafenmeister an. »Wir hatten am Vormittag Streit, weil du das Boot genommen hast, ohne mich darüber zu informieren. Dann habe ich die Riefen am Bug entdeckt, von denen du mir nichts gesagt hast. Und du tischst mir die Geschichte mit der roten Leuchttonne auf, die du gerammt haben willst. Und der Wind … Gut, erst habe ich dir alles geglaubt und nicht so genau hingesehen. Jeder baut mal Scheiß, habe ich gedacht.«

»So war's ja auch«, sagte Iwanczyk leise.

»Nein, so war's eben nicht!«, erwiderte Bergmann. »Wir haben Materialproben genommen. Unsere Analytiker haben sie mit Schadstellen am Heck der Sophia verglichen und siehe da – die Rückstände stimmen exakt überein! Die Höhe und Länge der Riefen, die Ausgestaltung der Schadstellen, all das sind Hinweise, dass Sie keine Tonne, sondern das Segelboot gerammt haben! Unser Labor hat das bestätigt, also bitte.«

»Chef, ich …«, stotterte Iwanczyk.

»Holl mi up! Dass du entlassen bist, brauch ich dir wohl nicht zweimal zu sagen!« Hoogesand merkte nicht, dass ihm sowohl Itzenga als auch Bergmann böse Blicke zuwarfen. Eine sofortige Entlassung war in diesem Augenblick nicht das Richtige, um Iwanczyk aus der Reserve zu locken. Vielleicht machte der jetzt zu – bestand vehement auf einen Anwalt, die übliche Masche. Dabei könnten sie ihm womöglich hier und jetzt entscheidende Fakten aus der Nase ziehen.

»Chef, das … Mann, da habe ich nicht aufgepasst, sagte ich doch. Ein kleiner Zusammenstoß, mehr nicht. Das mit der Boje … Ich wollte nicht zugeben, dass ich das Segelboot gerammt habe. Ich rief dem Skipper zu, ob alles in Ordnung sei. Habe beigedreht, ich nach Cuxhaven zurück, der weiter Richtung Wangerooge. Alles paletti …«

»Red' keinen Unsinn! Alles paletti«, ereiferte sich Hoogesand. »Entweder du bist eingepennt oder du warst nicht ganz bei Trost! Oder blau. Hast du wieder getrunken? Du fährst doch immer mit ein paar Kumpels nach Stettin, Wodka kaufen. Billigen Wodka aus Polen. Bah! Und so einer schippert mit diesen sauteuren Booten herum!« Erneut schüttelte Hoogesand den Kopf.

»Ich habe nichts getrunken!«, reagierte Iwanczyk.

»Der andere Skipper, Herr Ennenga, ist bei diesem Zusammenstoß gestürzt, stimmt's?«, fragte Ulferts.

»Gestürzt?« Iwanczyk fuhr sich nervös durch die Haare. »Gestürzt?«, wiederholte er. »Nein, sicher nicht. Nicht gestürzt. Er stand in der Plicht, hat mir den Vogel gezeigt, versteh' ich ja, aber dann habe ich die Maschine gestoppt. Bin umgedreht. Der stand aber. Der stand in der Plicht, die Pinne in den Händen …«

»Die Pinne in den Händen? Er stand da einfach so? Nach einem solchen Vorfall? Das kann man sich kaum vorstellen. War es wirklich genau so, Herr Iwanczyk?«, wollte Tanja Itzenga wissen.

»Ja … Nein … Also, ich habe das Boot nicht extra gerammt. Natürlich nicht. Aber gesehen, dass Ennenga …« Iwanczyk biss sich auf der Unterlippe herum. »Er stand in der Plicht, hielt die Pinne.«

»Das hatten wir schon!«, bemerkte Ulferts.

Auch Tanja Itzenga ließ nicht locker. »Das ergibt keinen Sinn. Die Sachlage ist klar. Sie haben einen Seeunfall verursacht. Mittlerweile dürfte Ihnen zu Ohren gekommen sei, dass besagter Skipper tot in seiner im Watt trockengefallenen Jacht gefunden wurde.«

»Ist ja überall Gesprächsthema Nummer eins«, nuschelte Iwanczyk.

»Eben! Als Sie mit dem Boot auffuhren, ist Herr Ennenga gestürzt, und dabei hat er sich Verletzungen zugezogen, die indirekt oder direkt zu seinem Tod geführt haben.« Itzenga wusste, dass ihre Aussage nicht ganz den Tatsachen entsprach.

»Das ist unmöglich. Da war doch nichts! Ein Anstupser. Bin zu nah an die Jacht rangekommen, die Motoren machen irre Fahrt! Habe das Boot unterschätzt, das war scheiße. Ich kann mich nur dafür entschuldigen … Mein Fehler, Mann, ich habe mich vielleicht geärgert. Aber eigentlich ist nichts passiert. Nichts wirklich kaputt gegangen, ein paar Kratzer am Bug, mehr nicht. Und dem Skipper ist nichts passiert, garantiert nicht – nicht einmal dem Boot! Ist es gesunken? Nein! War es manövrierunfähig? Nein! Ein Anstupser, mehr nicht. Ich sage doch: ich zurück nach Cuxhaven, der weiter nach Wangerooge. Fertig.«

»Warum erzählst du das alles erst jetzt?« Hoogesand war unwohl in seiner Haut, er wollte nicht in irgendeine dumme Geschichte hineingezogen werden.

»Ich hab' Scheiß gebaut – gibt man das gerne zu? Ich dachte, das merkt schon niemand. Wenn etwas beschädigt worden wäre, wenn ich gesehen hätte, dass Ennenga gestürzt wäre, ich hätte geholfen!« Iwanczyk sah einmal in die Runde, um seinen Worten Nachdruck zu verleihen. »Aber so … so habe ich gedacht: Mist, wärst du mal gar nicht rausgefahren. War ja auch mieses Wetter, Mann! Na, das merkt schon keiner. Das habe ich gedacht.«

»Das merkt schon keiner«, wiederholte Hoogesand.

»Chef, kommt nicht wieder vor.«

»Vergiss es!«, rief Hoogesand. »Du hast mein Vertrauen schon dadurch missbraucht, dass du so mir nichts, dir nichts das Boot genommen hast, um eine Spritztour auf der Nordsee zu machen …«

»Testfahrt, Chef, keine Spritztour, ehrlich.«

»Blödsinn, Testfahrt! Wenn du eine Testfahrt hättest machen sollen, hätte ich dir das schon gesagt. Du hast da gar nichts zu entscheiden.«

»Mann, jeder macht mal einen Fehler! Ich habe den verdammten Ankerball übersehen, der war teilweise vom Segel verdeckt. Und dann noch Regen, Spritzwasser, es war eh kaum etwas zu sehen. Ich dachte, das Boot macht Fahrt. Dass der festliegt, konnte ich ja nicht ahnen, und ich wusste nicht genau, wie lange ich brauche, um dieses Crownline-Teil mal zum Anhalten zu kriegen. Da hat es einen kleinen Bums gemacht.«

»Ich kann den Scheiß nicht mehr hören! Ich gehe mal seine Papiere holen.« Hoogesand wandte sich demonstrativ ab und ging in Richtung seines Büros.

»Das Segelboot lag schon vor Anker?«, fragte Itzenga.

Iwanczyk war nervös. »Genau, es lag vor Anker! Aber den Ankerball habe ich erst gesehen, als es zu spät war. Ich habe noch gerufen, gewunken, aber er hat mich nicht gehört, der Wind war zu stark. Darum bin ich aufgefahren.« Diese Version passte doch schön ins Bild, dachte Iwanczyk.

Bergmann fiel ihm in die Rede: »Der Wind, der Wind. Ist es nicht verwunderlich, dass jemand bei den Wetterbedingungen im Fahrwasser vor Anker geht?«

»Genau das habe ich auch gedacht, genau das! So ein

Segler, der geht doch nicht bei so einem Wetter im Fahrwasser vor Anker.«

»Dieser Anstupser, wie Sie es nennen, ist eventuell der Auslöser für den tödlichen Herzinfarkt von Herrn Ennenga gewesen. Der Mann durfte sich nicht aufregen, verstehen Sie? Der hatte Herzprobleme. So gesehen bedeutet ihr Anstupser so etwas wie fahrlässige Tötung.« Bergmann war bewusst, dass seine Behauptung nicht stimmte. Er hoffte jedoch, dass Iwanczyk es nicht merken und noch unsicherer werden würde.

»Meine Kollegen hier und ich, wir können Sie mit auf die Wache nehmen. Denn dass Sie fahrlässig einen Unfall verursacht haben, scheint nun klar zu sein. Darüber hinaus …« Bergmann machte eine Pause, die das nun Folgende betonen sollte, doch sein Gegenüber, käsebleich, kam ihm zuvor.

»Quatsch! Es war, wie ich gesagt habe. Fahrlässig ist dieser Ennenga gewesen – man darf doch nicht an einer so engen Stelle im Fahrwasser ankern!«

»Sicher nicht, er wird jedoch einen Grund zum Ankern gehabt haben. Vielleicht ging es ihm nicht gut und er ankerte, obwohl er im Fahrwasser war. Haben Sie eigentlich in der Zeitung von dem Segelunfall gelesen?«, fragte Bergmann.

»Ich lese nie Zeitung, da steht doch eh nur Ranz drin«, reagierte Iwanczyk mürrisch, »habe seit Ewigkeiten keine in der Hand gehabt.«

»Im Internet wurde auch berichtet. Da gibt es zahlreiche Leute, die Vermutungen über Beteiligte bei dem Unfall anstellen.«

»Ich wohne im Container da hinten. Glauben Sie, mein Chef hat mir da Internet hingelegt? Selbst meinen Minifernseher musste ich auf dem Flohmarkt kaufen. Außerdem interessiert mich das Internet sowieso nicht.«

»Nun fang noch an, dich zu beklagen!«, rief Hoogesand, der mit ein paar Zetteln in der Hand zurückgekehrt war. »Du kannst froh sein, dass ich einen Hallodri wie dich eingestellt habe!« Seine Augen blitzten.

»Na, na, Herr Hoogesand.« Tanja Itzenga wollte die erhitzten Gemüter abkühlen.

Doch der Hafenmeister fügte gleich ärgerlich hinzu: »Ist doch wahr. Man will Hilfe, Unterstützung. Ich war überaus gutmütig, ihn einzustellen. Ich wusste ja, dass er viel Mist gebaut hat in seinem Leben. Das hat mir Herr Ennenga gesagt. Der hat mir Iwanczyk vermittelt, wenn man das so sagen kann. Ich glaube, er wollte seinem Bruder, der an der Ostsee lebt, einen Gefallen tun. Ich brauchte jemanden, und Herr Ennenga schlug ihn vor. Ich dachte, na, wenn der den vorschlägt, kann es nicht falsch sein, auch wenn er schon mal auf der ganz schiefen Bahn gewesen ist. Ja, das dachte ich! Er habe sich mittlerweile gebessert, hat Ennenga noch hinzugefügt. Und was gäbe es Besseres, als einer geregelten Arbeit nachzugehen? Ich habe zugestimmt! Und jetzt macht der Kerl mir solche Scherereien! Sie hätten mal hören sollen, wie der mich vollgesülzt hat, dass er unbedingt den Job brauche, er habe Schulden, für die er nicht verantwortlich sei, weil seine Eltern krank wären, und was weiß ich nicht alles. Deshalb habe er auch mal ein krummes Ding gedreht, allein deshalb. Der Arme! Aber er wäre vom Fach, und dass er die Prüfung damals nicht bestanden hat, habe nur daran gelegen, dass er seine Eltern hat pflegen müssen. Dieser ganze Kram! Wahrscheinlich ist nichts davon wahr.«

»Alles ist wahr! Es stimmt alles«, flüsterte Iwanczyk.

»Herr Ennenga hat ihn vermittelt?«, fragte Ulferts.

»Renke Ennenga, ja. Aber wie gesagt, auf Wunsch dieses Bruders an der Ostsee. Der hat eine Lebensgefährtin, und die … Ach, das krieg' ich gar nicht mehr auf die Reihe. War mir auch egal, wie gesagt, wenn Herr Ennenga …«

»Ja, Herr Hoogesand, das habe ich verstanden«, unterbrach Tanja Itzenga. »Also, mal zusammengefasst.« Sie wandte sich an Iwanczyk. »Sie haben das Boot gerammt, haben nicht weiter auf Wilbert Ennenga geachtet. Anschließend sind Sie in den Hafen zurückgekehrt, haben Ihr Boot festgemacht, versucht, den Schaden am Bug zu reparieren, und haben sich dann in die Koje gelegt?«

»Ich sagte doch, dass ich dachte, es würde niemand merken. Diese Boote sind sehr gut, gute Qualität. Den Schaden hätte ja auch einer beim Rausfahren aus dem Hafen verursachen können. Irgendein Touri, der das Boot geliehen hatte. Nach dem nächsten Ausleihen wäre ich fein raus gewesen, verdammt noch mal! Hätte nur gesagt: ›Chef, hier, gucken Sie mal!‹«

»Dann hätten Sie sich bestimmt nicht daran gemacht, den Schaden zu reparieren!«, warf Tanja Itzenga ein.

Iwanczyk sagte nichts.

»Glaubwürdig klingen Sie im Moment ganz und gar nicht, da bin ich der Meinung von Kommissar Bergmann.

Wir nehmen Sie am besten mit auf die Wache, um die Sache in Ruhe aufzuarbeiten!«, sagte Itzenga.

»Wenn, dann war es ein Versehen, Unvorsichtigkeit«, verteidigte sich Iwanczyk, »der Skipper stand, die Pinne in der Hand, und ich hatte beigedreht, längst schon!«, winselte er.

»Wieso hatte Herr Ennenga eigentlich die Pinne in der Hand, wo er doch ankerte?«, wunderte Ulferts sich.

Iwanczyk war aschfahl. Diese Frage konnte er nicht beantworten. Deshalb sagte er schlicht: »Weiß nicht.« Wäre er doch nur abgehauen, sofort. Ab zu Pjotr, nach Stettin. Da war er schon oft untergekommen, wenn irgendetwas nicht gut gelaufen war oder er mal wieder gar keine Kohle gehabt hatte. Bis Pjotr ihn vor gut drei Monaten rausgeworfen hatte. »Such dir was! Ich kann dich nicht ewig durchfüttern und im Moment läuft nichts«, hatte er gesagt. Pjotr hatte viele kleine Jobs, oft alles andere als legale Aufträge. Aber er kannte Gott und die Welt, hatte auch reguläre Jobs in petto – einfache Tätigkeiten, die aber manchmal ganz gut bezahlt wurden. Krysztof wollte weg vom Verbrechen – da hatte Pjotr gelacht und gesagt: »Na, vielleicht kann ich dir was Seriöses vermitteln.« Doch nachdem er zu lange bei Pjotr geblieben war, hatte er nur noch gesagt: »Ich ruf dich an, wenn ich was für dich habe, bis dahin musst du selbst sehen.« Dass Iwanczyk zwischenzeitlich den Job in der Marina in Cuxhaven bekommen hatte, da hatte die Verwandtschaft nachgeholfen. Er war viel zu zögerlich gewesen, sich zu kümmern, hatte immer wieder gezweifelt, ob er überhaupt einer geregelten Arbeit nachgehen wollte.

Bergmann setzte dem Ganzen ein Ende. »Um es kurz zu machen: Wir nehmen Sie mit und Sie überlegen auf der Fahrt zur Wache, ob Sie uns alles gesagt haben, was im Zusammenhang mit der Kollision von Belang sein könnte.«

»Sie wollen mich verkackeiern, oder? Ich bin kein Verbrecher!«, rief Iwanczyk.

»Das klären wir, Herr Iwanczyk. Die jetzige Sachlage spricht nicht unbedingt für Sie. Und wenn dann noch einer, der ankert, immerzu die Pinne festhält …«, konterte Bergmann.

»Nicht immerzu, in dem Moment gerade.«

»Sie widersprechen sich«, fügte Tanja Itzenga hinzu.

Iwanczyks Kopf sackte tief zwischen die Schultern. Wenn er nur schon in der Heimat wäre. Wenn die ihn jetzt festsetzten. Warum musste er auch so einen Scheiß erzählen, »stand in der Plicht, Pinne in der Hand« …?« »Weiß nicht« – das wäre die richtige Standardantwort gewesen, oder?

»Sie brauchen einen Haftbefehl!«, sagte er leise.

»Wir verhaften Sie nicht, wir nehmen Sie vorläufig fest. Da es den begründeten Verdacht gibt, dass Sie eine Rolle spielen bezüglich des Todes von Herrn Ennenga, reicht das allemal, Sie auf die Polizeiwache mitzunehmen. Wenn sich unsere Vermutungen bestätigen, wird der Haftbefehl schneller vorliegen, als Sie glauben«, antwortete Bergmann in aller Seelenruhe.

»Ich … ich wollte das Boot gar nicht nehmen! Ich hatte eine Order …«

»Was schwafelst du da?«, schrie Hoogesand ihn an.

»Ich habe dir nie eine Order gegeben! Oder willst du mir jetzt die Schuld in die Schuhe schieben? Habe ich gesagt, du sollst fahren? Habe ich das jemals gesagt?«

»Sie haben es gesagt, indirekt.« Iwanczyk starrte Hoogesand an.

»Du Arschloch!« Hoogesand war drauf und dran, auf Iwanczyk loszugehen, doch Itzenga und Bergmann hielten ihn zurück.

Der Hafenmeister beruhigte sich wieder. »Hopfen und Malz verloren!«, meinte er. »Nehmen Sie den Kerl mit. Ich will ihn nicht mehr sehen.« Hoogesand wies auf einen Container am Ufer. »Da drin hat er seine Sachen.«

Iwanczyk überlegte angestrengt. Als wolle er noch etwas sagen, blickte er zu Tanja Itzenga, doch er schwieg.

»Ist noch etwas, Herr Iwanczyk?«, fragte die Hauptkommissarin.

»Nein … Doch …«

»Ja, was denn nun?« Ulferts wurde ungeduldig.

»Egal. Sie verdrehen mir eh das Wort im Munde.« Iwanczyk schien resigniert.

»Wir verdrehen nichts, Herr Iwanczyk. Wir sammeln Fakten und ziehen Schlussfolgerungen. Das ist alles.«

»Wir sollten ein paar Dinge aus Ihrer Unterkunft holen und dann losfahren. Herr Hoogesand, zeigen Sie mir, wo Herr Iwanczyk sein Zimmer hat?«, fragte Ulferts.

»Kommen Sie«, sagte Hoogesand, und die beiden entfernten sich. Doch wenig später blieb er stehen, wandte sich Itzenga und Bergmann zu und sagte: »Ich muss Ihnen doch oben wieder aufschließen. Ich bringe den Schlüssel gleich mit.«

Bergmann fasste Iwanczyk indes an der Schulter und schob ihn vor sich her über den Steg.

»Wir treffen uns beim Wagen«, rief Itzenga Ulferts nach, sah dann Bergmann an: »Am besten, wir legen ihm Handschellen an, das ist sicherer.«

»Ja, Sie haben recht«, erwiderte Bergmann.

Iwanczyk drehte sich blitzschnell um und rammte dem Kommissar die Faust ins Gesicht. Der taumelte und schlug auf dem Steg auf. Tanja Itzenga griff Iwanczyks Arm, wollte ihn auf den Rücken drehen, doch der Pole war schneller, riss sich los und warf die Kommissarin gegen die Reling eines Segelbootes. Sie schrie auf vor Schmerz, versuchte jedoch sogleich, sich aufzurappeln. Iwanczyk sprintete los.

Ulferts und Hoogesand kamen aus der Unterkunft. Ulferts rief nur: »Scheiße!«, und setzte sich ebenfalls in Bewegung. Bergmann schien außer Gefecht, er krümmte sich, seine Nase blutete und er hatte Mühe aufzustehen.

Krzysztof Iwanczyk hatte einen guten Vorsprung herausgearbeitet. Er rannte, was das Zeug hielt, doch Ulferts war schnell. Er zog seine Pistole, im Laufen würde er allerdings kaum zielen können. Er schoss in die Luft, aber Iwanczyk gab sich unbeeindruckt. Fast hatte der Pole schon festen Boden unter den Füßen. Tanja Itzenga humpelte indes hinter Ulferts her. Ihr Knie machte ihr zu schaffen, seit sie bei einem früheren Fall während einer Festnahme in Norddeich einen Schlag direkt auf die Kniescheibe erlitten hatte. Sie war nicht mehr so schnell, wie sie es früher einmal gewesen war. Sollte sie einen Schuss auf Iwanczyk abgeben, ihn außer Gefecht setzen? Doch im Moment befand sich Ulferts in der Schusslinie.

Gleich hinter dem Eisentor, das Unberechtigten den Zugang zur Marina versperrte, stand ein großer Müllcontainer. Iwanczyk hatte keinen Schlüssel für das Eisentor dabei, der hing bei Hoogesand im Büro. Und ohnehin hatte er keine Zeit aufzuschließen. Er musste das Tor irgendwie überwinden, aber zunächst musste er verhindern, dass Ulferts und Itzenga ihn erreichten. Er stoppte, zog den Müllcontainer vor das Tor, wandte alle Kräfte auf und kippte ihn um, sodass sich der Inhalt auf den Steg ergoss, ein Teil fiel ins Wasser. Es stank gewaltig. Iwanczyk setzte seinen Sprint fort, machte einen großen Sprung und klammerte sich an das Tor. Mit ein, zwei geschickten Bewegungen hatte er sich darüber gerollt, ließ sich fallen und rannte weiter. Ulferts wühlte sich durch den Müll und Tanja Itzenga rief diesmal nur: »Scheiße!«, und direkt im Anschluss: »Halten Sie den Mann fest!«, denn sie hatte zwei Hafenarbeiter erspäht. Doch sie waren derart in ein Gespräch vertieft gewesen, dass sie die Hauptkommissarin einfach nur verblüfft anschauten.

Ulferts kletterte mühsam über das Eisentor. Als er dahinter wieder auf beiden Füßen stand, war von Iwanczyk nichts mehr zu sehen. Der Mann war in Form, das musste man ihm lassen.

Mit Mühe erreichte nun auch Bergmann den Müllberg. Itzenga wollte Verstärkung anfordern, und Bergmann antwortete: »Schon geschehen.« Trotz der Schmerzen nach Iwanczyks Faustschlag hatte er sein Handy gezückt und weitere Leute angefordert. Nachdem Ulferts ihnen zugerufen hatte, dass der Kerl weg sei, rief Bergman erneut an und leitete eine Fahndung ein.

»Krzysztof Iwanczyk ist auf der Flucht, muss im Moment noch im Bereich des Jachthafens Cuxhaven sein.« Bergmann fiel auf, dass er keine Ahnung hatte, ob Iwanczyk Zugriff auf ein Auto hatte. Er orderte alle verfügbaren Streifen und gab durch, man solle schnellstens das Hafengebiet abschotten. Vielleicht gelang es auf diese Weise, Iwanczyk zu ergreifen, bevor er untertauchen konnte.

17

Tanja Itzenga und Ulferts waren in Bergmanns Büro zurückgekehrt, nachdem klar gewesen war, dass Iwanczyk das Hafengebiet verlassen hatte, ohne dass eine der Streifen ihn gesehen hatte. Ulferts hatte das Gefühl, er röche ziemlich stark nach Müll, doch Itzenga und Bergmann versicherten, es sei nicht schlimm, schließlich hätten sie sich selbst durch den Abfall wühlen müssen.

Am Hafen hatte ihnen Hoogesand das Eisentor aufgeschlossen und sich furchtbar aufgeregt. Erstens war Iwancyzk weg und zweitens war ihm bewusst, wer den Müll vom Steg räumen und aus dem Wasser fischen musste.

»Wenn alles doch eine Verkettung unglücklicher Zufälle war?«, sinnierte Itzenga nun. »Es ließe sich leicht erklären: Krzysztof Iwanczyk macht tatsächlich eine Probefahrt. Er hat sein Motorboot bei dem schlechten Wetter nicht voll unter Kontrolle und fährt auf die Sophia auf. Ennenga ankert, auch wenn er sich im Fahrwasser befindet. Er fühlt sich nicht gut, das Herz macht Probleme. Dazu kommt die psychische Belastung wegen des Todes seines Vaters und seines Bruders: Psyche und Physis sind schließlich eng miteinander verknüpft. In der Folge erleidet er einen Herzinfarkt. Nun zu Renke Ennenga: Laut Gerichtsmedizin ist er ertrunken. Das Wasser mag zu dem Zeitpunkt etwa sieben Grad kalt gewesen sein. Darin kann man womöglich eine Dreiviertelstunde überleben, länger nicht, schon gar kein untrainierter Mensch wie Renke. Möglicherweise hat er auch sofort einen Kälteschock erlitten. Atmung, Kreislauf, Muskulatur und Nervensystem verweigern schlagartig ihren Dienst. Außerdem wird er panisch gewesen sein.

»Und das Boot von Wilbert Ennenga?«, fragte Ulferts, der unbedingt duschen wollte.

»Nun, vermutlich haben verschiedene Leute das Boot von Weitem gesehen, ohne sich etwas dabei zu denken, da ja der Ankerball im Mast hing, also grundsätzlich nichts Ungewöhnliches.«

»Hmm«, brummelte Ulferts.

Angesichts dieser wenig aussagekräftigen Reaktion fuhr Tanja Itzenga fort: »Natürlich wäre es möglich, dass Renke aufgrund eines Streites über Bord ging. Dass Wilbert jedoch keiner Menschenseele von dem

Unglück erzählt hat, dafür könnte auch ein psychologischer Schock verantwortlich sein.«

»Woher hast du das denn?«, hakte Ulferts nach.

»Auch von unserem Rechtsmediziner. Ein solcher Schock … Ach, warte mal.« Sie kramte einen Zettel aus einem Ordner, der vor ihr lag.

»Ich habe mir Stichworte gemacht. Ein psychischer Schock aufgrund einer Katastrophe oder eines Unfalls kann Tage andauern. Und das kann vielfältige Folgen haben, ich meine, im Grunde haben wir so etwas doch auch mal gelernt, Ulfert …«

»Was ich nicht alles gelernt und längst wieder vergessen habe. Das begann bei mir schon im Kindergarten. Was sind das für Folgen?«

»Ich habe dazu allerlei im Internet gefunden. Ein psychologischer Schock kann verschiedene Auswirkungen haben, dazu gehören Ängste und Verzweiflung oder depressive Momente. Darüber hinaus ist es möglich, dass nach einem solchen Schock die Handlungsweise eines Menschen total verändert wird. Auf Reize wird dann ganz anders reagiert als gewöhnlich. Der Schock kann so weit führen, dass der Mensch in Panik gerät, vor der Situation zu fliehen versucht, oder aber, ganz im Gegenteil, sich in sich selbst zurückzieht – bis zur kompletten Untätigkeit.«

Ulferts sah sie an: »Schon eines davon wäre ausreichend, sein Verhalten zu erklären. Das willst du sagen, oder?«

»Es könnte bedeuten, dass Wilbert Ennenga zu angeschlagen war, neben dem psychischen Schock auch das körperliche Gebrechen. Iwanczyk taucht aus dem Nichts hinter ihm auf. Er denkt einfach nicht daran, Hilfe zu holen. Leuchtrakete abschießen? Den Hafen anfunken oder die Wasserschutzpolizei? Nein, Wilbert Ennenga war in diesem Moment unfähig zu handeln. Außerdem kannst du ein Segelboot im Wattenmeer nicht eine Minute aus dem Auge lassen, sonst sitzt man gleich auf. Wahrscheinlich hat Wilbert Ennenga zuerst das Boot gesichert. Das erklärt, warum er an einer solch ungünstigen Stelle ankerte. Das hätte er unter normalen Bedingungen garantiert nicht getan. Als er den Anker geworfen hat, vielleicht schon mit Schmerzen in der Brust, erleidet er den Herzinfarkt und kippt tot um. Dabei schlägt er auf der Reling oder sonst was Hartem auf, daher die Hämatome. Wer weiß, vielleicht wollte er sogar noch in die Kajüte klettern, die Pistole zum Abfeuern einer Leuchtrakete holen, es erwischt ihn aber noch vor der Treppe und er bleibt liegen. Exitus, Schluss, aus. Und unabhängig von allem anderen fällt Hannes Ennenga volltrunken aus einem Zug im Harz und bricht sich das Genick. Eine Verkettung unglücklicher Umstände eben.« Tanja Itzenga sah ihren Kollegen an, der nickte anerkennend.

»Ja, so könnte es gewesen sein«, bestätigte er und fügte, als wollte er sich selbst überzeugen, nochmals hinzu: »Genau so! Das würde für Eilsen eine gute Presseerklärung abgeben und die Sache würde sich beruhigen.«

Tanja Itzenga nickte, machte dennoch einen nachdenklichen Eindruck.

»Aber du glaubst das doch ebenso wenig wie ich, oder?«, fragte sie. »Das Boot, das Ennenga ins Heck fährt … gerade zu diesem Zeitpunkt. So wie es faktisch aussieht, ist Renke Ennenga am Tag vorher ertrunken, und sein Bruder übernachtet in Cuxhaven, trinkt sein Pilschen und segelt einfach so zurück. Dann erst kam die Sache mit Krzysztof Iwanczyk und diesem Bowride-Crownline-Boot.«

»Crownline-Bowrider.«

»Meinetwegen. Danach kommt dann Hannes Ennenga zu Tode. Mir ist das zu viel auf einmal!«

Im Grunde, dachte Itzenga, war es ziemlich aus der Luft gegriffen, Krzysztof Iwanczyk Absicht vorzuwerfen. Dass er allerdings nicht richtig mit dem schnellen Boot hatte umgehen können und im engen Wattfahrwasser zu dicht aufgefahren war, war angesichts seiner Erfahrung unglaubwürdig. Vielleicht war er betrunken gewesen und mochte es nicht zugeben? Was passierte nicht alles auf See. Da gab es gut ausgebildete Kapitäne, die setzten ganze Kreuzfahrtschiffe auf einen Felsen an der italienischen Küste, fielen anschließend aus Versehen in ein Rettungsboot und erreichten vor allen anderen sicher das Festland, während Passagiere elendig in volllaufenden Kabinen verreckten. Und der war noch nicht einmal betrunken gewesen.

In diesem Moment öffnete sich die Tür und Hinnerk Bergmann betrat den Raum. Iwanczyks Faustschlag hatte einen zunächst blauen, sich jetzt ins türkis-grünlich verfärbenden Fleck hinterlassen. »Moin, Moin, Kollegen! Die Fahndung hat noch immer nichts erbracht. Iwanczyk ist wie vom Erdboden verschluckt. Ich lasse Informationen über ihn einholen und …«

Er wurde von Tanja Itzenga unterbrochen. »Ich habe auch bei uns Mitarbeiter damit beauftragt. Iwanczyk wird ja Gründe haben, wegzulaufen.«

»Ja, gut. Dann sollte ich unseren Mann zurückpfeifen, damit nicht doppelte Arbeit gemacht wird. Davon abgesehen: Wie gehen wir weiter vor?«

Selbst die Flucht von Iwanczyk, für alle drei peinlich genug, schien Bergmann die Laune nicht zu verderben. Polizeipräsident Eilsen würde toben, dachte Tanja Itzenga, wenn sie ihm gestehen würde, dass ihr bisher einziger Verdächtiger fliehen konnte. Doch der saß in Aurich, hier war Cuxhaven. Natürlich würde der Auricher Polizeichef bald alles erfahren, aber bis dahin gab es vielleicht einen Fahndungserfolg. Immerhin war die Fahndung international ausgeschrieben worden. Die Zeit verging schnell, der Flüchtige konnte inzwischen weit gekommen sein, falls er nicht irgendwo ganz in der Nähe untergetaucht war.

»Warum wurde Iwanczyk so panisch? Gut, Herbeiführung eines Unfalles ist nicht gerade ein angenehmer Vorwurf, wenn man bedenkt, dass Ennenga in der Folge gestorben ist – was Iwanczyk womöglich nicht wusste. Dennoch, man könnte ihm so etwas wie Fahrerflucht oder unterlassene Hilfeleistung vorwerfen. Aber wir haben keine Beweise dafür, er hätte es abstreiten können. Warum ist er dennoch so panisch getürmt?« Sie überlegte. Dann sagte sie: »Und eben noch dachten wir darüber nach, ob es nicht doch eine Verkettung von Zufällen war, die wir bisher nicht richtig zusammengesetzt haben.« Tanja Itzenga sah Bergmann an.

Der überlegte kurz und sagte: »Zufall, Kollegin Itzenga, ist doch nichts, womit sich Kriminalpolizisten zufriedengeben, oder?«

18

Teelke Ennenga öffnete die Tür.

»Sie? Warum? Ist nicht alles geklärt?«, begrüßte sie die Kommissarin mürrisch. Hinter Tanja Itzenga stand Ulferts, der einen unausgeschlafenen Eindruck machte.

»Ich habe Sie gestern angerufen, der Termin war vereinbart.«

Teelke Ennenga sah sie mit großen Augen an. »Tatsächlich? Hm ... ja, richtig. Natürlich.«

»Bei unserem ersten Gespräch sind ein paar Punkte offengeblieben. Es gibt da aus unserer Sicht noch Widersprüche ...«

»Widersprüche! Mein Mann ist tot! Und Sie reden und reden.« Teelke Ennenga machte eine wegwerfende Handbewegung. »Was für Widersprüche?« Bislang hatte sie die Besucher nicht über die Türschwelle gebeten.

»Widersprüche im Ablauf der Geschehnisse. Wir möchten Ihnen noch ein paar Fragen stellen, um mehr über die Begleitumstände zu erfahren. Ich hoffe, wir dürfen Sie stören, trotz all dieser für Sie sicher schrecklichen Ereignisse?«

Teelke Ennenga trug dunkle Kleidung, nicht schwarz, sondern dezentes dunkelblau. Ihre Miene veränderte sich.

»Ach«, wimmerte sie, »ich weiß ja, Sie müssen Ihre Arbeit machen, egal, wie es den Opfern geht. Manchmal erinnern Sie mich an diese Tatort-Kommissarin, Charlotte Lindholm. Die gibt auch nie Ruhe. Sehen Sie, ich muss überlegen, wie alles weitergeht. Natürlich ist das alles schrecklich«, sie putzte sich die Nase, »aber ich muss auch nach vorn blicken, oder? Plötzlich steht das Unternehmen ohne jeglichen männlichen Nachfolger da! Unsere ganze Planung … Wer soll jetzt …?« Sie schnäuzte sich erneut, sah anschließend zu Tanja Itzenga auf und flüsterte beinahe: »Jetzt, spätestens in einem solchen Moment, wenn es richtig schwer wird, dann müssen wir Frauen ran, nicht wahr?«

Tanja Itzenga war erstaunt über die in wenigen Sekunden wechselnden Gemütszustände. »Natürlich, Frau Ennenga. Es ist bewundernswert, wie Sie Ihr Schicksal ertragen!«

»Schicksal … Schicksal. Lassen Sie mich damit zufrieden. Ich glaube nicht, also glaube ich auch nicht an das Schicksal. Was bleibt mir übrig? Es muss weitergehen, egal, was passiert ist!«

Die Hauptkommissarin sah sich nach Ulferts um, der schweigend den Dialog beobachtete. Während des Wortwechsels waren die beiden Polizisten und die Unternehmerin in das Wohnzimmer der Ennengas gegangen.

»Ich habe gerade Tee aufgesetzt, Sie können eine Tasse mittrinken, wenn Sie wollen.«

»Danke, das ist nett, muss aber nicht sein«, antwortete Itzenga.

»Was muss schon sein«, erwiderte Teelke Ennenga, ging in die Küche, werkelte dort ein wenig herum und kam dann doch mit zwei weiteren Tassen und der Teekanne nebst Stövchen wieder herein.

Ulferts musste unwillkürlich an den Kuchen denken, den es bei ostfriesischen Trauerfeiern gab: Teekook, Teekuchen, ohne oder mit Sahne in der Mitte. Neulich hatte er erlebt, wie jemand in einer Bäckerei völlig selbstverständlich nach »Beerdigungskuchen« gefragt und diesen auch bekommen hatte.

»Ach, nun habe ich Kluntje und Sahne vergessen«, nuschelte Ennenga und begab sich erneut in die Küche. Nach kurzer Zeit kehrte sie mit dem Kandis zurück und setzte sich. Sie goss schweigend Tee ein, wobei der vorher in die Tassen gegebene Kluntje ordentlich knisterte. Dann sah sie sich auf dem Tisch um.

»Herrgott noch mal, die Sahne …«, bemerkte sie und machte sich wiederum in die Küche auf. Itzenga und Ulferts sahen sich an. Die arme Frau schien ein wenig verwirrt zu sein, was aufgrund der Ereignisse nicht verwunderlich war.

Schließlich forderte sie die Gäste auf, Sahne selbst zu nehmen. Tanja Itzenga griff sich den kleinen Schöpflöffel, der in dem Kännchen hing, und verteilte die Sahne vorsichtig auf der Oberfläche des Tees.

»Dat Wulkje!«, sagte sie, als sie die Schlieren betrachtete, die von der Sahne auf der Oberfläche des Tees gezogen wurden. Sie wollte das bedrückende Schweigen brechen.

»Ja, was wäre Ostfriesland ohne den Tee!«, pflichtete Teelke Ennenga ihr bei. »Aber Sie sind sicher nicht gekommen, um über Ostfriesentee zu reden, Frau Kommissarin.«

»Nein. Mein Kollege, Herr Ulferts, und ich würden gern noch ein paar Dinge über die Planung der Segeltour erfahren. Gab es vorher schon einmal schwierige Situationen bei Segeltörns?«

»Aber natürlich! Immer, wenn das Wetter nicht mitspielt, ist Segeln da draußen kein Kinderspiel. Aber Wilbert hat das immer gemeistert.«

»Können Sie uns ein paar Worte über das Verhältnis zu ihrem Schwager Renke und seiner Frau sagen? Auch über die Beziehung zwischen Ihrem Mann und dessen Bruder Renke hätten wir gerne etwas gewusst.«

»Was wollen Sie denn da wissen? Da gibt es nichts Besonderes zu berichten«, bemerkte Teelke Ennenga.

»Nun, haben sich die beiden gut verstanden? Oder gab es auch mal Streit zwischen ihnen? Selbstverständlich wollen wir nicht indiskret sein und verstehen, wenn Sie sich nicht äußern wollen, Frau Ennenga.«

Teelke Ennenga nahm umständlich eine bequemere Haltung ein und schien nach einer passenden Antwort zu suchen.

»Fragen Sie! Es gibt bei uns nichts zu verbergen, auch nicht zum Verhältnis von Wilbert und Renke. Das war gut, kein Streit, fast immer Einverständnis. Also, bitte, fragen Sie weiter!«

Wer's glaubt, wird selig, dachte Ulferts, der grundsätzlich davon überzeugt war, dass es bei Leuten, die Reichtum angehäuft hatten, immer etwas zu verheimlichen gab. Durch ehrliche Arbeit wurde doch niemand reich.

Tanja Itzenga fuhr mit einigen Fragen zur Segeltour fort, zu der Wilbert und Renke Ennenga so kurz nach dem Tod des Vaters aufgebrochen waren. Sie wollte wissen, wie Teelke dazu stand und auch die Witwe Renkes. Schließlich gäbe es in einer solchen Situation Wichtigeres zu tun, als zu segeln. Teelke antwortete, die beiden hätten lediglich an einem Tag von Wangerooge nach Cuxhaven und am nächsten Tag dieselbe Strecke zurücksegeln wollen, um die nötige Ruhe für die bevorstehenden Entscheidungen zu finden. Und Wilbert habe mehrfach betont, dass er zu Hause keinerlei klare Gedanken würde fassen können, dazu sei der Tod des Vaters ein zu einschneidendes Erlebnis für ihn gewesen. Er und sein Vater, sie seien das Unternehmen gewesen! Und dann die Kondolenzbesuche. Man habe sie zwar in das Haupthaus des Unternehmens verlegt, doch auch dort hätte er sich wahrscheinlich ein ums andere Mal sehen lassen müssen. Das Telefon habe geklingelt, das Handy vibriert. Und Wilbert habe alle Gespräche angenommen, so war er nun mal. Sie selbst ginge da selektiv vor – wozu gab es die Nummernanzeige auf dem Display. Hier machte Teelke Ennenga plötzlich eine Pause. Itzenga und Ulferts nahmen ein paar Schlucke Tee zu sich. All das musste sein, fuhr Ennenga fort, aber diese Zeit zum Nachdenken, diese ein, zwei Tage, die haben sie sich nehmen wollen.

»Ihr Mann Wilbert war durch seinen Vater zum Nachfolger bestimmt worden«, sagte Itzenga. »Wie war die Erbschaft geregelt?«

»Ich glaube nicht, dass Sie das etwas angeht. Mein

Schwiegervater war ein harter Geschäftsmann, dennoch war er immer fair. Das ist Gesetz bei den Ennengas, über Generationen hinweg. Gegenüber Kunden ebenso wie in der Familie.« Sie sagte das ruhig und gelassen.

»Das beantwortet nicht meine Frage, Frau Ennenga.«

»Da gab es noch Hannes Ennenga, den Sohn, der nicht im elterlichen Betrieb arbeitete«, warf Ulferts ein.

Teelke Ennenga fuhr energisch dazwischen. »Sie scheinen ja wirklich sehr gut über unsere Familie Bescheid zu wissen! Hannes, ja … Er war immer ein wenig anders, wissen Sie? Er wollte keine verantwortungsvolle Position im Betrieb übernehmen, hatte andere Dinge im Kopf und manchmal auch – Entschuldigung, wenn ich das so sage – Flausen.«

»Er lebte in Haffkrug?«, fragte Ulferts.

Teelke Ennenga antwortete nicht sofort. »An der Ostsee … Ja, Haffkrug«, antwortete sie leise. Demonstrativ griff sie zu ihrem Taschentuch und putzte sich die Nase.

»Und das war nie ein Problem? Ich meine, Ihr Mann und sein Bruder, die hatten diese verantwortungsvollen Posten im Unternehmen, haben tagein, tagaus daran gearbeitet, dem Betrieb zu weiteren Bauprojekten und Erfolgen zu verhelfen. Und Hannes Ennenga blieb da außen vor?«, fragte Itzenga.

»Er wollte es so, er wollte nicht in der Firma mitarbeiten. Die eigentliche Verantwortung trug Wilbert zu großen Teilen auch schon, als ihr Vater noch lebte.«

»Wie war Hannes' Verhältnis zur Familie?«, bohrte die Hauptkommissarin weiter.

»Wie soll es schon gewesen sein? Nicht gerade gut.«

»Wäre er am Erbe beteiligt worden, so als – ich sage mal – Abtrünniger?«

»Wie das klingt, und was für eine Frage! Ich sagte doch schon, dass es gerecht zugeht. Aber ich betone nochmals: Das geht sie nichts an, das ist unsere Angelegenheit«, stellte Teelke Ennenga in einem Ton klar, der wohl zeigen sollte, dass sie keine Lust hatte, weiterhin auf dieses Thema einzugehen. Doch Itzenga und Ulferts ließen sich nicht beeindrucken, trotz der mitunter sehr dominanten Art Ennengas, die jetzt ergänzte: »Was machen Sie sich Sorgen über unsere familiären Angelegenheiten? Haben Sie so wenig zu tun bei der Polizei?«

»Wir können nicht klagen. Hannes Ennenga betrieb ein Lokal in Haffkrug, richtig? Wie stand Ihr Schwiegervater dazu?«, fragte Tanja Itzenga.

»Ja, ja, in Haffkrug, das hatten wir doch schon!«, erwiderte Teelke, sie zeigte Nerven. »Unmittelbar an der Strandpromenade, Blick auf die Ostsee. Die Lage ist nicht schlecht, ansonsten – ein gewöhnliches Lokal. Na ja, er nennt es leicht übertrieben ›Spezialitäten-Restaurant‹.«

»Warum sagen Sie das so? Ist es das nicht?«, warf Ulferts ein.

»Wohl eher ein Imbiss.«

»Wir haben mal im Internet geguckt, es gibt eine Homepage dazu. Es sieht ganz schmuck aus, gemütlich. Ich würde dort gerne mal essen gehen«, bemerkte Itzenga.

»Na, dann tun Sie es.«

»Hat er viel Personal?«, wollte Ulferts wissen.

Teelke Ennenga lachte auf. »Personal? In seinem Imbiss? Das Lokal bringt doch gar nicht genug ein. Er war sein einziger Angestellter, soweit ich weiß. Manchmal half ihm seine Lebensgefährtin. Die arbeitet aber auch noch in einem Supermarkt. Daran sieht man ja wohl, wie es um den Betrieb bestellt ist.« Es war nicht schwer, aus dem Tonfall Teelke Ennengas zu schließen, was sie von all dem hielt.

»Waren Sie mal dort?«

»Ja, aber da war Anna noch da – seine erste Frau, oder besser: seine Frau, die richtige eben. Sie hat ihn verlassen. Typisch Hannes, er ist … Ach, was soll's. Jetzt hatte er eben eine Freundin.«

»Kommt sie aus Haffkrug?«

»Nein, keine Holsteinerin. Sie ist Polin, aus Stettin. Rabenschwarze Haare und dunkle Augen hat sie. Aber was interessiert Sie das alles? Tut es irgendetwas zur Sache, trägt es irgendwie dazu bei, dass Sie das Seeunglück meines Mannes und meines Schwagers aufklären können? Hannes und diese Frau aus Polen hatten nichts damit zu tun, oder? Sie hatten – im Gegenteil – nichts Besseres zu tun, als im Harz Urlaub zu machen! Dabei gibt es so viel zu regeln!«

»Bitte verstehen Sie, Frau Ennenga, dass wir uns ein Gesamtbild machen müssen. Und vielleicht war es mit Hannes Ennenga wie mit Ihrem Mann, er brauchte Zeit zum Nachdenken …«

»Hannes war immer anders, ganz anders!«, erregte sich Teelke Ennenga. »Kein Vergleich zu Wilbert! Der war zielstrebig, arbeitsam, verantwortungsvoll, ein Leiter, ein Chef, ja!« Teelke Ennenga atmete langsam aus, wieder ein und fuhr fort: »Jetzt sind sie alle tot. Alle drei. Ich kann es nicht begreifen.« Sie stand auf und ging unruhig hin und her, schien plötzlich unkonzentriert, fahrig. »Oder … vielleicht ist es besser, nichts Genaueres zu wissen? Sie sind tot. Vielleicht sollte man nicht weiter darin herumwühlen und ihnen ihre Ruhe lassen.«

»Sie sind doch auch daran interessiert, den genauen Hergang zu rekonstruieren, der zu den Todesfällen geführt hat?«

»Wozu noch? Es ist alles schrecklich genug. Lassen Sie es doch ruhen. Wir müssen die Beerdigungen organisieren und …«, gab Teelke Ennenga monoton zurück.

»Frau Ennenga, bitte. Aufgrund der Autopsie sind uns die gesundheitlichen Probleme bekannt, unter denen Ihr Mann litt.«

»Jeder von uns fühlt sich ja mal schlecht, oder? Manchmal«, Teelke Ennenga hob ihren Kopf, »manchmal musste er sich setzen, dann sagte er, er brauche einen kurzen Moment zur Erholung. Aber wir haben nie viel auf Zipperlein und Wehwehchen gegeben. Der Betrieb lässt Krankheit doch gar nicht zu. Wenn mal einer von uns etwas hatte, hieß es für uns immer: Augen zu und durch«, betonte Teelke Ennenga. »Aber ich habe ihm auch seit Ewigkeiten gesagt: ›Geh' zu Dr. Janssen-Fisser!‹. Das ist unser Hausarzt. Ein-, zweimal war dann der Arzt da und hat ihm blutdrucksenkende Mittel verschrieben.«

»Frau Ennenga, Sie stehen vor beträchtlichen Aufgaben. Die Unternehmensleitung zu übernehmen, das Erbe.

Ist das alles schon geregelt?«, ließ sich nun Ulferts vernehmen, der einen Themenwechsel für angebracht hielt.

»Und wenn nicht? Was interessiert Sie das? Geht Sie das was an?«

»Einerseits nein, andererseits ja.«

»Das wird schon alles ordnungsgemäß abgewickelt, machen Sie sich keine Sorgen um mich. Und das Testament ist ja auch noch da. Fertig.«

»Ihr Schwiegervater hat also ein Testament verfasst?«, fragte Tanja Itzenga.

»Selbstverständlich! Es wäre ja wohl grob fahrlässig, in seinem Alter ein derart großes Unternehmen und das zugehörige Vermögen nicht testamentarisch abzusichern!«

»Natürlich«, gab die Hauptkommissarin zu. »Und das Testament befindet sich wo?«

»Was wollen Sie denn noch alles wissen? Gleich fragen Sie mich, wo ich das Klopapier und meinen Schmuck aufbewahre.«

»Ist es bereits eröffnet? Wissen alle Bescheid darüber?«, ging Ulferts auf Ennengas letzte Bemerkung gar nicht ein.

»Das passiert schon noch alles. Und das Testament von Arend Ennenga lag, solange Arend lebte, in unserem Safe, hier im Hause. Er hat es aber noch zu Lebzeiten an unseren Anwalt weitergeleitet.«

»Und Ihr Anwalt ist wer?«, fragte Tanja Itzenga.

»Herrgott noch mal. Mischen Sie sich nicht allzu sehr in meine Privatangelegenheiten? Es gibt Grenzen, Frau Lindholm!«

»Itzenga«, sagte die Hauptkommissarin. Ulferts schmunzelte.

»Itzenga dann eben«, fauchte Ennenga, »das Testament geht Sie einen feuchten Kehricht an! Und ich glaube, ich rufe bald mal Herrn Achtermann – so heißt mein Anwalt übrigens – an, denn ich bin mir nicht sicher, ob Sie all das, was Sie fragen, wirklich wissen müssen.« Sie hielt inne und schloss ein »Entschuldigung« an. Ein wenig ruhiger meinte sie: »Also bleiben Renkes Frau und ich, die alles in die Hand nehmen müssen! Und Renkes Frau ...«, Teelke Ennenga wirkte bleich, ihre Stimme setzte einen Moment lang aus, »die ... ach, die kann das nicht. Die ist nett und freundlich, aber Geschäfte, Verhandlungen, das kann sie einfach nicht. Es bleibt alles an mir hängen, so ist es schon immer gewesen!«

»Eine arge Belastung«, stellte Tanja Itzenga fest, fragte gleich darauf: »Was ist mit der Lebensgefährtin von Hannes?«

»Was soll mit der sein?«

»Nun, Hannes ist tot, da würde sie bezüglich des Erbes berücksichtigt ...«

»Papperlapapp«, ereiferte sich Teelke, »das ist doch nur eine Freundin.«

»Sicher«, erwiderte Itzenga, »aber Hannes könnte sie als Erbin eingesetzt haben.«

»Hannes wird sich um nichts gekümmert haben, wie immer. Damit ist das Thema erledigt. Und jetzt habe ich langsam keine Lust mehr, Ihnen zu antworten, Frau Kommissarin. Ich bin, neben all meiner Trauer, dabei, die wichtigen und unaufschiebbaren Dinge zu regeln. Der

Betrieb muss weiterlaufen, das Unternehmen kann ja nicht wochenlang in Trauer verfallen, oder? Die Aufträge müssen erfüllt werden, neue akquiriert, die Mitarbeiter wollen bezahlt werden und so weiter und so fort!«

»Falls wir Einblick in das Testament haben wollen, wenden wir uns an Ihren Anwalt?«, fragte Ulferts.

Teelke Ennenga runzelte verblüfft die Stirn. »Ich kann mir nicht vorstellen, dass Sie überhaupt eine Berechtigung dazu haben. Ich werde unseren Anwalt darauf hinweisen.«

»Es gibt Fälle, da müssen wir solche Dokumente zu Rate ziehen, um schlussfolgern zu können.«

»Was gibt es da zu schlussfolgern? Es geht hier nicht um kriminelle Handlungen, sondern um schreckliche Unglücke. Warum soll also das Testament relevant sein?«

»Schon gut, Frau Ennenga, wir werden sehen«, beruhigte Tanja Itzenga sie. »Mein Kollege Ulferts wollte damit nur sagen, dass es manchmal notwendig ist, in private Akten Einsicht zu nehmen.«

»Aber sicher nicht in die privatesten Angelegenheiten der Familie Ennenga.«

Die beiden Kommissare hätten sich in diesem Augenblick nicht gewundert, hätte sie ein »Basta« hinzugefügt.

»Und nun, Frau Itzenga und Herr …, Herr …«

»Ulferts«, half der Kommissar.

»Ulferts, genau … Entschuldigen Sie, ich bin erschöpft. Wissen Sie, das Ganze ist sehr, sehr schwierig für mich.« Erneut machte sie eine dieser lang gezogenen Pausen, als denke sie zwischenzeitlich an viele andere Dinge. »Ich muss mich ein wenig hinlegen. Ich hoffe, Sie wissen nun alles, was Sie wissen wollten. Ich habe viel zu tun in nächster Zeit.«

»Natürlich. Vielen Dank, dass Sie uns Ihre Zeit geschenkt haben, Frau Ennenga …«, begann Ulferts.

Doch Teelke Ennenga winkte ab. »Ich möchte die Polizei ja gerne unterstützen.«

»Das freut uns. Auf Wiedersehen, Frau Ennenga. Wenn Sie Hilfe benötigen …«, Tanja Itzenga erhob sich ebenso wie Ulferts.

»Ich glaube kaum, dass ich mich dann an die Polizei wende.«

»War nur ein Angebot«, bemerkte die Hauptkommissarin.

Teelke Ennenga schwieg daraufhin. Sie sagte kein Wort mehr, als sie Itzenga und Ulferts zur Haustür begleitete und diese hinter den beiden schloss.

19

Hauptkommissarin Itzenga hatte einen Mitarbeiter beauftragt, sich an die küstenüberwachenden Stellen zu wenden. Es musste doch Aufzeichnungen des Seeverkehrs geben. Im Internet hatte Itzenga Karten entdeckt, auf denen nachverfolgt werden konnte, welches Schiff sich wo in der Jade-, Weser- oder Elbmündung befand. Auf der Homepage der Stadt Cuxhaven, wie auch bei anderen Hafenstädten, wurde auf einem Plan des Hafens dargestellt, welches Schiff an welchem Kai lag. Da musste man doch rekonstruieren können, was sich auf See abgespielt hatte, dachte sie. Sie hoffte, eventuell sogar die Positionen der Sophia und des ominösen Motorbootes sowie die zugehörigen Zeitpunkte abrufen zu können. Falls es sich dabei um gesicherte Daten handeln sollte, würde man ihr den Zugang dazu im Rahmen der polizeilichen Ermittlungen sicher ohne Weiteres ermöglichen. Wenn man wollte, kam man an alle Informationen, die NSA machte es ja vor. Außerdem verschwanden einmal erfasste Daten in der Regel nie wieder aus dem digitalen Informationsdickicht, und so hatte sie Hoffnung, fündig zu werden.

Doch sie musste feststellen, dass vor allem große Schiffe wie Tanker, Containerschiffe und Kreuzfahrt-Cruiser aufgezeichnet wurden. Bei Segel- und Motorbooten hing es offenbar von deren Größe ab, ob sie registriert wurden. Jedenfalls waren kleinere Schiffe nicht zu finden. Sie forschte nach Radarstationen, die jedes Objekt erfassten, inklusive der Positions- und Zeitangaben. Auch hier musste sie sich jedoch von einem Kollegen belehren lassen, dass kleine Boote, zumal Holz- und Kunststoffboote, einen Radarreflektor brauchten, um sicher registriert werden zu können. Er hatte begonnen, ihr auseinanderzusetzen, dass die Sophia eine GFK-Jacht war, deren glasfaserverstärkter Kunststoffrumpf aus Polyesterharz, Epoxidharz oder Polyamid gefertigt wurde. Derartige Boote konnten in der Regel nicht vom Radar erfasst werden. An dieser Stelle hatte die Hauptkommissarin abgewunken. Nicht zu viele Einzelheiten, bitte. Die Sophia verfügte nicht über einen Radarreflektor, Itzenga hatte sich erkundigt, und das war wichtig. Das Motorboot war ebenfalls aus Kunststoff gefertigt.

Die Hauptkommissarin gab allerdings nicht so schnell auf: Was war mit der Möglichkeit, sich als Skipper per Funk an die Revierkanäle zu wenden, um sich Informationen zur Position, zum Wetter und zum Schiffsverkehr durchgeben zu lassen? Beim Googeln des Begriffs »Schiffsverkehr« war sie direkt bei Herbert Grönemeyer gelandet, hatte dann aber auch allerhand Relevantes zu dem Thema gefunden. Weitere Hinweise entdeckte sie nicht und ein Anruf bei der Revierüberwachung hatte ebenfalls nichts ergeben.

Nach diesen Fehlmeldungen war Polizeipräsident Eilsens Reaktion wenig begeistert ausgefallen. Er könne sich nicht vorstellen, dass ein erfahrener Segler wie Wilbert Ennenga wegen eines Heckrammings gleich an einem Herzinfarkt starb. »Aber es kamen diverse Faktoren zusammen, Herr Eilsen. Ich stimme Ihnen zu, aber es gibt im Moment keinerlei andersartige Hinweise, dass es nicht so gelaufen sein könnte«, so Tanja Itzengas Antwort.

Itzenga und Ulferts waren selbst alles andere als überzeugt von der Unglückstheorie. Wieder und wieder gingen sie die Gespräche mit Kommissar Bergmann, Hoogesand und Iwanczyk durch.

»Dieser Iwanczyk geht mir nicht aus dem Kopf. Der hat nicht alles gesagt. Der hat noch gegrübelt. Und dann ist er einfach weggerannt …«, sagte Tanja Itzenga.

»Gegrübelt?«, entgegnete Ulferts. »Ich denke, er hat einfach darüber nachgedacht, wie er sich am besten verdünnisieren kann! Der hat sich schwarzgeärgert über seine Dusseligkeit! Dann hat Hoogesand ihm auch noch gekündigt, und wir wollten ihn mit auf die Wache nehmen. Da sah er rot und versuchte, abzuhauen. Ist ja auch gelungen!«

»Eben! Wir wollten ihn mitnehmen, da ist er abgehauen. Wenn seine Aussagen wahr wären, hätte er nicht fliehen müssen.«

»Wir müssen nur beweisen, dass sie nicht wahr waren«, sagte Ulferts.

»Das ist unser Job, genau, Herr Kollege.«

»Ich brauche erst mal einen Kaffee«, erwiderte Ulferts und verließ das Büro. Itzenga schaltete nicht sofort, ließ sich in ihren Schreibtischstuhl fallen und hoffte, dass Ulferts ihr einen mitbrachte.

20

Man sah Mia Grovenstedt an, dass sie erst vor Kurzem geweint hatte. Die Augen waren gerötet und Feuchtigkeit spiegelte sich in ihnen.

»Guten Tag, Frau Ennenga-Grovenstedt …«, begann Tanja Itzenga, doch ihr Gegenüber fiel ihr sogleich ins Wort.

»Grovenstedt reicht. Im Laufe der Jahre hat man das

Grovenstedt immer öfter weggelassen. Ich bin zu einer Ennenga geworden. Renke hat stets den Namen Ennenga betont, und mit der Zeit habe ich mich daran gewöhnt. Außerdem hielt er nichts von Doppelnamen, schon bei der Hochzeit hat er gemurrt, es aber schließlich akzeptiert. Mir persönlich war es wichtig und es bedeutet mir immer noch viel.« Sie versuchte ein Lächeln. »Jetzt, wo Renke tot ist, soll das Grovenstedt wieder gelten. Es ist mein Geburtsname.«

Die Hauptkommissarin wunderte sich über diese offenen Worte direkt an der Haustür. Nun bat sie Mia Grovenstedt mit einer Geste herein und ging vor Tanja Itzenga in die Wohnstube hindurch auf die Terrasse. Gleich darauf kehrte sie ins Haus zurück, um Tee zu holen. Die Sonne schien und es war warm genug, um draußen eine Tasse zu trinken.

Vor Itzenga eröffnete sich ein wunderschöner Garten, dem man ansah, dass jedes Pflänzchen mit viel Liebe und reichlich Überlegung an seinen Platz gesetzt worden war. Es war eine recht bunte Pracht, trotz der fortgeschrittenen Jahreszeit. Hier musste jemand am Werk sein, der so plante, dass das ganze Jahr hindurch etwas blühte. Tanja Itzenga war begeistert. Sie selbst verfügte in ihrer Auricher Wohnung über einen Balkon mit drei Blumenkästen. In einem kümmerten Begonien vor sich hin, in einem anderen hatte sie erfolglos versucht, Küchenkräuter zu züchten, und beim dritten war sie lediglich dazu gekommen, Blumenerde einzufüllen – nun wuchsen darin ungestört Löwenzahn, Brennnesseln, eine Distel und andere vermeintliche Unkräuter.

»Fabelhaft, haben Sie das alles so arrangiert?«, schwärmte sie, als Mia Grovenstedt mit einer Teekanne zurück auf die Terrasse kam.

»Der Garten ist mein Ein und Alles!«, antwortete Mia und ließ den Blick gedankenverloren schweifen.

»Das kostet viel Zeit, nicht wahr?« Tanja Itzenga dachte an ihren Job, der ihr niemals die Möglichkeit lassen würde, ein Kleinod wie dieses anzulegen. Sie schaffte es ja nicht einmal mit drei Blumenkästen.

»Ach, ich habe ja Zeit«, antwortete Mia Grovenstedt, »und nun muss ich nicht einmal mehr etwas kochen für Renke. Wir haben oft hier draußen gesessen, na ja, wenn es das Wetter zuließ. Und das ist, wie Sie wissen, in Aurich nicht eben oft der Fall.«

»Die Nordseeküste ist nicht die Côte d'Azur«, antwortete die Hauptkommissarin. Da ihr Gegenüber abwesend mit dem Kopf nickte, fuhr sie fort, hoffend, die richtigen Worte zu finden: »Schrecklich, was passiert ist, Frau Grovenstedt. Es muss furchtbar schwer für Sie sein. Darf ich Sie dennoch mit ein paar Fragen belästigen?«

»Ich habe keine Ahnung, was Sie fragen wollen, Frau Itzenga. Um ehrlich zu sein, ich bin fast froh, dass Sie da sind. Die Aussicht, all dem jetzt allein gegenüberzustehen, dem Haus, dem Garten, der Zukunft … Es ist furchtbar!«

Ein paar Tränen kullerten ihre Wangen herunter. Tanja Itzenga wusste nicht, wie sie sie trösten konnte. Mia Grovenstedt setzte sich und trocknete mit einem Taschentuch ihre Tränen. Offensichtlich brauchte sie Trost, aber es schien niemanden zu geben, der ihn ihr schenken konnte.

»Tee?«, fragte sie die Hauptkommissarin.

»Ja, danke. Frau Grovenstedt, ich …«, begann Tanja Itzenga.

»Natürlich, Sie sind nicht hier, um über den Garten zu sprechen.« Der missglückte Versuch eines Lächelns war im Gesicht der Frau auszumachen.

»Ich würde gerne wissen, und bitte, verstehen Sie mich nicht falsch, inwieweit Sie über die vakante Position der Unternehmensleitung und zu regelnde Erbschaft informiert sind. Entschuldigen Sie die Frage, aber sie spielt eine gewisse Rolle im Rahmen unserer Untersuchungen.« Tanja Itzenga spürte, dass es ein wenig pietätlos war, so plump vorzugehen.

»Warum wollen Sie das wissen? Ist das nicht unsere Privatangelegenheit? Müssen Sie jetzt, kurz nach dem Tod meines Mannes, in diesen Dingen herumwühlen? Und warum? Sie tun so, als gehe es hier um … was weiß ich, um … Die Presse ist ebenfalls voll davon: Wer erbt das Vermögen von Arend Ennenga? Wer wird jetzt Firmenchef? Was wird aus einem der wichtigsten ostfriesischen Bauunternehmen? Und so weiter und so weiter. Die meisten denken wahrscheinlich, wir würden uns hier gegenseitig umbringen, um an die Millionen zu kommen!« Mia Grovenstedt brach plötzlich ab, denn ein Weinkrampf packte sie.

Tanja Itzenga tätschelte ihren Unterarm. »Frau Grovenstedt, so ist es nicht. Die Presse – das muss ich Ihnen nicht sagen – schreibt alles Mögliche. Klar, dass das Unternehmen Ennenga im Rampenlicht steht nach allem, was passiert ist. Aber auch, dass es sich hier höchstwahrscheinlich um eine Verkettung unglücklicher Umstände handelt. Nur, aus unserer Sicht bleibt eine … eine Restunsicherheit, und es ist eben unsere Aufgabe, das abzuklären. Es ist letztlich in Ihrem Interesse.«

»Restunsicherheit, was für eine Restunsicherheit?«, schluchzte Mia.

»Nun … Was, wenn beispielsweise ein Streit zwischen Wilbert Ennenga und Ihrem Mann Renke ausgebrochen ist?« Tanja Itzenga sah die verweinte Frau, die ihren Kopf gehoben hatte, von der Seite her an.

»Sie meinen, die beiden hätten sich wegen des Erbes oder der Leitung des Betriebes gestritten? Das ist Unsinn! Die Rollen waren geklärt. Das kann ich Ihnen versichern.«

»Das Unternehmen ist millionenschwer, da bleiben Gerüchte nicht aus. Es ist doch seltsam, was da in kürzester Zeit passiert ist. Aber Sie können mir sicher sagen, was Sie denken.«

Mia Grovenstedt zögerte, bevor sie antwortete.

»Ich habe keine Ahnung, wie es zu dem Unglück gekommen ist, und ich glaube nicht, dass es irgendetwas mit einem Streit zwischen den beiden zu tun hat. Da draußen auf See! Nein, sicher nicht. Sie sind schon öfter zusammen gesegelt. Ich dachte, Sie seien gekommen, um mir zu erklären, wie sich alles zugetragen hat. Ich weiß nur, Renke ist ertrunken und Wilbert wurde tot in der Sophia gefunden. Wilbert ist an einem Herzinfarkt verstorben.« Mia Grovenstedt gab sich Mühe, nicht wieder in Tränen auszubrechen. »Und für Renkes Tod hätte ich auch gerne eine plausible Erklärung. Er ist ertrunken, doch warum ist er überhaupt von der Sophia gestürzt?«

»Es kann natürlich ein Unfall gewesen sein – bei der stürmischen See, die da draußen herrschte. Trotzdem ist es ist doch erstaunlich, dass ihr Mann ertrunken ist und sein Bruder sich daraufhin nicht gemeldet hat, finden Sie nicht?«

Mia sah eine Weile schweigend auf die vor ihr stehende Teetasse. Schließlich riss sie sich zusammen. »Frau Itzenga, ich finde das nicht so seltsam. Wilbert ist oft übel mit Renke rumgesprungen – aber er hat ihn trotzdem geachtet! Das habe ich gespürt. Sie waren Brüder! Also war Wilbert geschockt. Das ist doch klar, oder? Er musste das Boot zurücksegeln, es war stürmisch. Vielleicht hat er es versucht und die Funkanlage ging nicht? Oder es gab keine Verbindung. Das ist nicht ungewöhnlich. Wissen Sie, ich wäre Ihnen unendlich dankbar, wenn Sie mir sehr bald den Hergang des Unglücks erklären könnten. Die Toten kann man nicht wieder lebendig machen.«

»Wir arbeiten daran. Ich möchte noch einmal auf meine Eingangsfrage zurückkommen …«

»Ja, ja, das liebe Geld. Geld regiert die Welt, nicht wahr? Allen geht es nur darum, wohin die Millionen aus dem Unternehmen jetzt fließen! Es ist alles festgelegt im Testament. Meine Schwägerin hat es bestätigt.« Mia Grovenstedt ließ einen Lacher hören, der jedoch missglückte, er geriet mehr zum Kieksen. »Mag sein, dass Wilbert den Löwenanteil bekommen hätte, ginge ja auch in Ordnung. Er hat sich am meisten um den Betrieb gekümmert. Meinetwegen, ich bin kein Pfennigfuchser. Aber ich denke, Arend hat Renke und eventuell sogar Hannes bedacht. Er war manchmal unendlich hart, doch er war gerecht.«

»Welche Rolle spielte Renke im Betrieb?«

Erneut betrachtete Mia schweigend ihre Tasse mit dem roten Rosenmuster, die unberührt vor ihr stand, während sich Tanja Itzenga auf ein Nicken Mias hin bereits die zweite eingeschenkt hatte.

»Renke … Renke war immer, wie soll ich sagen, wenn man ehrlich ist … Er war eine Art Befehlsempfänger. Er ist den einfachen Weg gegangen, glaube ich. Ausbildung im Betrieb, hat gleich einen Posten bekommen und das ausgeführt, was Arend gesagt hat. Oder Wilbert. Arend hatte ihm in den vergangenen zwei Jahren mehr und mehr Verantwortung übertragen. Also Wilbert, nicht Renke.«

»Gab es manchmal Meinungsverschiedenheiten zwischen Ihrem Schwiegervater und Renke oder Wilbert und Renke oder gar allen drei?«

»Nein, eigentlich nicht. Ich sagte ja: Arends Wort war Gesetz. Schluss, aus. Wilbert und Arend waren sich meistens einig, erst dann wurde Renke informiert, und der wollte keinen Ärger. Er sagte fast immer: ›Ist ja auch richtig, wie sie es machen!‹ Und ich habe mich nicht eingemischt, habe mich aus den Geschäften herausgehalten.«

»Ich hörte von Ihrer Schwägerin, dass das Testament dem Anwalt vorliegt, aber noch nicht eröffnet wurde?«

»Kann sein. Ich kümmere mich nicht darum. Meine Schwägerin hat alles im Griff.«

»Aber das ist doch wichtig!«

»Natürlich«, Mia machte eine Pause, »aber für das Geschäftliche habe ich mich nie interessiert, wie ich bereits sagte.« An dieser Stelle warf Mia Grovenstedt der Hauptkommissarin einen bösen Blick zu.

Natürlich war es schwer, auf all die Fragen zu antworten, jetzt, wo so viele nahestehende Menschen plötzlich verstorben waren, dachte Tanja Itzenga. Doch was nutzte es?

Mia Grovenstedt fuhr fort: »Die Testamentseröffnung ist aus meiner Sicht etwas Geschäftliches. Teelkes Ding, nicht meines. Das war schon immer so. Sie wird mir sicher Bescheid geben, wenn es so weit ist. Warum soll ich mir Sorgen darum machen?«

»Sie werden vielleicht eine Menge Geld erben.«

Mias Augen blitzten erneut böse auf. »Verdammt noch mal. Geld, Geld, Geld. Ja, ich habe immer gut gelebt, ja, mein Mann hat gut verdient, ja, ich konnte in diesem großen Haus leben und durfte einfach nur meinen Garten pflegen, Bücher lesen und ab und an eine Reise machen. Alles nicht billig, klar! Und wir waren Mitglieder der Haute Couture Aurichs und darüber hinaus. Doch das hat mich nie wirklich interessiert. Renke ist oft genug allein zu irgendwelchen geschäftlichen Terminen gefahren, zu Eröffnungen, Empfängen … Alles ohne mich. Er hat jedes Mal gefragt, aber ich wollte nicht. Ich mag diesen aufgesetzten Small Talk nicht, und ich mochte es schon gar nicht, wenn irgendwelche Leute um Arend oder Wilbert herumscharwenzelten in der Hoffnung, Subunternehmer bei Ennenga zu werden. Ich war lieber hier. Doch ich habe meinen Mann geachtet für das, was er tat. Und … ich habe ihn geliebt! Das scheint mir manchmal zu kurz gekommen zu sein. Und jetzt, wo gleich drei Menschen gestorben sind, denken alle nur ans Geld! Bauunternehmen Ennenga: Millionen, Millionen. Jetzt erben Teelke und Mia. Und vielleicht noch Hannes' Freundin.«

»Es ist nicht einfach für Sie, nein«, bemerkte Tanja Itzenga, um überhaupt etwas zu sagen.

Mia konnte einen weiteren Weinkrampf nur mit Mühe unterdrücken. Als sie sich etwas beruhigt hatte, sagte sie: »Frau Itzenga, ich muss auch leben. Ich hoffe, ich bekomme meinen Anteil. Doch bitte glauben Sie mir, dass ich all das Geld geben würde, wenn Renke dafür gleich zur Tür hereinkäme!« Mia Grovenstedt sah plötzlich furchtbar müde aus.

Tanja Itzenga schwieg betroffen. Diese Aussage hatte grundehrlich geklungen. »Und Ihr Verhältnis zu Teelke und der Freundin des Bruders Ihres Mannes?«, nahm Itzenga das Gespräch wieder auf.

»Teelke …«, begann Mia, doch sie musste zunächst überlegen, »Teelke ist nicht immer leicht für mich zu ertragen. Mit Karolinka …«

»So heißt die Freundin von Hannes Ennenga?«, unterbrach die Hauptkommissarin.

»Richtig. Ich habe sie nicht oft gesehen, aber sie ist eine sehr fidele, nette, unglaublich lebensfrohe Person! Sie hat mich nach Stettin eingeladen, wo sie herkommt. Teelke nicht! Teelke kann ungemein gehässig sein. Sie mochte Karolinka von Anfang an nicht. Hat Hannes Szenen gemacht: ›Wie kannst du, nachdem Anna weg ist, gleich wieder eine Freundin haben und dann noch eine Polin? Die passt nicht in die Familie.‹«

»Und was hat er dazu gemeint?«

»Hannes war der Einzige, der nicht Ja und Amen zu Arend, Wilbert oder Teelke sagte. Er hat Teelke mitgeteilt, dass ihn das einen Scheißdreck interessiere – Entschuldigung, aber genauso hat er es gesagt –, weil er Karolinka liebe, basta. Dann ist er gegangen.«

»Haben Sie viel Kontakt zu Teelke?«

»Zwangsläufig, aber es ist manchmal … Ach, egal.«

»Sagen Sie ruhig, was Sie sagen wollten«, forderte Tanja Itzenga in ruhigem, fast zartem Tonfall auf.

»Letztlich hat sie sonst niemanden.«

»Tatsächlich? Sie ist eine Frau von Welt, die nächste Chefin des Unternehmens.«

Mia lachte bitter auf. »Sie war Wilberts Frau. Und Wilbert ist tot. Teelke sitzt höchstwahrscheinlich schon auf seinem Chefsessel und dreht sich fröhlich …« Plötzlich verstummte sie. Sie straffte den Körper und sah Tanja Itzenga an: »Entschuldigung, das war natürlich Unsinn und ungerecht.«

Die Hauptkommissarin war nicht überzeugt, dass sie das Letztgesagte wirklich so meinte.

Dann fuhr Mia Grovenstedt fort: »Frau Itzenga, schön und gut. Aber was erzähle ich Ihnen alles? Ich glaube, das tut nicht wirklich etwas zur Sache. Ich habe Ihnen alles gesagt. Um die Erbschaftsangelegenheiten brauchen Sie sich keine Sorgen machen. Unsere Familie ist wohlorganisiert und von vorn bis hinten durchgeplant, wenn man Hannes mal außen vor lässt.« Sie holte Luft. »Also, Sie wissen jetzt eine Menge, bitte gehen Sie verantwortungsvoll damit um. Ich bin müde, traurig und enttäuscht – bitte verstehen Sie das. Ich wäre nun gern allein.«

»Eine Frage noch, bitte. Wissen Sie etwas über einen in der Marina von Cuxhaven angestellten Mitarbeiter, einen Herrn Iwanczyk?«

Mia Grovenstedt hob überrascht den Kopf. »Nein, was ist mit dem?«

»Ihr Mann soll sich dafür eingesetzt haben, dass er dort eingestellt wurde.«

»Renke? Tatsächlich? Davon weiß ich nichts.«

»Wirklich nicht? Ich dachte, Sie hätten alles miteinander besprochen?«

»Das schon, aber Geschäftliches wurde dabei oft ausgeklammert, es sei denn, Renke wollte unbedingt darüber sprechen. Er hat mir nur einmal erzählt, dass sie auch in Cuxhaven tätig waren, bei der Renovierung von Hafenbecken. Fragen Sie mich nicht, was genau unsere Firma dort getan hat.«

»Vielleicht etwas im Jachthafen?«

»Kann sein. Jedenfalls war unser Unternehmen dort baulich engagiert, deshalb kannten Wilbert und Renke den Hafenmeister recht gut. Wie heißt er noch gleich?« Grovenstedt dachte nach.

»Hoogesand«, half die Hauptkommissarin.

»Ja, der Name ist mal gefallen. Mehr weiß ich nicht. Fragen Sie Teelke, vielleicht kann die etwas darüber sagen.«

»Ihr Mann Renke hat diesen Mitarbeiter vermittelt, als rechte Hand des Hafenmeisters sozusagen.«

»Tatsächlich? Davon ist mir nichts bekannt«, erwiderte Mia Grovenstedt.

»Na dann«, sagte Tanja Itzenga enttäuscht. War das eine ehrliche Antwort gewesen? Wusste Mia Grovenstedt tatsächlich nichts darüber? Das war doch eine gute Tat gewesen, etwas Positives, da hätte sich Renke sicher bei ihr erkundigt, ob es richtig sei, einen wie Krzysztof

Iwanczyk zu empfehlen … Oder log sie? Hatte sie die Überraschung gespielt? Mia Grovenstedt machte eigentlich nicht den Eindruck einer ausgebufften Lügnerin. Doch gerade das täuschte mitunter, es wäre nicht das erste Mal in ihrer langjährigen Karriere als Kommissarin gewesen, dass sie diese Erfahrung machte.

»Vielleicht denken Sie noch einmal darüber nach, Frau Grovenstedt. Ich bin jederzeit für Sie erreichbar. Vielen Dank für die Informationen. Auf Wiedersehen.«

»Wiedersehen, Frau Itzenga. Danke für Ihren Besuch.«

Tanja Itzenga verließ das Haus. Als sie an der Gartentür angelangt war und sie öffnete, drehte sie sich noch einmal um. Sie sah, dass Mia Grovenstedt hinter dem kleinen Fenster an der Haustür stand. In dem Moment, in dem Itzenga zurücksah, ließ sie die kleine Gardine vor das Fenster fallen. Die Hauptkommissarin hatte das Gefühl, Mia Grovenstedt hatte nicht alles gesagt. Zweifelnd stieg sie ins Auto. Sie schaltete den CD-Player ein, hörte jedoch gar nicht richtig hin, als Ina Müller *De Wind vun Hamburg* sang. Gedankenversunken fuhr sie zurück ins Polizeipräsidium.

21

»Ich weiß gar nicht genau …«, begann Krzysztof Iwanczyk, doch sein Gegenüber unterbrach ihn.

»Du hast das Geld. Nun solltest du dich schnellstens von dannen machen. Ich persönlich will dich hier nie wiedersehen.« Pjotr Palizynski, in Insider-Kreisen *Doppel-P* genannt, begann, Iwanczyk zur Wohnungstür zu schieben.

»He, nicht so ruppig!« Krzysztof Iwanczyk sah erbärmlich aus. Er hatte sich seit seiner Flucht weder gewaschen noch rasiert, selbst im Rahmen der Fahndung würde man ihn wohl nur schwerlich erkennen, so sehr hatte er sich innerhalb kürzester Zeit verändert. Doppel-P hatte ihm zur Sicherheit dennoch falsche Papiere besorgt.

»Deine Zukunft steht fest! Die nähere zumindest. Und wenn nicht, wäre es mir trotzdem scheißegal, wohin du gehst. Ich habe genug Scherereien mit dir gehabt. Telefoniert hierhin und dahin. Das Konto eingerichtet, das Konto aufgelöst. Für eine einzige Überweisung aus Deutschland! Jetzt heißt es: Klappe halten und auf und davon – wie abgemacht!«

»Glaubst du, das Konto fällt nicht auf, irgendwann?«

»Ach was, die Banken sind froh, wenn Kohle durch ihre Hände geht. Außerdem ist es schon wieder aufgelöst, sagte ich doch. Und sieh dir mal all die Steuersünder in Deutschland an – wohin geht das Geld? In die Schweiz. Keiner kriegt was mit. Dass so ein Hoeneß geschnappt wird, ist doch eher eine Ausnahme, oder? Es ärgert die Banken, wenn gute Kunden auffliegen. Hauptsache, die Geschäfte laufen. Was es für Geschäfte sind, ist ziemlich egal! Wie die Leute an das Geld gekommen sind, ist völlig schnuppe. Und du musst bedenken, dass wir hier in Stettin sind – das ist nahe an Deutschland, aber es ist eben nicht Deutschland. Wie sollen sie darauf kommen?«

»Na, Polen ist auch in der EU, all diese Abkommen … Was ist mit Interpol?«

»Dafür, dass du ein ziemlich mieser Typ bist, Krzysztof Iwanczyk, stellst du reichlich naive Fragen. EU hin oder her – Beziehungen, sag ich dir, die sind wichtig. Du hättest deine ganzen Papiere nicht bekommen ohne mich, und was habe ich? Beziehungen! Und zu deiner Information: Interpol ermittelt nicht! Ermitteln tun vielleicht nationale oder regionale Polizeidienststellen und Kriminalbeamte, Interpol ist nur zur Auskunft da, und die haben so schnell nichts in der Hand, glaub mir. Ich hoffe nur, du hast deine Sache gut gemacht auf diesem Boot. Für uns bedeutet das: verduften, die Biege machen! Spuren verwischen, Namen ändern, neue Papiere. Und das geht nur mit Beziehungen.« Palizynski überlegte kurz, ob er diesen Deal wirklich mit dem richtigen Partner gemacht hatte. Iwanczyk schien ziemlich einfältig. Verbrechen, mit denen der Täter durchkam, waren schon immer von klugen Leuten durchgeführt worden. Die Naiven, diejenigen, die nicht eins und eins zusammenzählen konnten, saßen in den Gefängnissen dieser Welt. Oder die armen Schweine, die verpfiffen worden waren. Man musste es eben schlau genug anfangen, dann war man nicht zu packen. Er dachte wieder an

Hoeneß. Gut, der war alles andere als einfältig oder naiv. Aber Ausnahmen bestätigten ja die Regel.

Palizynski fuhr fort: »Natürlich kriegen sie es irgendwann raus, da mach' dir mal keinerlei Illusionen. Wenn es ganz dumm läuft, ein blöder Zufall, eine Idee von diesen Kommissaren, von denen du erzählt hast, und sie sind uns vielleicht schon auf den Fersen. Wer weiß, ob du dich während dieses Verhörs in Cuxhaven nicht verplappert hast.«

»Sicher nicht!«, nuschelte Iwanczyk.

»Ich sage dir noch etwas: Du darfst dir niemals hundertprozentig sicher sein! Ich bin nicht so blauäugig, dass mir nicht irgendwann irgendwo ein Fehler unterlaufen könnte. Und da ich letztlich keine Chance gegen die Bullerei habe, muss ich mir einen Fluchtweg offenhalten. Darum habe ich dir gesagt: Wenn es gelaufen ist – weg! Die müssen nur ein bisschen kombinieren. Aber nein, Herr Iwanczyk muss ja noch irgendwelche wichtigen Dinge regeln, läuft der Polizei in die Arme und …«

»Ich bin ihnen entkommen, oder?«, unterbrach Iwanczyk ihn. »Den Polizisten und diesem Hoogesand, ja? Also, ganz bescheuert bin ich nicht. Wie sollen sie darauf kommen, dass ich in Polen bin und dann Richtung Osten unterwegs? Wie?«

»Dass du in Polen sein könntest, liegt angesichts deiner Herkunft nicht besonders fern, Herr Superschlau! Hör mal, heutige Ermittlungsmethoden sind nicht mehr die von vor zehn Jahren. Und dann noch eine Kommissarin, wie du sagst. Frauen kann man schon gar nicht trauen.

Die denken um tausend Ecken, so verquer kann man gar nicht denken, ich jedenfalls nicht. Was soll's, wir müssen verduften. Du hast dein Geld, ich habe meinen Anteil, ein ehrliches Geschäft unter Gaunern, wie man so schön sagt. Und jetzt zieh' endlich Leine!«

»Wohin gehst du?«, fragte Iwanczyk.

»Das werde ich dir gerade auf die Nase binden. So dusselig, nach Weißrussland zu gehen, bin ich allerdings nicht.«

»Wie kommst du auf Weißrussland?« Iwanczyk stand ein wenig die Verzweiflung ins Gesicht geschrieben.

»Ich konnte nur Papiere für dieses Scheißland bekommen. Ich hätte dir ja gerne Jamaika oder Trinidad gegönnt, aber leider Pech gehabt!« Doppel-P zeigte ein spöttisches Lächeln.

»Kann man nicht …?«

»Hör endlich auf zu quatschen, verdammt. Sei froh, dass Onkel Wojciech dir Papiere besorgt hat! Ab jetzt kein Wort mehr, keine Namen, nichts. Wir beide sehen uns nie wieder. Alles Gute, Krysztof … Ach was. Tschüss, Arschloch!«

Weißrussland! Die letzte Diktatur Europas! Pjotr hatte gesagt, es sei nur für ein, zwei Jahre, dann könne er woanders hin. Pjotrs Neffe war mit einer Weißrussin verheiratet. Sie wiederum hatte einen Onkel, der kurz vor der Pensionierung stand und bei den Ordnungsbehörden in Weißrussland arbeitete. Mit ihm hatte er den Deal ausgehandelt und die falschen Papiere besorgt. Dieser Onkel konnte offizielle Dokumente ausstellen, unterschreiben und abstempeln. Im Gegenzug musste ein angemessener Geldbetrag fließen. Tausend Euro war für ein Stück Papier, eine Unterschrift und einen Stempel eine wahnsinnig hohe Summe in Weißrussland.

Dabei hatte Iwanczyk wahrhaftig vorgehabt, keinen Scheiß mehr zu bauen und mit dem Job in Cuxhavens Marina auf den legalen Pfad des Lebens zurückzukehren. Doch das Geld hatte gelockt, und der Plan war nicht schlecht gewesen. Um ein Haar hätte er es verbockt, aber nun hatte es doch noch geklappt. In Weißrussland würde ihn niemand suchen, und die Beziehungen zwischen Deutschland und Weißrussland waren, bis auf einige gewinnbringende Gasgeschäfte, schlecht genug, dass es für die deutsche Polizei kaum möglich wäre, ihn dort zu kriegen. Das Regime Lukaschenko würde seine Staatsbürger schützen, auch neue wie ihn! Die waren froh, wenn jemand kam, angesichts vieler, die lieber gehen wollten. Einen Krzysztof Iwanczyk würde es dort allerdings nicht geben. Sein neuer, russisch angehauchter Name gefiel ihm zwar nicht, doch er würde sich an ihn gewöhnen. Als Verbrecher brauchte man ab und an einen neuen Anstrich. Hunderte, Tausende Kriminelle hatten sich in der Vergangenheit neue Identitäten verschafft und waren in anderen Ländern untergetaucht, um ein Leben in Wohlstand und Sicherheit zu führen. Das war also wahrhaft nichts Neues, und so hatte er es auch vor. Zumal er mit dem vielen Geld in Weißrussland lange Zeit auskommen würde.

Palizynski hatte sich bereits abgewendet, da drehte er sich noch einmal um: »Iwanczyk, als du mit den Bullen gesprochen hast, hast du jemals Bekannte in Stettin oder gar dein Gespräch mit dieser … dieser Frau erwähnt?«

»Nein, glaub' mir, nichts!«

»Das will ich hoffen. Für uns beide!«

Langsam hatte Pjotr Iwanczyk während des Gespräches durch den Flur in Richtung der Wohnungstür gedrängt. Nun stand er unmittelbar davor. Pjotr öffnete sie, schob Iwanczyk, der immer noch rückwärtsging, hinaus und schloss sie vor seiner Nase. Ein paar Sekunden verharrte Iwanczyk, dann drehte er sich um und lief die Treppe hinunter ins Erdgeschoss. Er öffnete die Haustür zur Straße, schaute instinktiv nach rechts und links, setzte sich in Bewegung und verschwand hinter der nächsten Hausecke, wo der Wagen stand, mit dem er sich Richtung Grenze aufmachen wollte.

22

Ulferts hatte bis nach Mitternacht im Büro gesessen, Fakten zusammengestellt und den Sachverhalt aus verschiedenen Perspektiven beleuchtet. Unfall oder Straftat? Straftat, er war sich sicher, allerdings fehlte der rote Faden, die Beweiskette. Und wenn man die Autopsieberichte berücksichtigte, sprach viel für die Unfalltheorie. Neu war allerdings, dass man die Handyverbindungen Wilbert Ennengas geprüft hatte, nachdem das Gerät auf der Sophia entdeckt worden war. Angesichts der Ergebnisse der Rechtsmedizin war nicht auszuschließen, dass Renke Ennenga bereits über Bord gegangen war, bevor Wilbert seine Frau angerufen hatte. Das war ein neuer Aspekt und Tanja Itzenga wollte wissen, was hinter diesem Anruf steckte. Sie befand sich bei Polizeipräsident Eilsen, den sie diesmal um einen Termin gebeten hatte.

Eilsen brummelte etwas Unverständliches, bevor er sagte: »Gut, Frau Itzenga, gut. Ich sehe ein, dass es notwendig ist, Frau Ennenga noch einmal zu befragen. Aber bitte einfühlsam, die Frau hat viel mitmachen müssen während der letzten Tage! Und beachten Sie die einflussreichen Kreise, in denen Ennenga verkehrt. Ich möchte nicht, dass wir da … also … irgendwie unangenehm auffallen. Außerdem, was ich nicht begreife: Sie waren doch schon bei ihr. Haben Sie denn nicht alle Sachverhalte erwähnt? Wir können nicht wegen jeder neu aufgeworfenen Frage dort auflaufen, sie ist schließlich nicht irgendjemand!«

Offenbar spielte auch bei polizeilichen Ermittlungen die gesellschaftliche Stellung eines Menschen eine Rolle. Itzenga schüttelte kaum merklich den Kopf. »Natürlich, Herr Eilsen. Aber mit diesem Anruf zusammenhängend entsteht eine neue, wie ich finde wichtige Frage: Warum hat Teelke Ennenga nicht sofort Hilfe geholt, nachdem ihr Mann sie angerufen hatte, wenn er es schon nicht getan hat?«

»Natürlich, die Frage stellt sich«, bestätigte Eilsen, »das hätte sie tun sollen. Die Frau ist doch um Entscheidungen nicht verlegen.«

»Kollege Ulferts und ich müssen dieser Frage auf den Grund gehen. Das geht nur mit Frau Ennenga und ich interessiere mich, wenn es schon diese Zweifel gibt, doch sehr für die ganze Erbschaftssache dahinter. Es geht um viel, viel Geld.«

»Unterstellen Sie einer ehrwürdigen Unternehmerfamilie aus Aurich nichts, was eventuell nicht der Realität entspricht. Die Presse hat längst hanebüchene Theorien entwickelt, daran dürfen wir uns auf keinen Fall beteiligen. Also, fahren Sie in Gottes Namen noch einmal zu ihr. Aber bitte, überlegen Sie mit Herrn Ulferts genau, wie Sie vorgehen. Sehen Sie, mir ist wichtig, dass sich Frau Ennenga am Ende nicht bei höherer Stelle über uns beklagt. Sie hat Verbindungen, wie Sie wissen!«

»Wir werden behutsam vorgehen, Herr Eilsen.«

»Das weiß ich, Frau Itzenga, ich wollte es nur noch einmal gesagt haben.« Eilsen wandte sich einer Akte zu, was Tanja Itzenga als Zeichen interpretierte, dass das Gespräch damit beendet sei.

Eilsen machte sich Sorgen, dass es in dieser Sache, die schon viel Staub aufgewirbelt hatte, nach wie vor keine schlüssige Erklärung für das Geschehen gab. Die Zeitungen berichteten rege, und von jedem, der mal Arend oder Wilbert Ennenga die Hand geschüttelt hatte, wurde gleich ein Interview inklusive Bild abgedruckt. Im Internet kursierten sogar Verschwörungs- und Mordtheorien.

Tanja Itzenga verließ den Raum mit einem »Danke, ich melde mich, sobald es etwas Neues gibt« und betrat kurze Zeit später ihr eigenes Büro.

»Was sagt der Boss?«, schallte es aus dem Nebenzimmer, und schon stand Ulferts in der Tür.

»Wir sollen zu Ennenga fahren und ihr bezüglich des Telefongespräches mit ihrem Mann auf den Zahn fühlen.«

Es klopfte. Der Kommissar öffnete die Tür, streckte den Kopf nach draußen und sagte: »Wir geben nichts!«, ehe er zur Seite trat.

Hauptwachtmeister Bakker und dessen Kollegin Sabine Boomgarden traten in das Büro. Die beiden hatten die Seefunkverbindungen zum Unfallzeitpunkt gecheckt und weitere Informationen zu den Fällen zusammengestellt.

»Moin, Frau Itzenga. Moin, Herr Ulferts. Wir haben einige neue Infos über Krysztof Iwanczyk, wie angefordert«, sagte Bakker.

»Und die wären?«, fragte die Hauptkommissarin.

»Nur kurz«, begann Bakker, »ich glaube, wir haben sehr Interessantes zu bieten. Dass Iwanczyk vorbestraft ist, war Ihnen ja bekannt.«

»Was wissen Sie darüber?«, erkundigte sich Ulferts.

»Einbruch, schwere Körperverletzung«, entgegnete Sabine Boomgarden.

»Diebstahl, Nötigung«, ergänzte Bakker.

»Da haben wir in Cuxhaven ja noch Glück gehabt, dass er uns nicht vermöbelt hat«, schmunzelte Ulferts.

»Wir haben hier einen Fall, wo er zum Beispiel in Greifswald in eine Villa eingebrochen ist, Schmuck im Wert von mehreren tausend Euro eingesackt hat. Als er die noble Hütte verlassen hat, kam der Besitzer nach Hause. Den hat er zusammengeschlagen und ist über alle Berge«, führte Bakker aus.

»Aber sie müssen ihn ja erwischt haben«, meinte Ulferts.

»Zwei Monate später. Er war unvorsichtig bei dem Versuch, den Schmuck zu Geld zu machen«, erwiderte Bakker.

»Vorher ist er schon einmal wegen Medikamentenschmuggel im deutsch-polnischen Grenzraum aufgefallen. Der scheinbar harmlose Gehilfe des Hafenmeisters. Er ist kein Einzeltäter, war meistens in Banden unterwegs. Im Hintergrund gab es immer Auftraggeber, die fast alle gefasst und bestraft wurden. Ein Ring von Typen, die Einbrüche geplant und durchgeführt haben, vieles im deutsch-polnischen Grenzgebiet. Das hat die Ermittlungen auch ein wenig schwieriger gemacht. Seine Ungeschicklichkeit beim Verkauf der gestohlenen Ware hat schließlich alles auffliegen lassen. So weit dazu. Wir haben hier außerdem die Protokolle zu den Untersuchungen der Boote. Herr Bergmann hatte ja schon die Lackschäden analysieren lassen, aber es gibt noch etwas Neues, sehr Bemerkenswertes: In der Kajüte des Segelbootes ist Hautmaterial gefunden worden, und zwar von Iwanczyk. Das ist DNA-technisch bestätigt worden, in seiner Unterkunft am Hafen gab es ja ausreichend Material. Er muss sich an der Hand oder am Unterarm eine Schürfwunde zugezogen haben, als er den Aufgang aus der Kajüte zur Plicht hochgestiegen ist. Wahrscheinlich ist er ausgerutscht oder gestolpert und wollte sich irgendwo festhalten«, erläuterte Sabine Boomgarden.

Ulferts horchte auf: »Er war auf dem Boot! Das ist allerdings eine Neuigkeit.«

»Einen Moment«, unterbrach Itzenga, »Iwanczyk war auf dem Segelboot. Was wollte er da? Er musste damit rechnen, dass Wilbert Ennenga Widerstand leistet oder Hilfe holt.«

»Es sei denn«, warf Ulferts ein, »er war schon dem Herzinfarkt erlegen oder zumindest unfähig, irgendetwas zu unternehmen.«

»Vielleicht wollte er das Boot auch nur durchsuchen, nach Geld oder sonstigen Wertsachen?«, überlegte Hauptwachtmeister Bakker.

»Kann alles sein. Aber wir müssen auch bedenken, dass er gar nichts Verbotenes im Sinn gehabt hatte. Was nämlich, wenn er doch nur eine Probefahrt machen wollte, nicht aufgepasst hat oder das schnelle Boot nicht unter Kontrolle hatte, wie er ja selbst gesagt hat, und dem ankernden Ennenga tatsächlich aus Versehen aufs Heck gefahren ist? Dann ist er auf die Sophia umgestiegen, um zu sehen, ob Ennenga verletzt ist. Mal menschlich gesehen, eventuell hat er sogar beobachtet, dass Ennenga plötzlich umfiel, gesundheitliche Probleme hatte«, warf Ulferts ein.

»Das hätte er doch gesagt!«, widersprach Itzenga. »Er hätte in bestem Licht dagestanden! Ich wollte helfen, nach meinem dummen Fehler … Hat er aber nicht. Kein Wort davon, dass er auf der Sophia war.«

»Wenn Iwanczyk seine Bootstour mit dem Ziel gemacht hat, auf das Boot von Wilbert Ennenga zu kommen, dann steckt was dahinter!«, vermutete Ulferts.

»Da ist noch ein Detail, das wichtig ist«, mischte sich Bakker wieder ins Gespräch. »Es hat mit der Lebensgefährtin von Hannes Ennenga zu tun.«

»Wie war noch ihr Name?«, fragte Ulferts.

»Mia Grovenstedt nannte mir ihren Vornamen, Karolinka«, antwortete Itzenga.

»Wir waren sehr verwundert, als wir ihren Nachnamen erfuhren«, sagte Boomgarden.

»Mit ihr haben wir uns bis jetzt wenig beschäftigt«, räumte Ulferts ein. »Es geht nur alles nacheinander.«

Tanja Itzenga sah erwartungsvoll zu Bakker, denn auch ihr wurde bewusst, dass Hannes Ennengas Lebensgefährtin bislang nur unter »Karolinka« oder »die polnische Freundin« in Gesprächen erwähnt worden war. Die Fakten um Hannes Ennenga herum lagen zum Teil noch im Dunklen. Ulferts hatte recht – es ging nur Schritt für Schritt. Dennoch, man musste alles im Blick behalten. Oder näherte sie sich schon wieder einem Erschöpfungszustand? Dabei war sie erst im vorigen Jahr drei Wochen zur Kur auf der wunderschönen Insel Juist an der Nordsee gewesen. Sie hatte die Kur schließlich abgebrochen, weil die Arbeit rief. Ulferts und Eilsen hatten sie damals bekniet, in einen Fall einzusteigen, bei dem sie auf der Stelle traten. Es war ein Fehler gewesen, dachte sie.

»Sie heißt Karolinka Iwanczyk«, sagte Sabine Boomgarden.

»Iwanczyk!« Ulferts erhob sich von seinem Drehstuhl. »Und ich nehme an, dass Sie da auch nicht gedacht haben, es handele sich um eine zufällige Namensgleichheit?«

»So ist es«, bestätigte Bakker. »Krysztof ist ein Cousin von Karolinka Iwanczyk. Sie stammen beide aus Stettin.«

»Daher weht der Wind!«, rief Ulferts, »Karolinka Iwanczyk …«

»Wie hängt das zusammen? Welche Rolle spielt sie?«, fragte Itzenga.

»Das kann jedenfalls kein Zufall sein«, antwortete Ulferts.

»Man müsste ermitteln, ob und wann es zwischen ihnen Handykontakte gegeben hat. Das würde sicher Licht in die Sache bringen«, schlug Sabine Boomgarden vor.

»Renke Ennengas Leiche ist einige Zeit vor Wilberts entdeckt worden«, dachte Ulferts laut. »Nach der Identifizierung in Cuxhaven ist ja wahrscheinlich Renkes Frau Mia benachrichtigt worden, oder? Erst am nächsten Tag wurde Wilbert in seinem Boot gefunden. In der Zwischenzeit könnten Karolinka Iwanczyk und Mia Grovenstedt miteinander Kontakt gehabt haben. Ist ja gar nicht unwahrscheinlich – die verstanden sich gut, wie wir wissen, und zudem hat Mia sonst kaum jemanden, dem sie sich anvertrauen kann.«

»Und was heißt das?«, fragte sich Tanja Itzenga.

»Könnte es sein, dass die beiden einen Komplott verabredet haben, um Wilbert Ennenga zu ermorden?«, warf Bakker ein und ergänzte: »Aber ich will mich natürlich nicht einmischen. Wir müssen sowieso wieder los. Ich lass' die Akten hier, okay?«

»In Ordnung«, sagte Ulferts, und Bakker und Boomgarden verließen das Büro.

»Was ist übrigens, wenn Teelke Mia von dem Tod Renkes erzählt hat, noch am selben Abend? Die könnten genauso gut einen Komplott geplant haben«, gab Ulferts zu bedenken, als er mit Tanja Itzenga wieder allein war.

»Wie kommt ihr alle auf einen Komplott? Wie soll das denn ausgesehen haben?«

»Ich spinne mal rum, ja? Teelke ruft Mia an, obwohl sie es mit Wilbert anders abgesprochen hatte. Mia fällt in ein großes schwarzes Loch, weil ihr Mann tot ist. Sie ruft Karolinka an, weil sie die einzige Person ist, zu der sie Vertrauen hat. Die wird aufgrund der Neuigkeiten auf die Idee gebracht, wie sie über Hannes an viel Geld kommen kann, und heuert ihren Cousin an, von dem sie weiß, dass er schon krumme Dinger gedreht und Connections zum Verbrechen hat. Wenn der etwas nachhelfen kann, um den Segelunfall so aussehen zu lassen, dass sowohl Renke als auch Wilbert dabei umgekommen sind, bedeutet das einen erheblich größeren Anteil für Hannes. Und vielleicht braucht ihr Cousin nicht einmal selbst aktiv werden, kennt sicher jemanden, der das übernimmt.« Ulferts hielt inne, überlegte, dann fuhr er fort: »Allerdings muss es schnell gehen, und Krzysztof ist schon vor Ort in Cuxhaven, das ist ein großer Vorteil, deshalb muss er selbst ran. Außerdem hat er Zugriff auf das Boot. Sie verspricht ihm natürlich eine fürstliche Bezahlung für seine Dienste.«

»Mann, Ulfert, demnach wäre Karolinka Iwanczyk eine gerissene Verbrecherin«, meinte Itzenga.

»Wie heißt es so schön: Wir müssen in alle Richtungen ermitteln.«

»Also, noch mal nacheinander. Karolinka beauftragt

ihren Cousin, er müsse nun, nachdem Renke tot ist, auch Wilbert eliminieren. Sie würde dann erben …«

»Nicht sie, sondern Hannes!«, unterbrach Ulferts.

Tanja Itzenga dachte nach. Schließlich sagte sie: »Hannes, genau. Gut, hat Hannes Geld, hat auch sie welches und könnte ihrem Cousin etwas auszahlen. Aber so denkst du nicht, oder? Ich glaube, ich weiß, worauf du hinauswillst: Wenn Hannes selbst auch noch weg vom Fenster ist, dann …«

»… erbt Karolinka allein und macht halbe-halbe mit ihrem Cousin, oder wie auch immer sie den Zaster aufteilen.«

»Sie kalkuliert also zwei Morde ein? Schöne Theorie. Aber zur Erinnerung: Keiner davon ist wirklich geschehen! Weder Wilbert noch Hannes sind durch Gewalteinwirkung, Vergiftung oder so etwas gestorben.« Tanja Itzenga schüttelte den Kopf.

»Da hast du recht«, war alles, was Ulferts dazu sagen konnte, fügte dann aber hinzu: »Trotzdem, sie kann die Sache mit Wilbert eingefädelt haben, alles Weitere erledigt ihr Cousin. Dann fährt sie ganz unschuldig mit Hannes in den Harz. Aber hier muss auch Hannes ein Ende finden.«

»Mal langsam. Wir wissen, dass Wilbert eventuell durch die Bedrängnis Iwanczyks Herzprobleme bekommen hat. Iwanczyk war sogar auf dem Boot – vielleicht hat die Rechtsmedizin etwas übersehen und er hat doch nachgeholfen? Oder der Zufall hat ihm in die Hände gespielt, könnte ja auch sein. Aber im Harz – da ist nichts! Hannes Ennenga ist sturztrunken von der Plattform des Zuges gefallen.«

»Da reicht ein kleiner Schubser, will ich nur mal sagen.« Ulferts warf einen Kuli, den er in der Hand gehalten hatte, nachlässig auf den Schreibtisch.

»Aber von wem? Es ist niemand auch nur ansatzweise verdächtigt worden.«

»Es waren Reisende im Zug und auf der Plattform. Kann man das alles wirklich so genau sagen? Da könnten wir noch einmal nachhaken. Hannes Ennenga und seine Freundin haben bis jetzt noch nicht so eine zentrale Rolle bei unseren Ermittlungen gespielt, Tanja. Vielleicht haben Hannes und Karolinka sogar zusammen etwas ausgeheckt, Hannes hätte Grund dazu gehabt, oder? Er hat zwar immer gesagt, er wolle nichts von dem Vermögen, aber vielleicht regte sich doch so etwas wie Zorn in ihm? Er galt ja als das schwarze Schaf der Familie. Doch dann hat diese Karolinka den Plan vielleicht nach eigener Überlegung weiterentwickelt, sozusagen ohne Hannes«, stellte Ulferts eine Version in den Raum.

»Gegebenenfalls lohnt es sich, das zu prüfen, und wenn wir nur feststellen, dass dem nicht so war. Aber ich hole uns erst mal einen Tee«, sagte sie plötzlich und verließ den Raum.

»Für mich Kaffee«, rief Ulferts hinterher.

Als sie wieder in das Büro kam, hatte sich Ulferts gesetzt.

»Es ist gar nicht klar, ob Karolinka von seinem Tod profitiert«, begann sie.

»Was zu klären wäre. Stichwort: Testament. Es gibt ja eines, das wir im Wortlaut noch gar nicht kennen. Und vielleicht hat Hannes auch irgendetwas Schriftliches hinterlassen.« Ulferts nahm den Telefonhörer in die Hand und wählte eine Nummer. »Frau Boomgarden, wir brauchen alle Begleitumstände des Todes von Herrn Ennenga im Harz. Wer war wann an welchem Ort? Wer befand sich ansonsten im Zug? Wer hat Hannes Ennenga zuletzt gesehen und so weiter.«

»Zu unserem Glück sind sämtliche Fahrgäste, die im selben Zug wie Hannes saßen, schon von den Wernigeröder Kollegen befragt worden!«, erwähnte Itzenga, nachdem Ulferts das Gespräch beendet hatte.

»Haben wir die Aussagen schriftlich?« Ulferts hielt nicht viel von mündlichen Aussagen, die waren flüchtig wie der Wind.

»Ja, uns liegen Protokolle der Zeugengespräche vor. Die Kollegen im Harz waren sehr akribisch.«

»Die sollten wir durchgehen. Vielleicht entdecken wir etwas, worauf bei den Befragungen nicht genug Augenmerk gelegt wurde.«

»Angeblich konnten sich einige an den reichlich angetrunkenen Ennenga erinnern, und es gab unterschiedliche Vermutungen. Die einen meinten, er sei mit seiner Frau in Schierke ausgestiegen, andere erinnerten sich, dass er draußen auf einer Zugplattform stand. Mann, die Leute haben Urlaub, erfreuen sich an einer schönen Brockentour. Glaubst du, die scheren sich groß um einen Betrunkenen? Aber …« Tanja Itzenga hielt inne, »warte mal.«

»Ich wollte gar nicht weggehen«, bemerkte Ulferts, doch die Hauptkommissarin bemerkte den Witz gar nicht. Sie hatte anderes im Kopf, lief zu ihrem Computer und öffnete ein Textdokument.

»Was ist das?«, fragte Ulferts, der hinter den Schreibtisch getreten war und Tanja Itzenga nun über die Schulter schaute.

»Die Gesprächsprotokolle aus dem Harz. Ich habe sie nur überflogen, es war wie immer viel zu wenig Zeit.« Itzenga scrollte hastig weiter.

»Suchst du etwas Bestimmtes?«

»Nee, ich durchsuche die Akten spaßeshalber!«, blaffte Tanja Itzenga ihn an und Ulferts schwieg lieber, bevor ihm eine weitere dumme Frage über die Lippen rutschte.

»Da!«, rief Itzenga und ergänzte: »Mann, das habe ich nicht …« Sie las weiter.

»Was denn?«, wollte Ulferts wissen.

»Hier ist etwas«, begann Itzenga, den Mauszeiger auf einen Satzanfang bewegend. »Hör zu: Eine ältere Dame hat ausgesagt, dass sie im Waggon neben dem betrunkenen Ennenga und Karolinka saß und hörte, wie sie sich stritten, weil er so viel trank. Er habe dann aber alles Mögliche erzählt, unter anderem auch, dass er seinen ganzen Besitz seiner Geliebten überlassen würde, wenn er mal stirbt. Und er hat gesagt, er habe das schriftlich niedergelegt. Aber er ist wohl wirklich sehr betrunken gewesen … Mann, das könnte ein wichtiger Hinweis sein.«

»Tanja, wenn das stimmt, dann hätte Karolinka Iwanczyk ein Motiv. Erstens würde sie das Restaurant in Haffkrug bekommen, zweitens Hannes' Anteil am Erbe. Hatte Arend Ennenga seinem verlorenen Sohn nicht kurz vor seinem Tod die Hand gereicht? Das dürfte sich auf das Erbe ausgewirkt haben. Er soll ja kurz vorher noch am Testament gebastelt haben. Hat das nicht der Rechtsanwalt Achtermann oder irgendjemand anders bestätigt? Für Karolinka hieße das: Restaurant plus x. Außerdem sagt man doch: Betrunkene sagen immer die Wahrheit.«

»Das ist doch Unsinn. Aber warten wir mal ab, ob Frau Boomgarden noch weitere Einzelheiten recherchieren kann. Was tut Karolinka Iwanczyk außerdem gerade?«

»Gute Frage. Der sollten wir schnell auf den Zahn fühlen. Und am Ende blieben alle drei Frauen als Nutznießerinnen der Todesfälle, nicht nur Teelke und Mia, sondern auch Karolinka Iwanczyk.«

»Vielleicht ist es so, dass Mia Grovenstedt mit Karolinka Iwanczyk nach Renkes Tod gesprochen hat. Mia war verzweifelt, die Damen tun sich zusammen, wie du schon sagtest«, sinnierte Tanja.

»Eine Zukunft ohne Männer, aber mit viel Geld! Diese Chance ergibt sich nie wieder! Es wäre auch denkbar, dass Teelke Ennenga über Mia mit ins Boot geholt worden ist. Drei Unglücksfälle, das ist sehr tragisch, aber nicht zu ändern. Und das Leben muss weitergehen …«

»Reicht dieser Verdacht nicht, um den Staatsanwalt zu überzeugen, Einsicht in das Testament der Ennengas zu fordern? Wenn wir das kennen, wissen wir endlich, wie alles abgewickelt werden sollte und ob jemand Anlass hatte, noch schnell im Vorfeld etwas zu ändern, bevor es gesetzlich geregelt ist.«

»Einen Versuch ist es wert. Dass die Iwanczyks an das Geld des Ennenga-Clans herankommen wollten, ist schon ein starkes Verdachtsmoment. Und auch nur ein gewisser Anteil an einem Millionenerbe wäre ja ein erklecklicher Geldsegen.«

»Genug spekuliert. Ich werde mich sofort mit den Behörden in Schleswig-Holstein in Verbindung setzen. Karolinka Iwanczyk muss befragt und ihr Cousin muss endlich gefunden werden. Jetzt erklärt sich auch, warum der sofort verduftet ist«, sagte Ulferts und nahm endlich die Tasse Kaffee zur Hand, die Tanja Itzenga ihm mitgebracht hatte. Die Hauptkommissarin griff währenddessen zum Telefonhörer und erläuterte Ulferts, dass sie Bakker anrufe, um ihn zu bitten, Informationen über Frau Iwanczyks Aufenthaltsort einzuholen und gleich einen Termin auszumachen.

»Zur Not fahren wir nach Haffkrug, um sie zu befragen. Hoffentlich ist sie nicht auch längst über alle Berge«, ergänzte sie.

»Das würde keinen Sinn ergeben, sie muss ja das Geschäftliche erst noch regeln, bevor es nach Mauritius geht.«

»Richtig. Ulfert, räumlich näher liegt ein Witwenbesuch. Kommst du mit?«

»Klaro. Aber wir sollten vorsichtig sein und nicht gleich die Katze aus dem Sack lassen.«

»Danke für den Hinweis, Herr Kollege. Eines geht mir nicht aus dem Kopf: Als wir mit Hoogesand und Iwanczyk auf dem Steg in Cuxhaven sprachen, wussten wir doch von nichts! Iwanczyk hatte alle vorherigen Straftaten abgebüßt und ging einer geregelten Arbeit nach. Wir hatten nichts gegen ihn in der Hand, hatten lediglich eine Vermutung. Trotzdem ist er geflüchtet.«

»Na eben! So weit denkt der doch gar nicht. Uns war es zu diesem Zeitpunkt zwar noch nicht bekannt, aber er selbst wusste natürlich, dass er Ennengas Boot betreten hatte. Wenn er am Ende nicht doch beim Sterben Ennengas nachgeholfen hat. Iwanczyk kriegt Bammel, rastet aus, und flieht – vielleicht auch aus Angst, sich zu verplappern. Oder einfach, weil er ein Hitzkopf ist. Bakker hat doch erzählt, dass er den heimkehrenden Hausbesitzer in Greifswald vermöbelt hat, krankenhausreif geschlagen. Also! Außerdem hat Bergmann ihm mit Festnahme gedroht, das reicht für einen Mann wie ihn, um auszuflippen.«

»Ich glaube, du irrst dich, Ulfert. Bergmann zum Beispiel hält Iwanczyk für ziemlich ausgebufft.«

Ulferts hob den Kopf und sah an die Decke. Bergmann, ja, der!

23

Tanja Itzenga hatte sich mit der Kripo in Lübeck verständigt, dass man von dort aus Karolinka Iwanczyk aufsuchen und zwecks Befragung ins Kommissariat der Hansestadt bringen sollte. Kriminalobermeister Benno Stavenhagen machte sich mit einer Kollegin auf den Weg nach Haffkrug, und beide waren sich einig, dass man, bevor man die verdächtige Person überraschte, noch einen Backfisch am Hafen in Niendorf essen sollte.

Nach der Stärkung fuhren sie nach Haffkrug und

standen bald vor dem kleinen Restaurant von Hannes Ennenga.

»Frau Iwanczyk?«, rief Stavenhagen, nachdem er mehrmals an der Tür des Restaurants geklingelt hatte, ohne Reaktion. Hinter ihm stand die Kollegin.

Nun öffnete sich die Tür. »Ja?«, fragte die dunkelhaarige Polin.

»Kriminalpolizei Lübeck. Entschuldigen Sie, aber ich bin beauftragt, Sie mit nach Lübeck zu nehmen. Es müssen einige Fragen zu den Todesfällen in der Familie Ennenga beantwortet werden. Mir ist bewusst, welch schwere Schicksalsschläge Sie erst kürzlich erlitten haben. Aber verstehen Sie bitte, dass aus polizeilicher Sicht noch ein paar Dinge zu erörtern sind. Es gibt dazu einen Gesprächstermin, der in Zusammenhang mit dem Tod Ihres verstorbenen Lebensgefährten steht.«

Karolinka Iwanczyk starrte die beiden Polizisten vor ihrer Haustür an, als seien sie Männchen vom Mars.

»Frau Jörgensen«, er zeigte auf seine Kollegin, die einen Schritt vortrat, »wird Sie ins Haus begleiten, falls Sie noch ein paar Sachen zusammenpacken wollen.«

»Wollen Sie mich verkackeiern?« Karolinka Iwanczyk hatte das gar nicht sagen wollen, es war ihr einfach herausgerutscht.

Stavenhagen lächelte. »Wir haben Besseres zu tun, als Bürgerinnen und Bürger zu verkackeiern, wie Sie sagen. Ich muss allerdings zugeben, dass ich selbst kaum etwas über die Angelegenheit weiß. Das liegt an der Zuständigkeit. Wir sollen Sie zunächst nur nach Lübeck mitnehmen. Wenn ich also bitten darf.«

»Mein Lebensgefährte ist gerade verstorben. Und seine Brüder! Da belästigen Sie mich mit einem Gesprächstermin? Wollen Sie mich festnehmen?« Karolinka Iwanczyks Stimme überschlug sich beinahe.

»Das ist keine Festnahme, eher eine Vorladung. Die Sache ist sehr dringlich, uns liegt ein richterlicher Beschluss dazu vor. Hier ist die Kopie.« Der Kriminalobermeister hielt Iwanczyk ein Blatt Papier vor die Nase.

»Richterlicher Beschluss? Also doch eine Festnahme?«

»Es ist keine Festnahme«, sagte Stavenhagen bestimmt, »auch eine Vorladung bedarf eines richterlichen Beschlusses. Ich wollte es vermeiden, Ihnen das Dokument zu zeigen, doch Ihnen ist nun hoffentlich klar, dass wir nicht ohne Sie gehen werden.«

»Ich will meinen Anwalt sprechen.«

»Natürlich, kein Problem. Der Vorladung sollten Sie trotzdem folgen, den Anwalt können Sie hinzuholen. Aber das regeln Sie bitte von Lübeck aus, das würde die Sache erheblich vereinfachen.«

»Eine Frechheit ist das! Ich habe meinen geliebten Freund verloren. Und Sie kommen mir mit so einer Vorladung! Das ist infam!« Sie schäumte vor Wut.

»Tut mir leid, Frau Iwanczyk. Aber Vorladung ist Vorladung, und ich bin amtlich verpflichtet, Sie zum Gesprächstermin zu bringen. Falls Sie sich wehren, führt das zu großem Ärger, glauben Sie mir.« Stavenhagen gab sich Mühe, besonnen und diplomatisch zu sein.

»Ich möchte dennoch vorher mit meinem Anwalt sprechen. Ich rufe ihn an, von mir aus können Sie daneben stehen! Ich will wissen, ob das rechtens ist.«

»Ganz wie Sie wollen.«

»Ich muss die Nummer raussuchen. Schließlich habe ich nicht jeden Tag mit einem Anwalt zu tun.«

»Das ehrt Sie«, sagte der Polizeiobermeister.

Sie gingen ins Haus, Karolinka nahm den Telefonhörer, blätterte gleichzeitig im Telefonbuch und wählte schließlich eine Nummer. Sie sprach offensichtlich mit einer Sekretärin, und es war unschwer zu erkennen, dass der Anwalt zurzeit nicht zu sprechen war.

»Im Moment kann ich ihn nicht erreichen«, kam es denn auch prompt, nachdem sie aufgelegt hatte, »er hat einen Gerichtstermin.«

»Gut. Sie müssen so oder so mitkommen.«

»Ich protestiere aufs Schärfste!« Karolinka Iwanczyk war erst am Vorabend aus dem Harz zurückgekehrt, um ein paar Dinge zu regeln, und wollte noch heute wieder nach Wernigerode fahren. Die Überführung von Hannes' sterblichen Überresten musste organisiert werden. Sein Wunsch war, nicht begraben zu werden. »Verbrennt mich«, hatte er gesagt, als sie sich vor Monaten über das Thema Sterben unterhalten hatten, »und dann pustest du die Asche in so einen Wald, so einen Friedwald.«

»Nein«, war Karolinkas Antwort gewesen, »das werde ich nicht tun. Ich puste doch nicht deine Asche einfach in die Luft. Soviel ich weiß, wird sie in Friedwäldern in Urnen vergraben, die sich mit der Zeit zersetzen.«

»Ach, komm, tu mir den Gefallen«, hatte Hannes gelacht.

Doch Karolinka hatte vehement abgelehnt und gesagt: »Vielleicht sterbe ich vor dir, dann stellt sich das Problem nicht. Frag' deine Brüder, die können deine Asche verteilen.«

»Falls sie überhaupt zur Beerdigung, oder wie auch immer man das dann nennt, kommen …«

Sie wischte die Erinnerung an das Gespräch fort. Und nun das! Was war geschehen? Warum kamen sie zu ihr? Was hatte die Polizei herausgefunden? Karolinka holte widerwillig ihre Handtasche, ihre Gedanken rasten. Die Wachtmeisterin ließ sie nicht aus den Augen, als sei Karolinka drauf und dran abzuhauen, doch die Polin beachtete sie gar nicht.

Schließlich stieg sie schweigend vor den wartenden Polizisten ins Auto.

24

Hinnerk Bergmann war der Bitte um Amtshilfe von Tanja Itzenga gefolgt und nach Lübeck gereist, um Karolinka Iwanczyk zu befragen. Der Lübecker Polizeichef war eingeweiht und hatte es als sinnvoll angesehen, dass Bergmann die Sache übernahm, da er die Geschehnisse mit am besten kannte. Er wäre deutlich schneller von Cuxhaven in Lübeck als Itzenga von Aurich aus, die zudem die Ennenga-Witwen aufsuchen wollte. Außerdem versprachen sie sich Vorteile, wenn die Frauen parallel und unabhängig voneinander befragt wurden. Es stand zu befürchten, dass sie sich sonst absprechen würden.

»Frau Iwanczyk«, begann Kommissar Bergmann, »um gleich zum Punkt zu kommen: Sie sind mit einem Krysztof Iwanczyk verwandt, ist das richtig?«

Krysztof! War er wieder mal erwischt worden? Daher wehte also der Wind, dachte Karolinka. »Jetzt kommen Sie mir nicht mit meinem Cousin! Ich dachte, es geht um Hannes, seinen tragischen Tod, und den von Wilbert und Renke Enn…«

»Ja, ja, sicher«, unterbrach Bergmann die verunsicherte Frau vor ihm. »Es geht genau darum. Ihr Cousin hat damit zu tun! Haben oder hatten Sie in letzter Zeit Kontakt zu ihm?«

Karolinka Iwanczyk starrte ihr Gegenüber verblüfft an. Krysztof hatte damit zu tun, hatte der Kommissar gerade gesagt. Was bedeutete das? »Kontakt mit Krysztof? Das ist lange her … Ich weiß es nicht mehr genau. Wir haben uns, glaube ich, mindestens ein Jahr lang nicht gesehen.«

»Gesehen ist etwas anderes als gesprochen«, bohrte Bergmann weiter.

»Ich habe nichts mit ihm zu tun. Ich finde es unmöglich, dass Sie mich hierher holen, allein, um mich zu meinem Cousin zu befragen, von dem ich nicht weiß, was er gerade tut oder was er eventuell verbrochen hat. Ist das hier Sippenhaft? Ich dachte, darüber wären wir hinweg. Ich muss eine Trauerfeier organisieren, mache mir Sorgen, wie es mit dem Restaurant in Haffkrug weitergehen soll, und Sie kommen mir mit so etwas!« Sie kämpfte mit den Tränen.

»Nun beruhigen Sie sich doch erst einmal.« Bergmann wartete, bevor er weitersprach, und reichte der Frau eine Packung Taschentücher, die er aus der Innentasche seines Jacketts gezogen hatte.

»Von Sippenhaft kann keine Rede sein. Es ist so: Ihr Cousin hatte einige Zeit eine Stelle in Cuxhaven inne. Hilfsarbeiter in der Marina, im Jachthafen. Er hat gut gearbeitet, wie sein Chef, ein Herr Hoogesand, uns mitteilte.«

»Wenn es so ist, schön für ihn.«

»Sie wissen von diesem Job?«

»Nein.«

»Sind Sie sicher?«

Karolinka Iwanczyk überlegte. Sie warf ihr Haar zurück und schaute an die Decke des Zimmers. Schließlich antwortete sie: »Ich sagte doch, nein. Aber … warten Sie«, sie zögerte, »entschuldigen Sie, ich bin sehr verwirrt. Doch, ich … ich habe gehört, dass er da irgendwo arbeiten soll, irgendwo an der Küste. Ich habe nicht viel darauf gegeben. Er hat schon oft irgendwelche Jobs gehabt und kurz darauf wieder aufgegeben.«

»Hatten Sie nicht eben gesagt, Sie hatten längere Zeit keinen Kontakt zu ihm?«, fragte Bergmann.

»So ist es auch.«

»Trotzdem wussten Sie von dem Job in Cuxhaven?«

Unsicher sah sie Bergmann an. »Ich habe mit Hannes über ihn gesprochen. Krzysztof wollte ein neues Leben beginnen. Das habe ich Hannes erzählt. Und ich wusste es von meiner Mutter, die in Stettin lebt. Hannes hat daraufhin mit Renke telefoniert und der hat Krysztof diesen

Job in Cuxhaven besorgt. Ich glaube, Hannes wollte mir damit einen Gefallen tun. Obwohl mir Krysztof ziemlich egal ist. Es ist nicht nett, wenn ich das sage, aber es ist nun mal so. Renke nannte es einen Versuch, Krysztof wieder auf die rechte Bahn zu bringen. Seine gute Tat des Jahres, so sagte er. Ohne die Empfehlung hätte Krzysztof dort keine Chance gehabt, bei seiner Vergangenheit. Renke wollte ihn erst irgendwo auf dem Bau in Ostfriesland unterbringen, doch dann fiel ihm der Hafenmeister in Cuxhaven ein, von dem er wusste, dass er jemanden sucht. Und Krysztof hat von Booten Ahnung. Auf dem Bau hätte er es keine zwei Stunden ausgehalten. Aber bis auf das, was ich Hannes über Krzysztof erzählte, habe ich nichts, gar nichts mit all dem zu tun. Hannes war der gute Mensch von Sezuan, ja, so war er. ›Ich besorge ihm einen Job, dann wird er Geld haben und sehen, dass man auch ohne Verbrechen durchs Leben gehen kann‹, war seine Hoffnung.«

»Da wissen Sie also viel mehr, als Sie anfangs sagen wollten.«

»Ich bin sehr verwirrt. Das müssen Sie verstehen.«

»Natürlich. Aber was da passiert ist, ist zumindest sonderbar, oder? Ihr Cousin war schließlich an dem Segelunfall von Wilbert Ennenga beteiligt.«

Karolinka Iwanczyk blieb ruhig, sah Bergmann mit undurchdringlichem Blick an. »Er war beteiligt?«, fragte sie schließlich. »Inwiefern war er beteiligt? Was hat er getan?«

Bergmann wunderte sich, müsste sie nicht mehr Emotionen zeigen? Immerhin war ihr Cousin in den tödlichen Unfall von Wilbert Ennenga verwickelt. Und die Fahrt mit der Brockenbahn hätte nicht stattgefunden, wenn Hannes nicht im Harz Abstand von all den Todesmeldungen gesucht hätte. So hing alles zusammen, und ihr Cousin mittendrin …

»Wir sind dabei, den genauen Hergang zu klären. Ihr Cousin hat jedenfalls mit einem Motorboot die Segeljacht von Wilbert Ennenga gerammt …«

»Oh mein Gott!«

»… der später tot im Boot im Watt gefunden wurde.«

»Aber warum sollte er …?«

»Ja, wir finden das ebenfalls sehr sonderbar und fragen uns, wieso gerade Ihr Cousin beteiligt war.«

Karolinka Iwanczyk musterte Kommissar Bergmann. Zunächst schwieg sie, überlegte.

»Woher soll ich das wissen?«, fragte sie schließlich. »Ich weiß eigentlich von nichts. Wollen Sie sagen, dass die Todesfälle von Hannes' Brüdern keine Unglücksfälle waren?«

»Das habe ich so nicht gesagt. Der Fall ist kompliziert. Frau Iwanczyk, noch einmal die Frage: Hatten Sie zu Ihrem Cousin direkten Kontakt in den vergangenen Tagen?«

»Nein! Was wollen Sie von mir? Ich weiß nichts!«

»Sicher?«

»Himmel! Woran zweifeln Sie?«

»Wir wollen wissen, was wirklich passiert ist. Und Ihre Verwandtschaft mit einer Person, die eine zentrale Rolle im Todesfall Wilbert Ennenga spielt … Nun, Sie müssen doch zugeben, dass die Vermutung naheliegt, es könnten Verbindungen bestehen.«

»Verbindungen?«, war das Einzige, was Karolinka Iwanczyk herausbrachte, und sie wiederholte: »Nur weil ich mit ihm verwandt bin, muss ich mit dem, was er macht, noch lange nichts zu tun haben.«

»Dennoch: Ausgerechnet Ihr Cousin drangsaliert Wilbert Ennenga so lange, bis der einen Herzinfarkt bekommt. Man könnte fast meinen, das sei das Ziel der Aktion gewesen.« Bergmann schaute Iwanczyk durchdringend an, ehe er fortfuhr: »Das Bauunternehmen Ennenga ist nicht irgendeines. Es ist groß, weltweit tätig, hat ein enormes Vermögen! Wenn plötzlich alle drei Nachkommen sterben, dann verwundert das schon ein wenig. Sie sehen ja auch, was in der Presse steht, im Internet …«

»Aber es waren doch Unfälle. Ich hätte Hannes niemals allein lassen dürfen!« Die Trauer gewann die Oberhand. Karolinka Iwanczyk konnte ihre Tränen nicht länger zurückhalten.

»Sie waren sauer auf ihn. Das ist nachvollziehbar. Er hat sich ordentlich volllaufen lassen, wie wir wissen. Dennoch ist es erstaunlich, dass er von der Plattform gestürzt ist, nachdem Wilbert und Renke Ennenga auf See verstarben.«

»Er war sturzbetrunken! Mit einem Auto hätte er sich totgefahren, auf einem Schiff wäre er vielleicht auch von Bord gefallen. Es ist so schrecklich.« Sie schnäuzte sich in ein Taschentuch.

»Kurz nach dem Tod des Vaters sterben alle Kinder.«

»Ja, kurz danach«, wiederholte sie, »Schicksal!«

»Schicksal, ja, so sagt man dann. Wir Polizisten müssen allerdings neben dem Schicksal noch weitere Todesursachen und Beweggründe berücksichtigen.« Bergmann legte sich seine Worte zurecht, er wollte in die Offensive gehen.

»Sie sind eine intelligente Frau, Frau Iwanczyk. Verzeihen Sie, wenn ich Ihnen folgende Überlegung schildere: Mia Grovenstedt informiert Sie über den Tod Renke Ennengas – sie will es eigentlich Hannes sagen, doch Sie sind am Telefon. Sie erfahren von Mia auch, dass Wilbert Ennenga in Cuxhaven ist, von wo er am darauffolgenden Tag wieder nach Hause aufbrechen will. In der Marina arbeitet Ihr Cousin. Der ist also ganz in der Nähe von Wilbert. Wenn Wilbert und Hannes nun auch aus dem Weg geräumt würden, fiele das Erbe – ein Millionenerbe – an die beiden Witwen und eventuell auch an Sie. Dass Teelke und Mia erben, können Sie nicht verhindern. Aber für Sie fällt allerhand dabei ab. Ihr Cousin, ohnehin nicht unbekannt im Verbrechermilieu, könnte helfen, einen der beiden, nämlich Wilbert, aus dem Weg zu räumen – ihm dafür einen Teil der Ihnen später zustehenden Summe zukommen zu lassen, ist ja kein Problem. Und für Hannes muss es auch einen Plan geben, und da Sie in den Harz gefahren sind, gilt es, diesen dort umzusetzen. Seine Trunkenheit spielt Ihnen dabei in die Hände, sein Ableben als Unfall zu tarnen.«

Karolinka Iwanczyk schwieg. Ihre Augen bewegten sich nicht. Sie schien nicht einmal zu zwinkern. Totenstille. Bergmann sah gebannt auf die, wie er fand, überaus attraktive Frau ihm gegenüber. Sie schien wie gelähmt, erstarrt zu einer Salzsäule. Ihre Reaktion war erstaunlich kühl.

»Das ist ausgemachter Blödsinn, entschuldigen Sie. Man sieht es doch allein daran, dass ich längst nicht mehr im Zug war, als Hannes verunglückte …«

»Ihr Cousin war Auftragnehmer Nummer 1. Sie könnten jemanden angeheuert haben, der Auftrag Nummer 2 ausführt. Es liegt jedoch nahe, dass Sie das auch über Ihren Cousin geregelt haben, der, wie erwähnt, Verbindungen zum Milieu hat. Da ließ sich sicherlich schnell jemand finden, bei entsprechenden Aussichten bezüglich einer Belohnung.«

Iwanczyk setzte an, die Worte schienen ihr jedoch zu fehlen. »Das ist … unglaublich! Das kann nicht Ihr Ernst sein!«

»Es sind schon Verbrechen wegen wesentlich geringeren Summen begangen worden, glauben Sie mir!«, meinte Bergmann.

Karolinka Iwanczyk schüttelte den Kopf. Sie bebte innerlich, versuchte jedoch, ruhig und sachlich zu wirken, als sie sagte: »Ihre Anschuldigungen und schamlosen Vermutungen werden Ihnen noch leidtun!«

»Ihr Cousin war früher schon gewalttätig. Ihre Familie weiß wahrscheinlich, dass er einiges auf dem Kerbholz hat. Und er konnte Geld gebrauchen, richtig großes Geld, laut Herrn Hoogesand hat er Schulden. Für einen Erben der Ennengas war der Anteil, den sie ihm für seine Dienste zahlen müssten, dennoch nur Peanuts. Er war der Richtige für den Job, weiß zudem über Boote und das Wattenmeer im Weser- und Elbmündungsgebiet Bescheid. Das war eine optimale Verkettung günstiger Umstände, er hatte sozusagen das Know-how, um

Wilberts Tod wie einen Unfall aussehen zu lassen. Und für den Tod Ihres Freundes Hannes scheint es ebenfalls keine Zeugen zu geben …« Bergmann merkte, dass er damit vielleicht zu weit ging. Karolinka sagte nichts, und er wusste nicht, was gerade in ihr vorging.

»Ich hätte schon gerne Ihre Meinung dazu gehört«, sagte der Kommissar, bemüht, freundlich zu klingen.

»Ich? Ich soll etwas zu diesem Märchen aus tausendundeiner Nacht sagen? Wie kann man sich so etwas ausdenken? Ich will endlich meinen Anwalt sprechen, und dann werde ich dieses Haus schnellstens verlassen.«

»Sie können Ihren Anwalt anrufen. Allerdings: Ihr Cousin ist abgehauen, wer sagt denn, dass Sie das nicht ebenfalls tun, wenn wir langsam, aber sicher die Dinge aufklären? Falls Sie unsere Überlegungen nicht eindeutig widerlegen können, müssen Sie womöglich auf der Polizeiwache bleiben.« Dem Kommissar war klar, dass er sie nur aufgrund seines Verdachtes nicht einfach hierbehalten konnte – aber vielleicht war sie auf diese Weise aus der Reserve zu locken?

Doch Karolinka starrte den Kommissar nur an, und schließlich wimmerte sie: »Lassen Sie mich in Ruhe. Sie haben gar keine Beweise, nur irre Vermutungen!«

25

Teelke Ennengas Gesichtszüge hatten sich dramatisch verändert. Mia hatte keine Idee, was sie nun tun sollte. Was sie von ihrer Schwägerin erfahren hatte, war derart unglaublich, dass sie nicht wusste, ob sie zur Polizei rennen oder sich direkt umbringen sollte. Ihre Erwartungen an das weitere Leben ohne Renke waren so oder so zappenduster. Das merkte sie besonders daran, dass ihr der Garten plötzlich egal war. Der Garten – er stand für Pflanzen, Säen, Wachsen, Blühen, neues Leben ermöglichen, Schönheit, Anmut, Vielfalt, Farbe … Doch jetzt war ihr alles einerlei.

Das gesamte Lebensgebäude, in dem sie die vielen Jahre zugebracht hatte, brach in sich zusammen. Endgültig. Wie konnte das sein, in wenigen Tagen, nach Jahrzehnten, in denen alles seinen Gang gegangen war?

Teelke Ennenga – Geschäftsführerin des Großunternehmens Ennenga in Aurich mit weltweiten Verflechtungen! Aber wer saß in diesem Augenblick vor ihr? Ein Häufchen Elend. Schlimmer noch, schlimmer!

Teelke war doch immer eine so starke Frau, dass sie, Mia, stets den Kürzeren zog. Teelke wusste es, Teelke machte es. Und plötzlich zeigte sich, dass Teelke Ennenga verletzlich war und angesichts großer Bürden in kürzester Zeit Kraft verlor. Und dass ihr diese Kraft auch aufgrund ihrer Krankheit verloren ging. Sie würde das Ende des Familienbetriebes Ennenga, des Jahrzehnte alten Unternehmens bedeuten. Die geistigen und später womöglich die körperlichen Fähigkeiten würden sie verlassen. Damit würde sie ihre Macht verlieren, über den Konzern und die Familie. Ja, alles brach zusammen. Das Ende von Arend war lediglich der Anfang gewesen. Das Unglück Renkes war die Fortführung, das Ende Wilberts die nächste Szene, Hannes' Tod ein weiterer Höhepunkt und ihr langsam kommendes Ende das Finale.

Tod! Tod! Tod! Tod! Viermal Tod! Und jetzt noch eine unheilbare Krankheit! Der fünfte Tod stand bevor, früher oder später. Und war man nicht längst tot, wenn der Geist nicht mehr richtig arbeitete? Es konnte doch nicht sein, dass die drei Brüder innerhalb weniger Tage starben und Teelke in absehbarer Zeit abwesend in der Ecke eines Altenheimes vor sich hin starren würde? Mit Demenz konnte man jahrelang leben – fragte sich nur, wie. Wer sollte das Unternehmen führen? Welchen Ausweg hatten sie? Verkaufen? Den Baubetrieb, den der Urgroßvater gegründet hatte? Ein Weltunternehmen, eine ostfriesische Dynastie? Einfach weggeben?

»Mia, ich habe nur dich! Ich musste dir das sagen. Und nun bitte ich dich um eines: Lass uns die Sache weiterführen. Ich … ich habe keine andere Chance. Du doch auch nicht! Entweder wir machen es so, wie ich es vorbereitet habe, oder wir gehen beide unter. Was bliebe uns? Nichts!«

Es war so unglaublich, so abgrundtief verlogen und mies.

Teelke fuhr fort: »Was hätte ich denn tun sollen? Ich habe vielleicht nicht mehr viel Zeit. Und als ich hörte, dass Renke tot ist, ein Seeunglück, nun ... da kam mir die Idee ...«

»Idee?«, schrie Mia. »Eine Idee? Die Idee, Wilbert, deinen Ehemann, umzubringen? Das ist doch nicht einfach eine Idee, das ist ...!« Mehr fiel ihr zu diesem hässlichen Geschehen nicht ein.

»Wilbert, da sei dir sicher, hätte ohne Renke nicht leben wollen. Arend war tot. Und ich, ich muss doch das alles hier weiterführen. Wir können den Familienbetrieb nicht einfach vor die Hunde gehen lassen ...«

»Quatsch nicht! Wilbert hätte den Betrieb weitergeführt. Er dachte genau wie du, ja. Und er hätte es getan. Auch nach Renkes und später auch Hannes' Tod. Er hätte weitergemacht. Er hing an der Firma wie ein Kind an seiner Mutter.«

»Nein, ich kenne ihn besser als du, er wollte sich ein neues Segelboot kaufen, noch einmal um die Welt segeln.«

»Na und, das heißt doch nicht, dass er nicht weiter für den Betrieb dagewesen wäre. Deshalb musste er doch nicht sterben!« Mia bebte, dann fügte sie hinzu: »Weißt du, was ich glaube? Er hat dich verletzt. Nicht nur einmal. Denk nur nicht, ich hätte das nicht mitbekommen. Er hat den Betrieb ins Zentrum gerückt, an nichts anderes mehr gedacht, schon gar nicht an dich!«

Teelke sagte nichts. Sie senkte den Blick. Mia hatte ins Schwarze getroffen, was sie sagte, traf sie bis ins Mark. Ja, Wilbert hätte den Betrieb niemals aufgegeben, aber sie, sie hatte er längst aufgegeben. Sie arbeiteten gut zusammen, ansonsten war nichts geblieben. Sie hatte sich als notwendiges Inventar gefühlt. Notwendig, darum hatte sie ihn unterstützt. Aber nichts weiter als Inventar. War es ihm nicht bis zuletzt egal gewesen, was sie tat, was sie fühlte? Hatte er irgendwelches Interesse gezeigt, wenn sie über ihre Gesundheit sprechen wollte?

»Ich und du«, begann sie zögernd, ohne auf Mias Worte einzugehen, »wir können uns ein schönes Leben machen. Wir haben genug Geld. Das Entscheidende, ist, liebe Mia, dass ich keine Ahnung habe, wie lange ich noch lebe. Und was noch schlimmer ist, ich weiß nicht, wie lange ich weiterhin alle beisammen habe. Und du – darum möchte ich dich bitten –, du sollst dann für mich sorgen. Du musst das organisieren. Wenn ich ganz plemplem bin, musst du den Leuten, die mich pflegen, sagen, was gut ist und was nicht. Du bist die Einzige, die das kann. Aber bis es so weit ist«, Teelke zögerte ein wenig, ehe sie mit energischem Gesichtsausdruck fortfuhr, »möchte ich all das erleben, was ich mir noch wünsche. Und davon kann mich niemand abbringen! Ich will abends gut essen und vor dem Schlafengehen einen Gin Tonic trinken. Ich will Golf spielen, dazu hatte ich bislang nie Zeit. Ich will mit der Queen Elizabeth in Hamburg, New York und Sydney einlaufen, die Oper und die Harbour Bridge sehen. Bevor ich nicht mehr in der Lage dazu bin, soll der Betrieb in deine Hände übergehen. Keine Angst, Mia, wir machen das schriftlich. Dann bist du die Chefin!«

Mia sah ihre Schwägerin verzweifelt an. »Du bist jetzt schon von allen guten Geistern verlassen«, sagte sie, und es schoss ihr durch den Kopf, dass ihre Schwägerin bereits plemplem war, der Moment musste nicht mehr abgewartet werden. »Ich kann das nicht. Das weißt du besser als ich. Ich bin eine gute Gärtnerin, aber zur Managerin eines weltweit agierenden Konzerns tauge ich nicht! Das muss ich dir nicht sagen, du hast es selbst immer betont.«

»Ach, was man so daherredet ... Manchmal liegen die Welten gar nicht so weit auseinander – Einkauf und Verkauf, Plus und Minus. Im Grunde muss man nur addieren und subtrahieren können, vielleicht ein wenig Prozent- und Zinsrechnung. Mehr braucht es gar nicht. Rechnen, einfaches Rechnen, keine höhere Mathematik. Aber verhandeln muss man können – egal mit wem! Und da muss ich dir noch viel beibringen, bevor mein Verstand mich verlässt. Ich kann dir sagen, wie ein Geschäft geführt wird. Und dann wird es damit weitergehen, bestimmt!«

»Hör auf!«, zischte Mia. »Hör um Gottes willen auf! Rede nicht so daher. Ich kann es nicht und ich will es nicht. Basta! Dein Plan geht nicht auf. Diesmal nicht, nicht mit mir!«

»Du musst, Mia, du musst«, sagte Teelke und ergänzte, für Mia eher erstaunlich: »Bitte!«

»Ich muss nicht, ich kann nicht, aber vor allem nochmals: Ich will nicht!«, entgegnete Mia.

Teelke schloss für einen Augenblick die Augen, atmete durch. Innerlich mochte sie kochen, sie zwang sich aber zur Ruhe.

»Wir könnten gemeinsam einen neuen Geschäftsführer suchen. Das braucht seine Zeit, er wäre der erste, der nicht der Familie angehört. So oder so muss es aber jemanden aus der Familie geben, der an der Spitze steht, der Betrieb darf doch nicht verkauft werden. Und du bist die Letzte, falls es mir bald schlechter gehen sollte. Also bleibt dir gar keine Wahl. Weißt du, wenn du nicht willst, dann …«, sie brach ab.

»Was dann? Jetzt sage ich dir mal was: Deine Einstellung kotzt mich schon seit Ewigkeiten an! Du kommandierst und alles springt. Und was du da getan hast, ist … ist grausam. Jemanden beauftragen, der dann … Und dieser Betrieb, der kann von mir aus verkauft werden, ich hänge nicht daran.« Mia war so sehr erregt, dass sie nicht wusste, wie lange sie dieses Gespräch noch durchhalten würde. Was Teelke ihr eben eröffnet hatte, begrub jeglichen Glauben an das Gute im Menschen in ihr.

»Das kannst du nicht ernst meinen. Woher kommt denn das Geld für dein gutes Leben? Bedenke das doch mal. Und du musst die Realität sehen«, blaffte Teelke und fuhr ruhiger fort: »Komm, wir trinken noch ein Glas Wein und sprechen dann weiter, beruhige dich erst einmal.« Sie schenkte Mia ein.

»Beruhigen? Hier muss sich jemand ganz anderes beruhigen. Und klar im Kopf werden. Aber es ist sowieso zu spät. Teelke, was hast du nur getan? Ich mag nicht mehr, ich kann nicht. Ich gehe!«, antwortete Mia schwach und erhob sich.

»Du bleibst!«, forderte Teelke sie auf.

»Nein, Teelke. Was du getan hast …«

Teelke sah sie schweigend an.

»Demenz … Demenz … Tausende sind dement.« Mia rollten Tränen über die Wangen.

»Aber doch keine Ennenga!«, rief Teelke erbost.

»Himmel. Du kannst es nicht ändern. Krankheiten treffen Arme und Reiche – niemand ist davor geschützt.«

»Ich will aber nicht verblöden!«

»Das ist kein Verblöden, es ist eine Krankheit.«

»Hör zu, liebe Schwägerin. Ich erkläre es dir mal, solange ich noch kann. Der Arzt hat mir alles genau geschildert. Ich habe gelernt, hör zu!« Teelke hatte nun wieder den generalstabsmäßigen Ton angeschlagen. »Die Untersuchungen haben einen deutlich erhöhten Homocystein-Wert gezeigt, das sind irgendwelche Aminosäuren. Und die werden in Zusammenhang mit Demenz gebracht. Eine Erhöhung des Homocysteins führt zu Schäden an den Blutgefäßen. Und du weißt, ich habe ohnehin Bluthochdruck – ich muss schon lange Medikamente nehmen. Anzeichen für meine Vergesslichkeit gibt es immer mehr. Doch diese Anzeichen sind genau diejenigen, die auf eine Demenz hinweisen, die mal langsamer, mal schneller fortschreitet.« Sie hielt inne, überlegte. »Bislang kann ich es gut überspielen. Das kann also noch einige Zeit dauern, kann allerdings auch anders kommen.«

»Na siehst du«, rief Mia. »Kann sein, kann nicht sein. Glaub doch nicht alles, was die Ärzte sagen. Und spinn' dir nicht zusätzlich etwas dazu!«

»Würde ich nicht tun, das weißt du selbst. Aber die Anzeichen sind deutlich. Und mit meiner Erkrankung steht ein Phänomen in Zusammenhang, das mir große Sorgen macht.« Sie konnte für einen Moment nicht weitersprechen, hatte plötzlich einen Kloß im Hals.

»Und?«

»Das …« Teelke stockte.

»Ja?«

»Das …, verdammt, ein komplizierter Name, warte …« Teelke Ennenga lief zu einem alten Eichen-Vertiko, das an der Wand stand, zog eine Schublade auf und holte einen Schnellhefter heraus, in dem allerlei Zettel steckten. Gezielt griff sie einen davon. »Das dysexekutive Syndrom.«

»Und was ist das?«

»Tritt zusammen mit der Demenzerkrankung auf, ist quasi ein Bestandteil. Es kommt dabei zu einer Störung der sogenannten Exekutivfunktionen.«

»Verstehe ich nicht. Was wird gestört?«

»Die Fähigkeit zu planen und zu organisieren, so etwas.« Teelke setzte sich und starrte weiter auf den Zettel vor ihr, auf dem in kurzen Worten ihre Krankheit beschrieben wurde.

»Na ja, Planen, Organisieren …« Mia kam nicht weiter.

Teelke sprang auf und schrie sie an: »Ja, genau, Planen, Organisieren, Einhalten von Regeln und Leute auf Regeln und Einhaltung von Plänen aufmerksam machen. Das sind Fähigkeiten, die man braucht, wenn man ein international renommiertes Unternehmen führen will. Die zentralen Fähigkeiten, um unsere Firma zu leiten. Ich habe sie, aber – liebe Schwägerin – bald werde ich sie gehabt haben. Genauso ist das, vielleicht erkennst du jetzt mein Dilemma!«

»Aber wieso hast du nur Wilbert umbringen lassen? Das macht doch keinen Sinn! Er hätte das Geschäft geführt – du hättest es doch gar nicht tun müssen!«

»Ich habe ihn nicht umgebracht. Er hatte einen Herzinfarkt.«

»Sei nicht kindisch. Ohne dein Zutun hätte er keinen Herzinfarkt bekommen.«

»Welches Zutun? Ich war zu Hause. Und einen Herzinfarkt hätte er überall erleiden können. Er war gefährdet, frag Dr. Janssen-Fisser.«

»Du hast doch gezielt diesen Typen beauftragt …«

Doch Teelke unterbrach Mia. »Wie willst du das beweisen?«

Mia schüttelte den Kopf. So dachte sich ihre Schwägerin das also. Niemand kann etwas beweisen, und sie selbst sollte Stillschweigen bis ans Lebensende bewahren?

»So, meinst du, wird es laufen? Es kann keiner beweisen, und du bist aus dem Schneider?«

»Also, hast du Beweise?«

»Ich habe dein Geständnis!«

»Mia, ich habe Demenz, vergiss das nicht! Da weiß man schnell mal nicht mehr, was man gesagt hat. Und selbst wenn du darauf bestehen würdest, es gäbe sicherlich Zweifel, auch ärztlich begründet. Das langt nicht, vor keinem Gericht der Welt.«

Mia sah sie mit großen Augen an. Das konnte einfach nicht wahr sein. »Du bist noch schlechter, als ich dachte«, kommentierte sie Teelkes zynische Aussagen.

»Ich sage dir zum letzten Mal: Wilbert hätte sicher den Betrieb weitergeführt. Aber er hat sich überhaupt nicht mehr für mich und mein Leben, geschweige denn mein Leiden interessiert. Und weißt du was? Wilbert hätte keine zwei Minuten gezögert, mich in irgendein Heim zu stecken, wenn es zu schlimm geworden wäre. Er hätte sich nicht mit mir belastet. Ich selbst habe ihm gesagt: Wenn ich mal krank bin, musst du trotzdem zuallererst an die Firma denken. Und er hat mir zugenickt und gesagt, er fände es toll, dass ich das so sehe. Das hat mir auch noch geschmeichelt. Ich wäre von ihm abgeschoben worden, das wurde mir mehr und mehr klar. Abgeschoben – nicht mehr brauchbar, funktioniert nicht mehr, also weg. Ich habe über 30 Jahre meines Lebens an zweiter Stelle gestanden. Nun war die Situation plötzlich eine komplett andere, völlig unerwartet. Es war auch eine Chance, weißt du? Die Chance, noch einmal ganz oben zu stehen und alles in meinem Sinne zu regeln. Aber, Mia, ich denke doch auch die ganze Zeit an dich, jetzt, wo unsere Männer nicht mehr da sind. So ist es eben, das ist die Realität. Wilbert hat mich wieder und wieder abgebügelt! Mit seinem Herzen wäre er sowieso früher oder später …«

»Das kannst du doch nicht sagen! Du bist eine Bestie.«

Teelke war im ersten Moment verwirrt. Dann lachte sie laut auf, stand auf, begab sich zu einem Glasschrank, nahm eine Flasche Whisky heraus, dazu ein Glas, schenkte ein und trank es in einem Zug leer.

»Du auch?«, fragte sie Mia, die fassungslos war. So hatte sie ihre Schwägerin noch nie gesehen. Und einen Whisky kippte man nicht in einem Zug.

Teelke warf sich auf das Sofa, trank einen weiteren Whisky und starrte immerfort auf diesen Zettel, auf dem etwas über das dysexekutive Syndrom stand. Schweigen. Mia kam es wie eine Ewigkeit vor.

Schließlich ergriff Teelke das Wort. »Jetzt weiß ich wenigstens, was passiert, wenn die Krankheit ausbricht. Dann ist es für mich zu spät und du musst übernehmen, es gibt niemand anderen, das ist doch nicht so schwer zu verstehen. Wir haben gute Leute im Betrieb, die dich unterstützen, und wir suchen einen neuen Geschäftsführer, ja? Aber es muss eine Ennenga oder wenigstens eine angeheiratete Ennenga sein, die den Betrieb übernimmt. Mia, ich spüre seit Längerem, dass es nicht mehr so läuft wie früher.« Teelke war aschfahl.

»Es kann Jahre dauern, bis die Krankheit ausbricht. Was hat Wilbert eigentlich dazu gesagt?«, erkundigte sich Mia.

»Wilbert wollte davon nichts wissen. Später, sagte er, später. Irgendwann ist es dann zu spät. Aber, Mia, red' keinen Unsinn! Es kann genauso gut schnell gehen. Alle kennen dich, liebe Schwägerin. Es wird Leute geben, die es gut finden, wenn du diejenige bist, die den Namen Ennenga im Betrieb hochhält. Du kannst ja die, sagen wir, graue Eminenz im Hintergrund sein, wenn du schon das Tagesgeschäft nicht in die Hand nimmst.«

»Der Betrieb? Der Betrieb? Verkauf ihn! Dann hast du so viel Geld, so lange könntest du auch ohne Demenz nicht leben, um es auszugeben. Und wenn du dich nur noch auf der Queen Elizabeth aufhalten und zwischen Hamburg und Haiti hin- und herfahren würdest!«

»Verkaufen? Die Firma Ennenga? Das Bauunternehmen, das für Aurich, Ostfriesland, ja, die ganze Republik wichtig ist? Bist du noch bei Trost? Weißt du, was Arend oder Wilbert dazu gesagt hätten?« Teelke Ennenga stand auf und stellte sich direkt vor Mia. »Und Renke?«

»Das ist mir schnurzegal, sie sind alle tot. Du sagst doch die ganze Zeit, ich solle die Realität akzeptieren«, schrie Mia, erhob sich und stürzte geradezu zur Haustür. Es war alles zu viel für sie. Sie konnte nicht mehr.

»Du bleibst!« Teelke rannte los, packte Mia am Kragen und zerrte sie zurück.

»Lass mich los!«

»Du bleibst, wenn ich es sage!« Wie von Sinnen starrte sie Mia in die Augen.

»Teelke, lass mich los, bitte«, wimmerte Mia.

»Du bleibst!«, schrie Teelke erneut.

»Lass mich gehen!«

»Das wäre ja noch schöner! Nachher rennst du zur Polizei und zeigst mich an, wie? Zuzutrauen ist es dir. Am Ende kann man sich doch nicht auf euch Grovenstedts verlassen. Wilbert hat das immer schon vermutet.«

»Ach so? Schön, das zu erfahren. Aber genug jetzt. Teelke, wieso soll ich zur Polizei gehen? Was redest du denn? Ich … ich weiß nur nicht, wie ich mit all dem umgehen soll.«

Teelke hielt sie am Kragen fest und spürte, wie Mia die Kräfte verließen. Gleich würde sie zusammenbrechen. Die vergangenen Tage hatten eine solche Menge Ballast auf Mias Schultern geladen, sie würde ihn nicht lange tragen können. Jetzt noch diese Szenerie. Gleichwohl kannte Mia Teelke. Sie würde nicht klein beigeben.

Niemals. Und jetzt schien sie tatsächlich durchzudrehen. Aber wahrscheinlich war sie nur hoffnungslos überfordert, wusste nicht mehr, was sie tun sollte. Mia kam der Gedanke, dass ihre Schwägerin durchaus Grund hatte, sich vor einen Zug zu werfen oder aufzuhängen. Was hatte sie noch zu verlieren, gerade, wenn man so dachte wie Teelke Ennenga? Alles oder nichts, etwas anderes gab es nicht.

Mit einer Ausweichbewegung riss sich Mia los und rannte erneut Richtung Haustür. Teelke stürzte hinter ihr her, warf sich auf sie. Mia strauchelte, fiel vornüber und blieb stumm liegen. Teelke krallte sich in ihren Haaren fest und setzte sich auf Mias Rücken.

»Du tust, was ich dir sage! Du tust, Himmel, Arsch und Zwirn, was ich dir sage!«, schrie Teelke Ennenga. Mia lag wimmernd auf dem Boden, das Gesicht dem Teppich zugekehrt, der den kalten Flur nicht viel gemütlicher machte.

Nach ein, zwei Minuten erhob sich Teelke, kniete neben Mia Grovenstedt nieder und streichelte ihr über den Kopf. »Mia, ach Mia, entschuldige. Es ist alles so schwer für mich. Für uns beide, ja, für uns beide. Wir sind jetzt die letzten aus der Familie, denen an der Firma etwas liegt. Diese Karolinka, die zahlen wir aus, diese Polin. Du magst sie, ich weiß. Sie soll auch etwas bekommen, natürlich. Und dann ist die Sache geritzt. Niemand wird jemals die Wahrheit erfahren. Der Mann, der … – du weißt schon – der hat sich irgendwohin ins Ausland abgesetzt. Von dem hören wir nie wieder etwas. Es ist, als sei Wilbert mit dem Auto verunglückt – kein Unterschied, verstehst du? So müssen wir es sehen. So war es doch eigentlich auch. Er war es, nicht ich, hörst du? Es wird keine Probleme geben. Komm zur Vernunft, sieh die Realität! Was du, liebe Mia, noch nicht begriffen hast, ist, dass mein Plan genial ist.«

Teelke half ihrer Schwägerin aufzustehen. Mia hatte keine Kraft mehr, ihr Kopf war leer und sie wollte nur noch Ruhe. Es war alles unglaublich schrecklich, so negativ, das Schicksal nahm unaufhaltsam seinen Lauf, derart schnell, dass sie nicht hinterherkam mit ihren Gedanken.

Die Frauen gingen langsam zurück zum Wohnzimmer, dabei streichelte sie Mia fortwährend über den Kopf und flüsterte ihr ins Ohr: »Alles wird gut. Ich habe Fehler gemacht. Ich hoffe, du kannst mir verzeihen. Aber wie wir es auch drehen, wir sind auf Gedeih und Verderb aufeinander angewiesen, liebe Mia. Glaub mir, jetzt gibt es keinen anderen Weg als den, den ich mir überlegt habe. Es ist alles durchdacht, von A bis Z. Die ganze Nacht habe ich gegrübelt, nachdem Wilbert angerufen hatte. Das Testament neu zu schreiben war ein Leichtes. Du weißt, dass ich Arends Schrift perfekt nachahmen kann. Der Plan, Mia, ist unsere Zukunft. Nur so ergibt der Tod der beiden Sinn. Er ergibt nur Sinn, wenn wir die Firma in die Zukunft führen. Dann ist es unser Plan! Wir können schon bei der Beerdigung gemeinsam so auftreten, dass allen klar wird: Diese zwei Frauen, die machen es jetzt.«

Mia lehnte ihren Kopf an Teelkes Schulter, schluchzte, zitterte, die Nase lief, doch es war ihr egal. Die Nähe drückte keine Zuneigung aus, sie brauchte einfach eine Stütze, ihr war schwindelig, ihr war schlecht. Das konnte Teelke doch nicht ernst meinen? Sie plante die Beerdigung ihrer Männer in ihre Strategien ein!

Teelke holte ein gebrauchtes Tempotaschentuch aus ihrer Hosentasche und wischte Mia Tränen und verschmierte Schminke weg.

»*Unser* Plan. Du hast immer alles von A bis Z durchdacht … immer!« Mehr brachte Mia nicht heraus.

»Siehst du, und was hat es gebracht? Umsatz! Gewinn! In jeder Hinsicht. Es kann nicht so schlecht gewesen sein, was ich all die Jahre umgesetzt habe. Deshalb konnte ich Wilbert immer gut helfen. Aber nun ist er tot. Und wir müssen aus der Situation das Beste machen – es nützt doch nichts! Ich helfe dir, Mia. Auch mit deinem Garten. Wir werden dort sitzen und Tee trinken, in deinem wunderschönen Garten, dem schönsten in Aurich«, flüsterte Teelke weiter.

Mia konnte nicht antworten. Langsam bekam sie es mit der Angst zu tun. Wie die redete, das kannte sie nicht von ihrer Schwägerin.

Sie hatten fast das Wohnzimmer erreicht, da stoppte Teelke vor der Kellertreppe. »Ich muss noch etwas holen, wartest du hier?«, fragte sie Mia und sah sie von der Seite her an.

»Ich … ich muss mich setzen, ich will nicht allein sein. Und ich will nicht das tun, was du vorhast«, entgegnete Mia so leise, dass ihre Schwägerin sie kaum verstand.

Der Hauch eines Lächelns schien über Teelkes Gesicht zu fliegen. »Dann gehen wir zusammen. Komm, wir gehören zusammen, ob wir es wollen oder nicht. Ich muss nur etwas aus dem Keller holen.«

»Was?«, wollte Mia wissen.

»Es … es hat mit dem Testament zu tun«, sagte Teelke nur.

Langsam und bedächtig stiegen sie die Kellertreppe hinunter und gingen in Richtung des Weinkellers. Plötzlich stoppte Teelke. Hinter einer Tür war ein Kellerraum, in dem überwiegend alte Möbel standen. Teelke trat ein, Mia folgte ihr.

»Was willst du hier?«, fragte Mia.

»Irgendwo hier muss ein Dokument herumliegen«, nuschelte Teelke.

Unvermittelt ließ Teelke Mia los. Mia verlor den Halt und wäre beinahe gestürzt. Blitzschnell verließ Teelke den Raum. Die Tür flog zu, der Schlüssel drehte sich im Schloss. Mia hatte Mühe, zu folgen, auf die Beine zu kommen. Sie taumelte.

»Teelke!«, schrie sie und rüttelte an der Klinke. Sie horchte. Nichts. Dann schien etwas über den Boden geschoben zu werden, es prallte mit einem lauten Knall gegen die Tür.

»Teelke!«, schrie Mia verzweifelt, doch Teelke antwortete nicht. Der Raum wurde durch ein kleines Fenster erhellt, das zu einem Schacht hinausging. Leider ließ es sich nicht öffnen. Doch sie könnte die Scheibe einschlagen. Wenn sie sich anstrengte, würde sie hindurch passen. Sie musste schnell raus hier. Doch im Moment war Mia zu erschöpft und setzte sich auf ein altes Sofa. Sie weinte bitterlich.

Keine fünf Minuten später hörte sie draußen, vor dem Kellerfenster des Raums, ein Schieben und Scharren. Mia erhob sich und lief zum Schacht.

»Lass' mich hier raus!«

Doch dann sah sie, wie von oben eine Schippe Erde nach der anderen in den Fensterschacht geworfen wurde. So lange, bis kein Licht mehr hineinfallen und kein Laut nach außen gelangen konnte. Mia beobachtete es staunend. Ihre Schwägerin hatte sie eingesperrt! Und es schien, als wollte sie sie nicht so bald wieder herauslassen. Sie drehte tatsächlich durch. Sie begrub sie gerade lebendig!

Nachdem Mia aus einer Art Paralyse erwacht war, wurde ihr schnell klar, warum Teelke auf diese Weise handelte: Sie hatte sich ihr offenbart. Sie hatte den ganzen Plan offen und ehrlich vor ihr ausgebreitet. Sie war nun eine Mitwisserin in einem verabscheuungswürdigen Spiel um Geld, Geld, Geld. Das war gepaart mit diesem, wie sie fand, total übertriebenen Denken um die Bedeutung der Firma für die Familie. Sollte sie sie doch verkaufen – das Geld würde ewig reichen, selbst wenn sie beste Pflegeleistungen in Anspruch nehmen würde. Aber was bedeutete diese Offenbarung? Wieder hatte Teelke gewonnen! Mia konnte nur mitmachen, oder aber Teelke würde alles tun, um sie als Mitwisserin auszuschalten. Teelke würde sie so lange im Keller sitzen lassen, bis sie auf all das, was Teelke geplant hatte, einging. Mia wusste, dass Teelke keine Scheu hatte, so zu handeln. Ihre Schwägerin hatte einen Killer auf ihren Ehemann gehetzt, und nun saß Mia in deren Kellerloch fest. Die Schwägerin, die in diesem Augenblick Erde in den Fensterschacht schaufelte, der bereits zu drei Vierteln gefüllt war. Gleich, wenn kein einziger Lichtstrahl mehr durchs Fenster dringen würde, würde es dunkel werden. So wäre es auch in einem Grab, dachte Mia. Ihre Schwägerin musste übergeschnappt sein. Und doch hatte sie es ein weiteres Mal geschafft, ihre Macht über sie auszunutzen.

26

Tanja Itzenga stellte den Motor des Dienstwagens ab. Ulferts war bereits ausgestiegen und auf dem Weg zum Gartentor. Es war verschlossen.

»Dann klingel mal!«, sagte Itzenga im Gehen, auf den kleinen dunklen Knopf neben dem Briefkastens zeigend, neben dem Ulferts stand.

Ulferts klingelte. Nichts. Er drückte ein zweites Mal. Nichts. »Keen een in't Hus!«, kommentierte der Kommissar.

»Pech«, murrte Tanja Itzenga, »dann eben heute Nachmittag.«

Die Kommissare wollten sich gerade abwenden, als eine schroffe Stimme erklang. »Was wollen Sie? Wurde immer noch nicht alles gesagt? Habe ich nicht alle Fragen beantwortet?«

»Moin, Frau Ennenga. Entschuldigen Sie die nochmalige Störung. Wir haben noch ein, zwei wichtige Punkte, die zu klären sind«, rief Tanja Itzenga, die bei Sprechanlagen automatisch die Lautstärke erhöhte.

»Sie haben immer noch ein, zwei wichtige Punkte. Mittlerweile macht das eine ganze Menge«, knarzte es aus der Sprechanlage.

»Manches ergibt sich erst im Laufe der Zeit. Können wir reinkommen?«, fragte die Hauptkommissarin.

»Nein! Im Moment geht es nicht«, lautete Teelke Ennengas klare Antwort.

Tanja Itzenga war im ersten Moment konsterniert. Sie sah Ulferts an, der sie mit einer Geste aufforderte, nicht locker zu lassen.

»Frau Ennenga, es ist wichtig!«

»Nein! Ich sagte doch, es ist momentan nicht möglich«, kam es zurück.

»Frau Ennenga, Sie wissen so gut wie ich, dass ich erzwingen kann, bei Ihnen eingelassen zu werden. Sie behindern unsere Ermittlungen!«

»Was für Ermittlungen?«, ertönte es gereizt. »Es muss keine Ermittlungen geben. Mein Mann ist tot, meine beiden Schwager sind tot, mein Schwiegervater ist tot. Herzprobleme, Ertrinken … Wozu Ermittlungen? Es waren Unfälle. Das Schicksal ist in schrecklicher Form über die Familie Ennenga hereingebrochen.«

»Klingt fast nach griechischer Tragödie«, flüsterte Ulferts seiner Kollegin ins Ohr. Die Hauptkommissarin machte eine Handbewegung, die ihm bedeuten sollte, still zu sein.

»Es gibt da eine Unklarheit, die wir nur mit Ihrer Hilfe beseitigen können.«

»Hilfe! Ich soll immer Ihnen helfen.« Eine kurze Pause entstand, dann hörten sie leiser: »Und wer hilft mir?«

Tanja Itzenga war überrascht. Welche Hilfe benötigte eine Teelke Ennenga, die reiche, dominante Unternehmenschefin?

»Nun …«, begann Itzenga zu stammeln, »es … es ist doch auch in Ihrem Interesse, wenn hundertprozentig geklärt wird, was vorgefallen ist.«

»Was muss ich noch mehr wissen, außer dass sie alle tot sind?« Und als wollte sie es sich selbst nochmals deutlich vor Augen führen, sagte sie noch einmal: »Alle.«

Ulferts strich sich mit der Hand durch das Gesicht, er war müde. Tanja Itzenga wusste nicht, wie sie Teelke Ennenga überzeugen konnte, die Tür zu öffnen.

»Frau Ennenga, nur fünf Minuten!«, versuchte sie es erneut.

»Ich möchte Sie bitten, die Sache auf sich beruhen zu lassen. Es ist schwer genug für uns alle! Das Seeunglück kann niemand mehr rückgängig machen. Also lassen Sie die Toten ruhen, Herrgott noch mal!«

»Wenn alle offenen Fragen beantwortet sind, werden wir das tun, ganz sicher.«

»Nein! Ich bin nicht bereit dazu.«

»Dann werden wir uns eine staatsanwaltliche Vollmacht besorgen«, sagte Itzenga bewusst laut. Vielleicht half es, wenn es Teelke Ennenga peinlich wurde, dass die Nachbarn hörten, was sich an ihrem Gartentor abspielte.

»Nun schreien Sie nicht so herum!« Der Türöffner summte.

Ulferts drückte und das Tor schwang auf.

»Geht doch!«, flüsterte Itzenga Ulferts zu, der lediglich die Augen verdrehte.

Teelke Ennenga empfing sie an der Tür.

»Haben Sie im Garten gearbeitet?«, fragte Tanja Itzenga.

»Im Garten? Wieso?«

»Da vorn hat jemand gebuddelt, das sieht noch sehr frisch aus!« Itzenga wies auf ein Loch im Beet.

Teelke Ennenga warf einen Blick auf die frische Erde an der Hauswand. Sie zögerte, dann machte sie eine entschlossen wirkende, wegwerfende Handbewegung. »Ach, der Gärtner – er hat wieder nur Mist gebaut. Hat Bäume an die falsche Stelle gesetzt.«

»So nah am Haus Bäume pflanzen?«, bemerkte Ulferts.

»Na, eben nicht!«, bestätigte Ennenga hastig. »Darum musste er sie ja wieder ausbuddeln.«

Widerwillig ließ sie die beiden Kommissare eintreten. »Wir setzen uns auf die Terrasse, hinten, zum Garten raus«, bestimmte sie.

Itzenga und Ulferts waren verwundert – so warm und freundlich war die Witterung im Augenblick nicht, dass man sich unbedingt draußen aufhalten musste. Aber wenn die Hausherrin es wünschte … Itzenga war noch aus einem anderen Grund verwundert: Sie meinte, eine leichte Alkoholfahne bei Teelke Ennenga gerochen zu haben.

Sie setzten sich auf die Terrasse, Teelke Ennenga bot nichts zu trinken an. Das Terrassenmobiliar war bereits der Kissen entledigt worden, weshalb sie direkt auf den kühlen Holzlatten saßen, aus denen Stühle und Bank zusammengebaut waren. Teelke Ennenga war die schwierige Situation anzusehen. Sie hatte nicht nur die Todesfälle zu verkraften, sondern würde mit jedem Tag von Mitarbeitern des Unternehmens mehr gedrängt werden, an Entscheidungsfindungen mitzuwirken, Verträge zu prüfen, zu unterschreiben und vieles mehr. Die Last, die auf ihren Schultern lag, war unfassbar groß.

»Frau Ennenga«, begann Tanja Itzenga, »Ihr Mann Wilbert hat Sie von seiner Jacht aus angerufen, und zwar auf dem Hinweg nach Cuxhaven. Ist das richtig?«

Teelke Ennenga schwieg.

»Frau Ennenga?«

»Ich kann mich nicht erinnern.«

»So lange ist es noch nicht her.«

Teelke Ennenga sprang auf. »Machen Sie doch mal durch, was ich durchstehen muss! Ist es Ihnen nicht auch schon so gegangen, dass Sie morgens etwas erlebt haben und abends können Sie sich nicht mehr daran erinnern? Ich bin nicht mehr die Jüngste! Da wird man …« Sie hielt inne und fügte leiser hinzu: »Da wird man vergesslicher.« Sie blickte zu Boden.

Tanja Itzenga sah betreten zu Ulferts, der zog ein wenig die Schultern hoch. »Frau Ennenga, natürlich. Eine unglaublich schwere Zeit für Sie. Dennoch müssen wir Sie fragen, worüber Sie mit Ihrem Mann am Telefon gesprochen haben.«

»Was geht es Sie an, wenn mein Mann mich anruft?«

»Ihr Mann hat Sie sehr wahrscheinlich angerufen, als sein Bruder Renke bereits in die Nordsee gestürzt und ertrunken war. Doch er hat weder SOS noch einen sonstigen Hilferuf abgesetzt, das verstehen wir nicht. Er wird Ihnen sicherlich erzählt haben, was passiert ist.« Die letzten Worte sagte Tanja Itzenga mit einer gewissen Schärfe.

Teelke Ennenga reagierte verunsichert. »Ich kann mich nicht erinnern. Tut mir leid.« Es klang wie die Ausrede eines kleinen Kindes, das etwas kaputt gemacht hat, es jedoch nicht zugeben wollte.

»Das ist schwer zu glauben«, erwiderte Tanja Itzenga.

»Frau Ennenga, machen Sie uns nichts vor«, schaltete sich Ulferts ein. »Uns liegen Aufzeichnungen des Telefon- und Funkverkehrs vor.« Itzenga erschrak, ließ es sich jedoch nicht anmerken. Ulferts log wie gedruckt, denn alle ihre Erkundigungen in dieser Hinsicht waren erfolglos geblieben. Es existierten keine Aufzeichnungen, keine Mitschnitte von Telefonaten. Und Ulferts setzte noch einen drauf: »Wir haben den begründeten Verdacht, es gab noch etwas zu regeln, bevor der Tod Ihres Schwagers der Öffentlichkeit bekannt wurde.«

Tanja Itzenga warf Ulferts einen bitterbösen Blick zu. Teelke Ennenga war alles andere als dumm, wenn sie ahnte, dass Ulferts nur bluffte, konnte das böse Folgen haben. Doch sein Ziel war klar. Würde Teelke Ennenga bei dem »Ich kann mich nicht erinnern« bleiben?

Ennenga sah vor sich auf den Tisch. Itzenga und Ulferts starrten die Frau an, die einen stark mitgenommenen Eindruck machte.

»Was ist denn das für ein Klopfen?«, flüsterte Ulferts seiner Chefin zu.

»Klopfen? Ich höre nichts«, raunte sie zurück.

»Ach«, Teelke Ennenga hatte Ulferts gehört, »das ist die Heizungsanlage.« Dann stierte sie wieder vor sich hin, fügte hinzu: »Ja, jetzt, wo Sie das sagen, ich erinnere mich.« Teelke Ennenga schien, als sei sie gerade aus einem tiefen Schlaf erwacht. »Aber ... Ich konnte kaum etwas verstehen, mal dies, mal das, dann war die Verbindung weg. Es war das letzte Mal, dass ich mit ihm gesprochen habe.«

»Hat er was von Renke gesagt?«

»Nein.«

»Was hat er dann gesagt? Schließlich hat er Sie angerufen, da wird er nicht ins Telefon geschwiegen haben. Zumal sein Bruder tot war.«

»Das behaupten Sie! Renke war da noch nicht tot. Das glaube ich nicht. Und ich habe nur Fetzen verstehen können, Sturm kam darin vor, schwere See. Sonst so weit alles in Ordnung. So ungefähr, mehr nicht.«

»Renke Ennenga lebte zu dem Zeitpunkt nicht mehr. Die Rechtsmedizin hat den Leichnam untersucht und den Todeszeitpunkt ermittelt. Also, Frau Ennenga, bitte! Ihr Mann muss etwas erwähnt haben.«

»Nein!« Dieses bestimmte »Nein« ohne jede weitere Erläuterung ging Tanja Itzenga auf die Nerven.

»Machte er einen verwirrten Eindruck? War er unsicher? Nervös?«, bohrte sie weiter.

»Nein.«

»Wie wollen Sie das wissen, wenn Sie nur Gesprächsfetzen verstehen konnten?«, fragte Ulferts.

»Ich kannte meinen Mann! Aus einer einzigen Silbe

habe ich herausgehört, ob er verwirrt, traurig, resigniert oder fröhlich war.«

»Und davon war nichts zu spüren?«, hakte Itzenga nach.

»Nein. Er klang vielleicht ein wenig erschöpft. Das wunderte mich nicht. Segeln ist anstrengend, wenn der Wind stark und die See rau ist.«

»Frau Ennenga, nochmals. Der Zeitpunkt seines Anrufs liegt nach dem amtlich festgestellten Todeszeitpunkt von Renke. Da holt man Hilfe, selbst wenn er verwirrt war, hätte er vielleicht Sie gebeten, etwas zu unternehmen. Aber man geht doch nicht einfach darüber hinweg.«

»Sie sind auf dem falschen Dampfer. Die beiden segelten zusammen … Warum sollte er da Hilfe holen? Und überhaupt …«

»Und überhaupt?«, platzte es aus Ulfert heraus. »Telefonieren Sie immer fröhlich herum, wenn jemand aus Ihrer Familie gestorben ist? ›Ach, fast hätt' ich's vergessen, Renke ist ertrunken, na ja, kann passieren. Was gibt es denn heute eigentlich zum Abendessen?‹«

»Ulfert …« Tanja Itzenga musste ihren Kollegen ein wenig bremsen. Seit Kurzem ging er leicht in die Luft. Sie wollte ihn bei Gelegenheit fragen, woran das lag.

»Solche Frechheiten muss ich mir nicht anhören! Und Renke lebte noch, sonst hätte Wilbert es gesagt, natürlich!«, rief Teelke Ennenga.

Mist!, dachte Itzenga. Dank Ulferts' aufbrausendem Verhalten machte sie nun völlig dicht. Manchmal konnte man den Befragten damit einschüchtern, doch in diesem Fall führte es zu einer vehementen Abwehrreaktion. Eine wie die Ennenga hatte eben kein Problem mit laut werdenden Männern, dadurch ließ sie sich nicht kleinkriegen, da war sich Itzenga sicher. »Frau Ennenga, Herr Ulferts hat es vielleicht ein wenig drastisch dargestellt – aber im Kern ist es doch so. Ihr Mann muss den Tod seines Bruders erwähnt haben, muss Sie gebeten haben, die Wasserschutzpolizei, die DGzRS oder sonst wen zu rufen, den Rettungshubschrauber, was weiß ich.«

»Nein, hat er nicht, wieso auch? Außerdem war die Verbindung schlecht und schon bald beendet. Im Übrigen bin ich nicht mehr bereit, mir Ihre Fragen weiter anzuhören. Ich finde sie, das muss ich mal sagen, ziemlich unverschämt.«

»Um den Sachverhalt noch einmal deutlich zu machen, Frau Ennenga«, Ulferts bemühte sich um bedachte Worte, »das Gespräch dauerte laut unseren Aufzeichnungen fast vier Minuten. Das ist recht lange. In dieser Zeit kann man wesentlich mehr als ein paar Gesprächsfetzen austauschen.«

»Aufzeichnungen? Vier Minuten? Vielleicht … Es rauschte eben. Im Hintergrund, da rauschte es sehr, der Wind, die See. Ich rief immer wieder: ›Wilbert? Wilbert?‹, aber ich konnte kaum etwas verstehen.« Teelke Ennenga machte es nach, ein bisschen übertrieben deutlich. »Schließlich war die Verbindung ganz weg, bevor wir irgendetwas besprechen konnten.«

»Dieses Klopfen ist schon irritierend«, bemerkte Ulferts unvermittelt.

Teelke Ennenga machte große Augen. »Ich sagte ja, die Heizungsanlage. Sie ist nicht in Ordnung. Ich habe den Monteur schon bestellt«, entgegnete sie schnell.

Ulferts reagierte nicht, sondern fuhr mit seinen Fragen fort: »Gut, Frau Ennenga. Unsere Techniker sind dabei, das Gespräch auf den Speichermedien zu analysieren.«

»So etwas dürfen Sie doch gar nicht speichern.« Unsicherheit schwang in Teelke Ennengas Stimme mit.

»Alle Gespräche werden festgehalten und später gelöscht. Hier haben wir jedoch gerade noch rechtzeitig eingreifen können«, sagte Itzenga und log nun ebenfalls hemmungslos. Gelang es ihnen, Teelke Ennenga einen solchen Bären aufzubinden?

Die Witwe schien nachdenklich. »Also, Wilbert … Wilbert hat …« Sie kam nicht weiter.

»Was hat Wilbert?«, fragte Tanja Itzenga ruhig.

»Er hat … etwas über Renke gesagt …« Teelke Ennenga schluchzte. Schließlich beruhigte sie sich wieder.

»Nun, Frau Ennenga?« Tanja Itzenga versuchte, ihr noch ein paar Informationen zu entlocken.

Das Gesicht der Witwe nahm von einem Augenblick zum anderen den altbekannten Ausdruck an. »Na, was schon. Es war stürmisch, und Renke mochte eben nur glatte See. Es rauschte zu sehr, daher habe ich es so interpretiert, dass Wilbert sich wieder einmal über seinen Bruder lustig machte, wahrscheinlich ist er seekrank geworden. Das war alles. Sie bringen mich völlig durcheinander. Man weiß ja gar nicht mehr, was man sagt! Ich kann einfach nicht mehr. Ja, wir haben telefoniert, dazu habe ich alles gesagt. Ihre ganzen Fragen, Ihre Vermutungen! Wollen Sie mich an den Pranger stellen? Arbeiten Sie etwa mit der Presse zusammen? Nein, nein, nicht mit mir! Ich habe meinen Mann verloren und muss mich so schnell wie möglich um den Betrieb kümmern. So sieht es aus. Und es geht hier nicht um einen Zeitungskiosk oder einen Imbiss an der Ostsee! Bitte, verlassen Sie mein Grundstück!«

»Wir gehen unseren polizeilichen Pflichten nach. Und die Presse bekommt von uns ausschließlich bewiesene Fakten mitgeteilt, Frau Ennenga.« Tanja Itzenga wechselte die Tonlage, wurde energischer. »Nun sagen Sie uns bitte, was Wilbert über Renke gesagt hat. Sollten Sie Hilfe holen? Hat er gesagt, dass Renke über Bord gegangen ist?«

»Nein!«, rief Teelke Ennenga. »Ich habe doch gerade gesagt, wie es war.«

»Nein, Frau Ennenga, Sie wollen einfach nicht begreifen, dass die Fakten eine andere Sprache sprechen und …« Tanja Itzenga wurde rüde unterbrochen.

»Die Fakten und Ihre Rechtsmediziner interessieren mich einen Scheißdreck! Ich weiß ja wohl, was ich gehört habe.« Für einen Augenblick schien Teelke Ennenga über ihre eigenen Worte erschrocken. »Entschuldigung … Und nun gehen Sie endlich! Ich muss mich ausruhen. Ansonsten hole ich meinen Arzt und der wird Ihnen etwas erzählen, eine psychisch angeschlagene Frau derart zu quälen.«

»Schon gut«, meinte die Hauptkommissarin beschwichtigend, »wir akzeptieren Ihre Aussage.«

»Ich bin nicht überzeugt, Frau Ennenga«, widersprach Ulferts. Einerseits konnte er es sich nicht verkneifen, andererseits wollte er Teelke Ennenga deutlich machen: *Wir lassen nicht locker*. Itzenga und Ulferts verabschiedeten sich und gingen zur Tür.

Im Wohnzimmer flüsterte Ulferts seiner Chefin zu: »Da – das Klopfen, hörst du? Seltsam, so unregelmäßig. Eben war eine ganze Zeit gar nichts, jetzt war's wieder zu hören. Mann, das würde mich nerven!«

»Der Klempner soll ja bald kommen«, entgegnete Itzenga abwesend. Sie war mit den Gedanken bei dem eben beendeten Gespräch.

Sie verließen das Haus und erreichten das Gartentor, ohne dass Teelke Ennenga sie nur einen einzigen Schritt begleitet hätte. Nachdenklich stiegen die beiden Kommissare in ihr Auto und machten sich auf den Weg Richtung Polizeipräsidium.

»De is 'n harten Knoaken!«, sagte Ulferts nach ein paar Minuten.

»Beenhart!«, versuchte Tanja Itzenga es ebenfalls auf Plattdeutsch.

27

Iwanczyk war ohne Pause durchgefahren, hatte lediglich zum Tanken gehalten und einmal ein zehnminütiges Nickerchen eingelegt. Richtung Osten, Białystok. Er war der Landesstraße 65 gefolgt. Am Grenzübergang Bobrowniki sollte es über die Grenze und anschließend ins Innere dieses geheimnisvollen Landes gehen, für das ihm Doppel-P ein Visum besorgt hatte – allerdings lediglich ein Tagesvisum. Am Grenzposten Bobrowniki sollte er auf weißrussischer Seite gegen ein kleines Entgelt ein Jahresvisum bekommen. Damit erhielt er das Recht, sich die nächsten 365 Tage in Weißrussland aufzuhalten. Wenn das Jahr um wäre, könne er ja noch ein, zwei Jahre in den Wäldern und Sümpfen Ostpolens verbringen. Dort würde sich keiner für ihn interessieren und anschließend wäre alles vergessen, was er jemals an Illegalem getan hatte. Möglicherweise könnte er irgendwann nach Deutschland zurückkehren. Vielleicht gefiele es ihm allerdings auch so gut im polnisch-weißrussischen Grenzraum, dass er eine Blockhütte bauen und sein Leben mit Bärenjagd und Wodkatrinken verbringen würde.

Palizynski hatte laut über Iwanczyks entgeistertes Gesicht gelacht, nachdem er ihm diese Zukunftsperspektiven vor Augen geführt hatte. Das war nicht sein Zielland gewesen, doch Palizynskis Kontakte nach Weißrussland waren derart gut und die Kommunikationsstränge zwischen weißrussischen und deutschen Behörden derart schlecht, dass es sinnvoll erschien, in dieser Gegend abzutauchen. Was er getan hatte, reichte fürs Zuchthaus. Und obwohl deutsche Gefängnisse als vergleichsweise komfortabel galten, war seine Lust gering, dort mehrere Jahre zu verbringen. Dann lieber frei in Weißrussland. Ihm ging gleichwohl der Gedanke durch den Kopf, dass dies ein Widerspruch sein mochte – frei in Weißrussland.

Endlich erreichte Iwanczyk den Grenzübergang Bobrowniki. Er reihte sich in eine lange Schlange ein und wunderte sich, wie viele LKWs nach Weißrussland einreisen wollten. Sehr langsam ging es voran. Als er an der Reihe war, nahmen polnische Grenzbeamte seine neuen Papiere entgegen und verschwanden damit in einem weiß gestrichenen Gebäude. Das schien nicht ungewöhnlich, Iwanczyk beobachtete die Szenerie. Eine Menge Grenzpolizisten waren unterwegs und versuchten, dem Andrang Herr zu werden, indem sie bereits Papiere von denjenigen zur Prüfung mitnahmen, die noch weiter hinten in der Schlange standen. Es war ein Kommen und Gehen. Zu Iwanczyks Beruhigung händigten die Grenzbeamten immer wieder einzelnen LKW- und Autofahrern ihre Papiere aus und winkten sie durch. So musste es auch bei ihm laufen, dann wäre er erst einmal aus dem für ihn gefährlichen Terrain verschwunden.

In diesem Moment kamen vier Uniformierte auf Iwanczyks Wagen zu. Mittlerweile war es dunkel geworden, und die an hohen Masten befestigten grellen Scheinwerfer erhellten das Geschehen. Lichtdurchflutete Bereiche wechselten sich mit schattigen ab. Er selbst stand im Halbdunkel. Einer der Uniformierten schien ein Offizier zu sein, jedenfalls fielen Iwanczyk seine Schulterklappen auf. Er kannte einige Dienstabzeichen der polnischen Truppen und vermutete einen Leutnant.

»Igor Masarbajew?«, fragte er, nachdem er an Iwanczyks Autofenster geklopft hatte, das jener daraufhin heruntergelassen hatte. »Piecek« las Iwanczyk den auf der Uniform aufgenähten Namen.

»Ja?«, antwortete er vorsichtig.

»Sie wollen nach Belorussia?«

»Ja.«

»Hmmm.« Der Offizier sah ihn unverwandt an, gab nur einen brummenden Ton von sich. Schließlich holte er einen Kollegen heran, der Iwanczyk genau ins Gesicht schaute und mit einem Zettel verglich, den er, für Iwanczyk nicht sichtbar, in der Hand hielt. Er nickte dem Offizier zu.

»Sagen Sie, Igor Masarbajew, kennen Sie zufällig einen Iwanczyk? Krysztof Iwanczyk?«

Iwanczyk fuhr ein heftiger Schreck in die Glieder. »Nein«, sagte er leise, und seine plötzliche Verunsicherung war ihm anzumerken.

»Sie kennen ihn nicht, das wundert mich. Sie sehen ihm unglaublich ähnlich, auch wenn Sie sich länger nicht rasiert haben. Dieser Mann ist zur Fahndung ausgeschrieben.«

»Entschuldigen Sie, aber ich habe noch einen weiten Weg vor mir. Wie lange wird es dauern, bis ich weiterreisen kann?«, fragte Iwanczyk, nicht auf die Äußerung des Leutnants eingehend. Er war betont freundlich, denn Polizisten und Militärs brauchte man nicht ruppig zu kommen, da hatte er bereits zahlreiche Erfahrungen gemacht.

»Masarbajew«, begann Leutnant Piecek, das »Herr« sparte er sich. »Die Fragen stellen wir, klar? Lassen wir die Spielerei, wir haben viel zu tun, wie Sie sehen. Ihr Pass weist Sie als Igor Masarbajew aus, gut und schön. Mit Visum für Weißrussland. Auch gut und schön, abgesehen von der Tatsache, dass Ihr Name nicht Igor Masarbajew ist. Wo wollen Sie hin, Krysztof Iwanczyk?« Der groß gewachsene Mann wandte den Blick nicht von seinem Gesprächspartner ab.

In null Komma nichts raste Iwanczyks Puls. Er saß in der Falle.

»Also, wohin wollen Sie?«

»Ich … ich heiße Masarbajew. Sie irren sich!«

»Wir wissen Bescheid, erzählen Sie mir nichts! Wo geht die Reise hin? Das will ich wissen!«

»Weiter …« Iwanczyks Stimme klang schwach. Sie hatten ihn, keine Chance, hier wegzukommen!

»Das ist kein Ziel, Iwanczyk. Wohin? Genau, bitte!«

»Hinter die Grenze.«

»Nach Weißrussland, was?«

»Ja, Weißrussland«, wiederholte er.

»Warum Weißrussland?« Der Offizier machte ein amüsiertes Gesicht.

»Ich …« Iwanczyk fiel keine Antwort ein.

»Ich würde dort nicht hinwollen. Wohin genau?«

»Nach Hause natürlich.«

Piecek prustete los: »Nach Hause!« Als er sich wieder beruhigt hatte, ließ er nicht locker.

»Woher kommen Sie jetzt?«

»Stettin.«

»Szczecin – alte Stadt an der Ostsee, schön! Dort hatte ich eine Oma. Die konnte gut kochen«, Piecek lachte, »und backen! Herrliche Kuchen.«

Eine Frohnatur, der Herr Leutnant, und das bei diesem Job, dachte Iwanczyk.

Doch Pieceks Miene verdüsterte sich augenblicklich.

»So, Sie wollen nach Hause, wo wohnen Sie?«

Iwanczyk war nicht der Geistesgegenwärtigste. Manchmal fiel ihm in bedrohlichen Situationen einfach nicht das Richtige ein. Er überlegte zu lang. Er war jemand, der Befehle und klare Anweisungen brauchte. Die führte er aus. Selbst zu dirigieren war nicht seine Stärke. Anweisungen, die keine Fragen offen ließen, und dafür gab es Lohn. Auf diese Weise konnte er arbeiten. Selbst einen Plan zu entwickeln und ihn alle Randbedingungen berücksichtigend in die Tat umzusetzen, das konnte er einfach nicht. Klare Ansagen, wie die, die diese Frau gemacht hatte: Ennenga mit seinem Segelboot in die Enge treiben, in den Tod. Oder wie die von Doppel-P: »Nichts wie weg, ich sag dir, wohin du gehst.« Und nun fiel ihm der verdammte Name des Ortes nicht ein, den Palizynski mithilfe des Onkels in den Ausweis hatte eintragen lassen und der Iwanczyks neuer Wohnort sein sollte. Himmel, wie hieß das Kaff, es hatte einen verdammt langen Namen.

»Ich wohne in … Ach, wozu wollen Sie das wissen? Geben Sie mir bitte meine Papiere und lassen Sie mich fahren!«, versuchte Iwanczyk, entschlossen zu wirken.

»Iwanczyk. Wenn Sie Igor Masarbajew wären, würden Sie jetzt nach Vialikaja Bierastavica fahren. Dort würden Sie nämlich wohnen. Seltsam, dass Sie das nicht wissen.«

Piecek lachte erneut. »Machen wir es kurz. Wie schon gesagt, uns liegt eine Meldung der deutschen Polizei vor. Ein Gesuch, wie man sagt. Die Deutschen wollen gerne, dass Sie zurück in deren Land kommen. Sie werden schon erwartet, wer hätte das gedacht, was? Hier in Bobrowniki! Und ich weiß noch etwas. Man will Sie, weil Sie krumme Dinger gedreht haben, hab ich recht?« Ein spöttischer Lacher konnte nur kurz von dem schnell wieder ernsten Gesicht ablenken. Mittlerweile hatten sich zwei weitere Grenzer auf der anderen Seite des Autos postiert, wie Iwanczyk bemerkte. Er war aufgeregt, schwieg und begann fürchterlich zu schwitzen. Es verlief gar nicht gut für ihn.

»Sie werden gesucht. Wir haben Informationen aus Deutschland, nette Kollegen dort! Doch einfangen müssen wir Sie jetzt, anderes Land, andere Zuständigkeiten. Heutzutage geht das mit der Informationsübermittlung verdammt schnell. Internet und so. Mittlerweile ist das alles sogar bis nach Ostpolen gelangt, alles vernetzt. Damit haben Sie vielleicht nicht gerechnet.« Piecek lachte wieder. Die Situation schien ihm ungeheuerlichen Spaß zu machen.

Iwanczyk stand der Schweiß auf der Stirn. Diesmal gab es kein Entkommen. Drei Kommissare und einen Hafenmeister hatte er in Cuxhaven stehen lassen. Jetzt, lediglich ein paar Meter vom Ziel entfernt, hatten ihn vier Soldaten der polnischen Grenztruppen in der Zange. Es gab keinen Ausweg, Bobrowniki war Endstation.

»Nun haben wir Sie gefunden, was? Und ich sage Ihnen: Der Zufall hat sogar eine Rolle dabei gespielt! Eine

Fahndung wegen Rauschgifttransporten nach Belorussland hat hier allerlei durcheinandergewirbelt. Dadurch wäre uns das Gesuch aus Deutschland fast entgangen, dann hätten wir Sie vielleicht einfach durchgewunken. Was für ein Mist, nicht wahr, Iwanczyk? Ausgesprochenes Pech!« Piecek amüsierte sich königlich, er hatte wohl vergessen, dass er vorhin zur Sache hatte kommen wollen. »Deutschland und Polen arbeiten sehr gut zusammen, gerade die Polizei. Das Rauschgift kam aus Rotterdam, ist durch Deutschland, durch Polen. Aber wir hier, in Bobrowniki, wir passen auf. Wir lassen niemanden durch ohne Kontrolle. Bei uns muss das passieren, wissen Sie? Da drüben«, er zeigte in Richtung Weißrussland, »da passiert nichts. Die machen Geschäfte damit. Aber wir, wir sind auf Zack! Und nun haben wir Sie erwischt, Iwanczyk! Da wären Sie fast bis nach Belorussland gekommen. Da hinten ist es, dein Heimatparadies.« Piecek zeigte in Richtung des Grenzüberganges, wo Iwanczyk schon vor Längerem die weißrussische Flagge über einem Porträt von Staatschef Lukaschenko erspäht hatte.

Iwanczyk wurde schwindelig. So kurz vor dem Ziel, so kurz! Konnte der Mann nicht einfach sein Maul halten? Sie würden ihn festnehmen. So kurz vor dem Ziel! Ihm war nach Heulen zumute.

»Gut, genug damit«, schloss der Leutnant, »nun müssen Sie vorerst in unserem schönen Polen bleiben. Wir werden Sie festnehmen und später nach Frankfurt bringen.«

»Frankfurt?«

»An der Oder natürlich. Nur bis an die Oder. Dort sollen die deutschen Kollegen sehen, was sie mit Ihnen anstellen. Ich habe die Verantwortung bis Frankfurt übernommen, um genau zu sein bis Słubice. Bis dahin geht unser Verantwortungsbereich, da holt man Sie ab. So ein Pech, Iwanczyk, was?«

Iwanczyk war entsetzt, wie gelähmt. Es wären nur noch ein paar Meter gewesen. Erster Gang rein, langsam rollen, und die weißrussischen Grenzer hätten sich sicher nicht sonderlich für ihn interessiert. Kurze Zeit später wäre er nicht mehr Krzysztof Iwanczyk gewesen, hätte sein Visum gezeigt, wäre ein anderer gewesen, Igor Masarbajew aus Vialikaja Bierastavica, nur die wenigen Meter … und nun das. Er war unfähig zu reagieren. Ließ alles geschehen. Was sollte er auch tun? Fliehen? Mittlerweile standen sechs Grenzer um ihn herum. Die würden glatt ihre Pistolen zücken. Keine Chance. Er startete einen letzten verzweifelten Versuch.

»Hören Sie, ich habe Geld. Ich kann dafür zahlen, wenn Sie mich …«, doch Iwanczyk wurde sofort von Piecek unterbrochen. In rüdem Ton gab der Offizier dem Flüchtigen zu verstehen, dass er nicht bestechlich sei, er aber gerne den Versuch melden würde. Angesichts der deutlichen Reaktion sah Iwanczyk ein, dass auch dieser Weg versperrt war.

»Geben Sie mir den Schlüssel!«, forderte Piecek Iwanczyk auf. Sein Humor schien verflogen, seine Stimme klang hart und entschlossen.

»Sie haben doch gar keine Beweise! Sie können mich nicht einfach festnehmen!«, versuchte es Iwanczyk ein letztes Mal.

»Beweise? Wofür? Wogegen?«

»Sie können doch nicht … Ich meine …«

»Sehen Sie, Iwanczyk«, sagte Piecek, wieder ganz die Ruhe selbst, »mir ist es ziemlich egal, was Sie ausgefressen haben. Wenn die Deutschen Sie wollen – und das Innenministerium in Warschau, was unsere höchste Behörde ist, hat dem zugestimmt –, bin ich nichts als ein treuer Diener meines polnischen Vaterlands. Ich glaube denen, dass Sie tatsächlich etwas ausgefressen haben!«

Iwanczyk blieb nichts übrig, als zu akzeptieren, dass hier Endstation war. Die Polizisten forderten ihn auf, auszusteigen. Als er es schließlich tat, drehten sie seine Arme auf den Rücken, legten ihm Handschellen an und führten ihn ab. Zwei Mann an jeder Seite schlurfte er los wie ein begossener Pudel. Hier war Flucht nicht möglich.

»Nicht traurig sein. In Deutschland ist es besser als in Belorussland, Cymbał!«, rief Piecek Iwanczyk nach, nun wieder sichtlich heiterer.

Cymbał, wiederholte Iwanczyk in Gedanken, Idiot. Recht hatte er, der Offizier. Sich hier erwischen zu lassen, direkt vor dem Ziel.

Leutnant Piecek gab dem übrig gebliebenen Grenzsoldaten zu verstehen, Iwanczyks Auto auf einen Parkplatz am Rande abzustellen, wo es vorerst nicht störte. »Wir müssen es noch durchsuchen«, nuschelte er, doch das hatte ein bisschen Zeit. Kawa z mlekiem, ging es ihm durch den Kopf, und er wandte sich der Kantine zu, in der er einen Kaffee mit Milch trinken würde. Daraufhin würde er den Fahndungserfolg nach Warschau und Deutschland melden und Maßnahmen einleiten, Krysztof Iwanczyk in polizeilicher Obhut Richtung Słubice zu befördern.

28

»Ich habe den Anwalt der Ennengas, diesen Achtermann, wegen des Testamentes kontaktiert«, sagte Ulferts, als er durch die Verbindungstür zu Tanja Itzengas Büro trat. »Herr Achtermann sagte sofort, dass er zunächst die richterliche Erlaubnis sehen müsse. Die haben wir, habe ich ihm verklickert. Daraufhin hat er mir schließlich mitgeteilt, dass das Testament nicht bei ihm liegt.«

Die Hauptkommissarin schaute auf. »Aber Teelke ...«

»Er sagt, solange er für die Firma Ennenga tätig sei, lägen die wichtigen Dokumente in einem Tresor im Keller seines Hauses. Und Arend Ennenga habe ihm gesagt, dies gelte ebenfalls für das Testament. Er könne also nicht helfen, da müssten wir einen Termin bei Frau Ennenga erwirken. Allerdings würde er sofort mit ihr Kontakt aufnehmen und ihr raten, nichts ohne seine Anwesenheit zu unternehmen. Außerdem werde er prüfen, ob eine Einsichtnahme überhaupt statthaft sei.«

»Aber Teelke Ennenga hat doch gesagt ...« Erneut wurde Tanja Itzenga unterbrochen.

»Sie hat offensichtlich gelogen. Das Schriftstück befindet sich bei ihr im Haus.«

»Sie wird den Tresor öffnen müssen.«

»Achtermann bezweifelt, dass unsere Gründe stichhaltig genug sind. Ich habe ihm mitgeteilt, wir hätten alsbald einen richterlichen Beschluss in der Tasche, da die Gefahr der Verdunkelung oder gar der Beweisvernichtung drohe.«

»Was hat er dazu gesagt?«, fragte die Hauptkommissarin.

»Er scheint alles anzuzweifeln, aber so sind Anwälte eben. Das ist ihr Job. Er kündigt eine genaue Prüfung an, schließlich seien die Ennengas eine hervorragende Mandantschaft, die sich nie etwas zuschulden habe kommen lassen. In keinem Fall würde er akzeptieren, dass seine Mandantschaft, durch die Ereignisse ohnehin aufs Äußerste belastet, in irgendeiner Weise belästigt oder gar fälschlicherweise verdächtigt werde. Sicher hat er längst mit Frau Ennenga gesprochen, und wie ich das sehe, wird er alles versuchen, damit der Beschluss nicht in die Tat umgesetzt wird.«

»Da wir den Beschluss in Kürze bekommen, können wir daraufhin gleich mit der Durchsuchung beginnen, da kann er sich auf den Kopf stellen. Auch wenn Hausdurchsuchungsbeschlüsse in letzter Zeit manchmal allzu leichtfertig ausgestellt worden sind«, meinte Ulferts.

»Wenn Durchsuchungsbeschlüsse darauf fußen, dass es in einer Wohnung einen hohen Stromverbrauch gegeben hat, weshalb der Wohnungsbesitzer verdächtigt wird, Hanf angepflanzt zu haben, verstehe ich das. Den Fall kennst du doch? Bei unserer Sache geht es allerdings darum, Unterlagen zu sichern, die zur Aufklärung eines möglichen Verbrechens unabdingbar sind.«

»Solche Dokumente dürfen sowieso nur von Staatsanwälten oder Richtern eingesehen werden, oder? Also können wir das gar nicht allein machen.«

»Es sei denn, man bevollmächtigt uns. Das eine oder das andere werden wir schon erreichen. Übrigens habe ich gestern und heute versucht, Mia Grovenstedt ans Telefon zu bekommen. Keine Chance. Entweder ist sie verreist, was angesichts der bevorstehenden Beerdigung ihres Mannes wohl kaum der Fall sein dürfte, oder sie nimmt den Hörer einfach nicht ab. Wahrscheinlich bekommen die Ennengas eine Reihe dämlicher Anrufe von Reportern. Die Nerven liegen blank.«

»Oder es gibt was zu verbergen.«

»Das ist unser Ansatz. Ich kümmere mich um das weitere Vorgehen.«

»Gutes Gelingen, Kollegin!« Ulferts ging in sein Büro.

Tanja Itzenga sah ihm verdutzt hinterher. »Denn man to« oder »Al up Stee« wäre für Ulferts typisch gewesen. »Gutes Gelingen« hatte er noch nie gesagt.

29

Itzenga und Ulferts standen erneut vor Teelke Ennengas Gartentor. Sie wurden von mehreren Beamtinnen und Beamten sowie Staatsanwalt Dörner begleitet, der angesichts der öffentlichen Aufmerksamkeit, die der Fall hervorrief, und der von Ulferts eingebrachten Bedenken die

Dokumente persönlich entgegennehmen wollte, sofern sie denn welche fanden.

Diesmal öffnete Teelke Ennenga sofort die Haustür und trat einen Schritt zurück, als sie die vielen Leute auf ihr Haus zukommen sah.

»Langsam wird es mir zu bunt! Mein Anwalt wird in Kürze hier sein!«, rief sie erbost, ohne auf die Worte des Staatsanwaltes und von Hauptkommissarin Itzenga zu reagieren, die sie begrüßt und ihr den Anlass des Besuches erläutert hatten.

»Wenn Sie uns Zugang zu den Dokumenten verschaffen, Frau Ennenga, sind wir ganz schnell wieder verschwunden«, sagte Dörner. »Seien Sie bitte kooperativ. Ich muss Ihnen nicht sagen, dass wir Möglichkeiten haben, uns in jedem Fall Zugang zu verschaffen.« Er zeigte Teelke Ennenga den Beschluss.

Sie warf einen Blick darauf, ohne dass man sagen konnte, ob sie den Inhalt wirklich erfasste. Schließlich trat sie wortlos zur Seite und ließ die Beamten eintreten. Die begannen unverzüglich, auszuschwärmen.

»Stopp! Noch einen Moment!«, rief Itzenga. Sie wandte sich Teelke Ennenga zu: »Frau Ennenga, Sie haben behauptet, das Testament Ihres Schwiegervaters läge bei Ihrem Anwalt. Dem ist nicht so. Warum haben Sie uns nicht die Wahrheit gesagt?«

»Wahrheit, Wahrheit … Es lag lange beim Anwalt, Arend oder Wilbert müssen es irgendwann zurückgeholt haben. Ich weiß eigentlich selbst nicht, wo es ist«, log Teelke Ennenga.

»Sind Sie sich sicher? Wir werden mal nachsehen. Herr

Achtermann hat es jedenfalls nicht. Laut seiner Aussage befindet es sich in einem Tresor im Keller, in dem alle wichtigen Dokumente aufbewahrt werden.«

»Das hat er gesagt?« Teelke Ennenga überlegte. Schweigend stand sie da und schien angestrengt nachzudenken.

»Frau Ennenga, wenn wir nun bitte …« Tanja Itzenga sprach den Rest des Satzes nicht aus. Teelke Ennenga taumelte und brach mit einem Mal zusammen, ohne jeglichen Laut von sich zu geben.

»Scheiße!«, rief Itzenga und riss ihr Handy aus der Tasche, um einen Notarzt zu alarmieren. Danach machten sie, eine Kollegin und Ulferts sich daran, Erste Hilfe zu leisten und Teelke Ennenga in die stabile Seitenlage zu bringen.

»Puls ist vorhanden!«, rief die Hauptkommissarin.

Staatsanwalt Dörner war die Sache sehr unangenehm.

»Jetzt noch ein Nervenzusammenbruch! Wenn Ihr Verdacht sich nicht bewahrheitet, Frau Hauptkommissarin, wird das eine Menge Ärger geben, für uns alle!«, raunte er Itzenga zu.

»Wir müssen wissen, was Arend Ennenga verfügt hat. Nur so können wir herausfinden, ob Karolinka Iwanczyk, wahrscheinlich sogar zusammen mit den anderen Ennenga-Witwen, unter Vortäuschung von Unglücksfällen an das Erbe herankommen wollte. Wenn das alles kein Grund für unser Vorgehen ist, dann weiß ich auch nicht weiter. Dass uns Frau Ennenga kollabieren würde, konnte ja keiner ahnen!«, erwiderte Itzenga, die beim Staatsanwalt eine gewisse Nervosität ausmachte.

»Ja, ja, ich weiß …« Mehr sagte Dörner nicht.

Er machte aus dem Augenwinkel die Ankunft von Rechtsanwalt Achtermann aus. Der protestierte, doch Dörner überzeugte ihn, dass alles rechtens sei. Tanja Itzenga hockte nach wie vor bei Teelke Ennenga. Die Sirene des Notarztwagens war bereits zu hören.

Währenddessen nahmen die Polizisten das Erdgeschoss und den Keller unter die Lupe.

Nach kurzer Zeit hechelte eine Polizistin die Kellertreppe hinauf. »Frau Itzenga«, rief sie.

Die Hauptkommissarin erhob sich und überließ Teelke Ennenga den soeben eingetroffenen Rettungskräften. »Was ist los?«

»Kommen Sie bitte schnell mit! Herr Dörner, Sie auch!«

»Haben Sie den Tresor gefunden?«

»Nein. Aber im Keller befindet sich eine Tür, verrammelt hinter einigen Möbelstücken. Und hinter der Tür …« Die Polizistin schnappte nach Luft.

»Na, was?«

»Dahinter ruft jemand um Hilfe.«

»Ulfert, komm, und Sie da«, sie deutete auf zwei weitere Beamten, »Sie auch!«

Sie rannten die Treppe hinunter, auch Achtermann folgte ihnen. Hilferufe aus dem Keller? Er begann, an seiner hervorragenden Mandantschaft zu zweifeln …

Schnell räumten die Polizisten die Möbelstücke zur Seite, die den Zugang zur Tür versperrten, doch sie ließ sich nicht öffnen. Leise Hilferufe drangen aus dem Raum, völlig kraftlos, wimmernd, schwach.

»Lasst mich mal ran«, sagte Ulferts. Er hielt eine Axt in der Hand, die er in einem Nebenraum gefunden hatte. Er klopfte laut an die Tür und rief: »Bitte von der Tür wegtreten, wir brechen sie jetzt auf!« Dann trat er einen Schritt zurück, bedeutete den Umstehenden, aufzupassen, holte aus und schlug mit erheblicher Wucht die Axt unmittelbar neben dem Schloss in das Holz. Das wiederholte er zwei Mal. Damit war nicht nur ein Loch in der Tür, sondern auch das Schloss erheblich beschädigt. Ein weiterer gezielter Schlag zerstörte den Schlosskasten endgültig, sodass die Tür problemlos geöffnet werden konnte.

Tanja Itzenga und die weiteren Beamten stürzten hinein. Entsetzt blieben sie stehen.

Im Raum roch es äußerst unangenehm, und der Anblick von Mia Grovenstedt war erschütternd. Ihre Augen waren gerötet. Dunkle Ringe hatten sich darunter gebildet. Ihr Haar war zerzaust. Sie zitterte und starrte die Eindringlinge angsterfüllt an, die schweigend im Zimmer standen. Mia Grovenstedts gestöhntes »Endlich!« war kaum zu hören. »Endlich holt mich hier jemand heraus«, sagte sie nun lauter.

In diesem Moment fasste sich Tanja Itzenga und fragte: »Wie kommen Sie in diesen Raum, Frau Grovenstedt?«

»Meine Schwägerin hat mich eingesperrt!«

»Eingesperrt?«

»Ja, eingesperrt. Bitte – ich will hier raus, sofort! Sie hat mir nur Hering in Tomatensauce gelassen. Und am schlimmsten …« Sie begann zu weinen und blickte zu dem Eimer, in dem sie ihre Notdurft verrichtet hatte.

»Kommen Sie«, sagte Tanja Itzenga, nahm sie vorsichtig am Arm und führte sie aus dem Kellerverlies heraus, die Treppe hoch.

Im Wohnzimmer angekommen setzte sich Mia Grovenstedt auf das Sofa. Sie atmete schwer.

»Frau Grovenstedt, es ist wichtig, dass Sie uns alles sagen, was Sie wissen!« Tanja Itzenga sprach leise und ruhig, Dörner und Ulferts waren hinzugetreten und auch Polizeipräsident Eilsen würde bald eintreffen. Er hatte angeordnet, sofort über neue Entwicklungen informiert zu werden.

»Ich mache mir große Sorgen!«, waren ihre ersten Worte.

»Sorgen? Sie? Wir hätten uns große Sorgen machen müssen, wir wussten ja nicht …«

Mia Grovenstedt unterbrach die Hauptkommissarin: »Nein, Sie wussten es nicht. Wie auch? Und ich, ich wusste selbst nichts! Aber jetzt weiß ich alles … Es ist … schlimm!« Sie brach in ein hysterisches Weinen aus.

Tanja Itzenga redete ihr gut zu, wodurch sie sich langsam beruhigte. Itzenga, Ulferts, Dörner und der soeben ins Haus geeilte Eilsen musterten sie mit bedauernden Blicken. Sie sparten sich auffordernde Worte – Mia Grovenstedt wollte reden.

»Meine Schwägerin«, begann sie zaghaft, »meine Schwägerin ist der Motor dieser ganzen schrecklichen Ereignisse!« Mehr brachte sie zunächst nicht heraus.

Tanja Itzenga erklärte: »Karolinka Iwanczyk ist bereits in Untersuchungshaft.«

»Karolinka? Warum Karolinka? Sie ist meine Freundin, nicht meine Schwägerin. Hannes und sie sind doch gar nicht verheiratet gewesen. Sie hat mit all dem nichts zu tun«, rief Mia Grovenstedt entsetzt.

»Dann haben Sie von Teelke gesprochen?«, folgerte Tanja Itzenga.

»Genau!«, kam es prompt zurück.

»Na prima«, flüsterte Polizeipräsident Eilsen der Hauptkommissarin zu.

»Das müssen Sie uns erklären!«, sagte Itzenga. Offensichtlich war die Entscheidung falsch gewesen, Karolinka Iwanczyk in Gewahrsam zu nehmen. Aber welche Rolle spielte die Polin dann? Es war schließlich ihr Cousin, der …

»Alles begann mit Renkes Unfall«, begann Mia Grovenstedt.

»War es ein Unfall?«, fragte Eilsen dazwischen.

»Selbstverständlich! Was denn sonst? Er ist während der Segeltour vom Boot gestürzt, so hat Teelke es mir gesagt. Die See war aufgewühlt. Es wird hoffentlich schnell gegangen sein.« Eine Zeit lang starrte Mia Grovenstedt gedankenverloren ins Leere, ehe sie fortfuhr: »Damit hat alles begonnen. Fragen Sie mich nicht nach Einzelheiten«, sie stockte, »aber Teelke muss …« Sie zögerte erneut.

»Es hilft nichts, Frau Grovenstedt, Sie müssen jetzt alles sagen«, ermutigte Tanja Itzenga die Frau.

»Teelke hat mit Wilbert telefoniert, nachdem Renke ertrunken ist. Wilbert forderte, sie solle das Testament dahingehend ändern, dass der Hauptanteil auf die noch lebenden Söhne fallen würde. Oder dass er zumindest testamentarisch bevollmächtigt würde, über den Nachlass zu entscheiden. Sie müssen wissen: Mein Schwager mochte uns, meine Familie und auch mich, nie! Wir haben kaum ernsthafte Worte miteinander gewechselt. All die Jahre! Er wollte nie, dass ein Teil des Vermögens an mich geht, was angesichts von Renkes Tod ja möglich und rechtens gewesen wäre.« Mia Grovenstedt warf Achtermann einen Blick zu, der schwer zu deuten war. »Wenn wir gestritten haben, endete alles bei ihm mit ›Ihr Grovenstedts …‹. Ich kann mir gut vorstellen, wie er diesen Plan ausgeheckt und Teelke eingeweiht hat. Das hat er noch von der Sophia aus gemacht.«

»Aber es gab doch ein Testament«, bemerkte Tanja Itzenga.

»Es liegt im Tresor, nehme ich an. Hier im Keller. Teelke hatte immer Zugriff darauf«, antwortete Mia Grovenstedt.

»Das mag sein, aber, ich meine …« Itzenga konnte ihren Satz nicht beenden.

»Natürlich können Sie das nicht nachvollziehen«, fiel Mia Grovenstedt der Kommissarin ins Wort. »Dazu muss man wissen, dass Teelke Hobbykalligrafin ist. Sie kann perfekt Schriften imitieren. Und Arend Ennenga hatte eine schnörkellose Schrift. Gut lesbar, einfach zu imitieren. Sie hat das Testament neu geschrieben. Das hat sie mir gesagt. Noch in der Nacht, nachdem Wilbert vom Segelboot aus angerufen hat. Was sie umgeschrieben hat, weiß ich nicht.«

»Das kann ich kaum glauben.«

»Konnte ich bis vor Kurzem auch nicht. Aber sie hat es mir gesagt!«

Tanja Itzenga, Ulferts und der Polizeipräsident sahen sich an. Das waren schwerwiegende Vorwürfe gegenüber der Chefin des Großunternehmens Ennenga.

»Wo ist das Testament jetzt?«, fragte Eilsen.

»Im Tresor, da bin ich ziemlich sicher. Neben dem Raum, in dem ich gefangen war, ist ein weiterer. Dort befindet sich der Tresor hinter einem Wandschrank. *Der heilige Gral* wurde er immer genannt. Sie müssen ihn nur öffnen …« Mia Grovenstedt klang kraftlos. Als werde ihr gerade klar, dass sie soeben ihre Schwägerin als Betrügerin bloßgestellt und den toten Schwager als ebensolchen verraten hatte. Doch die Wahrheit musste ans Licht. Mit Lügen konnte sie ihr Leben nicht fortsetzen, wenn dies überhaupt möglich war ohne Renke, völlig auf sich allein gestellt.

Eilsen machte eine Kopfbewegung in Richtung der Polizistin, die neben ihm stand. Sie und ein paar Kollegen sollten sich um den Tresor kümmern.

»Halt mal, wir brauchen natürlich den Code, kennen Sie ihn?«, wollte Ulferts wissen.

»Nein, den kennt nur Teelke.«

»Sie befindet sich gerade auf dem Weg ins Krankenhaus«, bemerkte Itzenga enttäuscht.

Mia Grovenstedt horchte auf. »Was ist mit ihr?«

»Nervenzusammenbruch, Schwächeanfall, vielleicht beides.«

»Meine Schwägerin Teelke Ennenga hat einen Schwächeanfall? Unglaublich!« Das Schluchzen und Weinen wich einem hysterischen Lachen, das jedoch bald verstummte.

»Dann müssen wir die Kombination suchen, vielleicht liegt irgendwo ein Zettel …«, mutmaßte die Hauptkommissarin.

»Oder wir …« Ein gut hörbares Räuspern von Anwalt Achtermann ließ sich vernehmen. Sofort hatte er die Aufmerksamkeit aller. »Also, die Kombination des Tresors, der Code, ist mir bekannt. Herr Arend Ennenga hat sie nach der letzten Änderung bei mir hinterlegt.«

»Na dann teilen Sie uns die bitte mit«, sagte Polizeipräsident Eilsen.

»Sie glauben wohl kaum, dass ich sie auswendig kenne, oder?«, erwiderte Achtermann. »Dazu muss ich rasch in der Kanzlei anrufen.« Er zückte sein Handy und verschwand in einer Zimmerecke.

Mia Grovenstedt sackte in sich zusammen und krächzte nur noch: »Kann ich bitte ein Glas Wasser bekommen?«

»Natürlich«, sagte Itzenga und bat Ulferts, es zu holen: »Könntest du …?« Der Kommissar machte sich ohne Worte auf in die Küche.

»Wenn Sie noch etwas wissen …«, Itzenga sah die Chance, jetzt alle Puzzlestücke zusammensetzen zu können. Mia war der Schlüssel. Indes kehrte Ulferts zurück und reichte der Frau ein Glas, das sie zitternd ergriff.

Nachdem sie einen Schluck getrunken hatte, fuhr Mia Grovenstedt fort: »Wissen Sie, Teelke ist sehr krank.«

»Krank? Das ist uns neu«, meinte Ulferts.

»War es mir auch.«

»Was hat sie?«, fragte Eilsen.

»Sie leidet an Demenz. Ich glaube, die Diagnose hat sie arg mitgenommen«, erklärte Mia Grovenstedt.

»Demenz? Seit wann wissen Sie davon?«, fragte Tanja Itzenga.

»Erst seit kurzer Zeit. Wir haben uns getroffen, weil sie mir Wichtiges mitteilen wollte. Nun, wir mussten so oder so alles besprechen. Die Trauerfeier muss schließlich geplant werden. Ich weiß überhaupt nicht, wie es weitergehen soll, jetzt, wo ...« Mit tränenerstickter Stimme sprach sie mühsam weiter: »Sie hat mir von ihrer Demenz erzählt und ist danach regelrecht durchgedreht. Sie braucht dringend Hilfe. Es kam mir vor, als sei sie panisch, hysterisch, psychisch völlig am Ende.« Jetzt sah sie den Polizisten nacheinander in die Augen. Man konnte meinen, Mia Grovenstedt bezog Partei für Teelke, als wollte sie ausdrücken: »Sie kann doch gar nichts dafür! Auch nicht für das, was sie mir angetan hat!«

»Hilfe? Ich meine, Demenz ...«, begann Ulferts.

»Ja, ja«, rief Mia, »es kommt auf das Stadium an! Es geht mal schneller, mal langsamer. Sie ist überzeugt davon, dass alles zusammenbricht, wenn sie das Unternehmen nicht mehr führen kann. Und dass sie dann auch nicht mehr genug ...«

»Genug? Genug was?« Ulferts fing sich einen bösen Blick von Tanja Itzenga ein. Sie war für ein behutsames Vorgehen in derartigen Situationen, Ulferts war manchmal zu unsensibel.

»Genug Geld für die Pflege, ihr Leben, ihre Ausgaben.«

»Sie erbt ein Vermögen!«, bemerkte Ulferts.

»Ich habe doch keine Ahnung, was jetzt im Testament steht. Ich habe es vorher nie gesehen, und die Version, die Teelke verfasst hat, kenn ich schon gar nicht. Wie ich Arend kannte, hätte er Wilbert und Renke bedacht. Und ich erinnere mich an ein Gespräch zwischen Arend und Wilbert, als Arend im Sterben lag. Arend wollte unbedingt auch Hannes wieder einen Anteil zugestehen. Ich glaube, er hatte ihn nach dem Streit damals gestrichen. Ich bin sicher, das passte Wilbert gar nicht. Und wer weiß, wie groß Renkes Anteil gewesen wäre – nach Arends Wille. Auch das mag den beiden, also Wilbert und Teelke, nicht geschmeckt haben. Aber da spekuliere ich nur rum! Was genau nach Teelkes Fälschung aus dem letzten Willen Arends geworden ist, ist mir nicht bekannt. Teelke sagte mir nur, dass Wilbert als derjenige angegeben war, der entscheiden sollte, wie das Erbe aufgeteilt wird. Und da Wilbert nun auch tot war«, Mia Grovenstedt stockte kurz, »ging dieses Recht automatisch auf Teelke über, oder, Herr Achtermann?« Sie sah den Anwalt an, der sein Telefonat beendet hatte.

»Nun«, begann der Rechtsanwalt zögerlich, »es ist immerhin denkbar, dass es so ist, aber das werden wir ja bald erfahren. Ich habe hier den Code zum Tresor«, er wedelte mit einem kleinen Zettel.

Mia Grovenstedt beendete ihren Gedankengang. »Wenn es so ist, hatte sie alles in der Hand. Mich, aber auch die Entscheidung über Hannes' Anteil.«

Tanja Itzenga dachte weiter. »Sagen Sie mal, der Tod von Hannes …«, diesmal stockte die Hauptkommissarin, »und der Tod von Wilbert Ennenga selbst …« Sie ließ den Satz offen.

»Das ist es, Frau Hauptkommissarin. Das ist es!«, rief Grovenstedt und Tränen liefen die Wangen herunter. »Es ist alles noch viel schlimmer. Bitte, fragen Sie dazu Teelke! Ich kann das nicht.«

»Brauchen Sie einen Arzt?«, fragte Tanja Itzenga.

»Ruhe brauche ich, nur noch Ruhe. Eine Dusche und Ruhe«, stöhnte die Frau, die in den vergangenen Tagen um Jahrzehnte gealtert schien.

»Eine Beamtin wird Sie nach Hause fahren.«

»Danke. Nach Hause …« Mia Grovenstedt erhob sich. »Teelke muss jetzt reden. Es ist alles aus, zerstört, kaputt. Aber bitte, helfen Sie ihr, sie ist doch krank. Und jetzt nach Hause, bitte!«

Mia Grovenstedt hatte sich für diese Aussagen noch einmal aufgebäumt, jetzt hatten sie die Kräfte vollends verlassen.

30

»Der vollbärtige Mann, der sich zusammen mit Hannes Ennenga auf der Plattform des Brockenbahn-Waggons befunden hat, gehörte laut den Mitreisenden zu einer Seniorengruppe, die eine Tour zum höchsten Gipfel Norddeutschlands unternommen hat. Es gibt keinen Zusammenhang mit Karolinka oder Krysztof Iwanczyk. Sie hat keinen Killer auf Hannes angesetzt und auch Teelke Ennenga nicht. Hannes Ennenga war besoffen und Karolinka Iwanczyk ist in Schierke ausgestiegen, weil sie ihn nicht mehr ertragen konnte. Die Theorie, sie habe den Zug verlassen im Bewusstsein, dass Hannes kurze Zeit später umgebracht wird, ist schlicht und einfach falsch. Die Kolleginnen und Kollegen der Kripo in Wernigerode haben keinerlei Indizien, geschweige denn Beweise gefunden, die ein solches Verbrechen belegen könnten. Alles ist noch einmal aufgerollt und recherchiert worden und die Betroffenen sind erneut befragt worden.« Tanja Itzenga überlegte einen Augenblick. »Da haben wir vielleicht zu viel …«

Ulferts unterbrach sie: »Es wäre möglich gewesen. Ein großangelegter Komplott. Dem Auftraggeber kann man nichts nachweisen, die Killer sind mit einer ordentlichen Geldsumme über alle Berge und die drei Frauen leben glücklich und mit den Taschen voller Geld bis an ihr Lebensende.

»Meinst du, die Damen hätten glücklich weitergelebt? Ich weiß nicht.«

»Aber mit den Taschen voller Geld.«

»Eben, Geld allein macht nicht glücklich«, sagte Itzenga.

»Es heißt doch: Geld ist nicht alles, aber ohne Geld ist alles nichts«, erwiderte Ulferts.

»Wir mussten davon ausgehen, dass Karolinka Iwanczyk einen Plan ausgeheckt hatte, um an die Millionen zu kommen. Es wäre denkbar gewesen, dass sie ihren Cousin auf Wilbert Ennenga und irgendjemand anderen aus Krysztof Iwanczyks Umfeld auf Hannes angesetzt hatte.«

»Sehr viel auf einmal«, raunte Ulferts.

»Ach nee, Herr Kollege. Eben haben Sie mir noch ohne Zweifel zugestimmt und jetzt, wo alles raus ist, da wird ein Rückzieher gemacht, oder was? Hör mir auf, man hat schon Pferde vor der Apotheke kotzen sehen! Der Bärtige gibt Hannes Ennenga einen kleinen Schubs – wieder so ein Unfall, Pech gehabt. Hannes war total besoffen, warum soll er nicht von der Plattform kippen trotz Sicherungsstange? Und das ist er ja tatsächlich. Renke ist von Bord gefallen, Wilbert hatte einen Herzinfarkt. Drei Tote, drei Erben. Und die Rechtsmedizin bestätigt in allen drei Fällen eine natürliche Todesursache. Übrig bleiben drei wohlhabende Frauen ...«

Tanja Itzenga sah Ulferts mit ernster Miene an. »Hochnotpeinlich, dass wir Frau Iwanczyk belästigt haben. Aber jetzt ist es wichtig, Teelke Ennenga zum Reden zu bringen. Sie schweigt wie ein Grab.«

»Sie weiß nicht, wie viel Mia Grovenstedt erzählt hat. Möglicherweise geht sie davon aus, dass uns schon alles bekannt ist. Hast du das Testament gesehen?«, fragte der Kommissar.

»Ja. Der Schrifterkennungsdienst hatte übrigens keine große Mühe herauszufinden, dass das Testament erst vor wenigen Tagen geschrieben wurde. Eine Fälschung, wenn auch sehr gut gemacht. Wir haben es dem Anwalt vorgelegt, der im ersten Augenblick bestätigt hat, es sei garantiert Arend Ennengas Handschrift. Erst als er es las, hat er gestutzt. Nein, über eine Regelung des Erbes in dieser Weise habe Arend Ennenga nie gesprochen.«

»Und was für eine Regelung war das nun?«, wollte Ulferts wissen.

»Die Verfügung lautete, dass im Falle des Todes von Arend Ennenga sein Sohn Wilbert die alleinige Entscheidungsgewalt über alle Erbangelegenheiten habe. Und wenn dieser zuvor starb, sollte das Recht an seine Frau Teelke übergehen. So ließ sich Teelke alle Möglichkeiten offen, über alles frei zu verfügen.«

Ulferts schüttelte den Kopf.

»Aber du glaubst nicht, was Achtermann außerdem gesagt hat«, fügte Itzenga hinzu.

»Ich kann nicht glauben, was ich nicht einmal weiß«, antwortete Ulferts.

»Witzbold! Er sagte, dass dieser Zusatz, den Teelke Ennenga eingebaut hat, gar nicht haltbar gewesen sei. Er hätte rechtlich keinen Bestand gehabt.«

»Wieso nicht?«

»Weil man Autos, Geld, Häuser, Schmuck und was weiß ich nicht was vererben kann, jedoch nicht die Entscheidungsgewalt über ein Erbe. Und darauf sollte ja Wilbert Ennengas Idee zur Änderung des Testamentes hinauslaufen. Teelke hat das so übernommen.«

»Nee, das glaube ich doch nicht. Die ganze Sache mit Iwanczyk und Ennenga war also letztlich … nutzlos?«

»So könnte man es sagen«, erwiderte die Hauptkommissarin.

»Wie konnten die so blind sein?« Ulferts dachte einen Moment lang nach. »Aber nun weiter: Wie kriegen wir Teelke Ennenga zum Reden?«

Tanja Itzenga zog die Augenbrauen hoch. »Hast du das als Kommissar nicht gelernt?« Sie lächelte gequält.

»Okay, ich bin dran. Aber erst hole ich mir noch einen Kaffee.«

»Ich komm mit!«

»Kaffee holen?«

»Das auch, aber eigentlich meinte ich zu Teelke Ennenga.«

Darüber war Ulferts dankbar.

31

Nach ihrem Zusammenbruch hatte Teelke Ennenga zunächst unter ärztlicher Obhut gestanden, schließlich hatten die Ärzte ihr lediglich eine momentane Überforderung attestiert. Nach nunmehr zwei Tagen Ruhe war sie verhörfähig.

Sie sagte jedoch nichts.

»Frau Ennenga, wir haben Ihre Schwägerin befreit. Was haben Sie sich nur dabei gedacht, sie einzusperren? Wie lang hätte Sie sie denn festgehalten? Ganz davon abgesehen: Sie hat uns viel erzählt, was Sie belastet. Es ist erwiesen, dass das Testament aus dem Tresor nicht das Original ist. Es wurde von Ihnen neu geschrieben, erst vor kurzer Zeit. Oder um genau zu sein: in der Nacht, die Ihr Ehemann allein auf der Sophia in Cuxhaven zugebracht hat. Eine perfekte Schriftimitation, meine Hochachtung. Vermutlich hätte es niemand bemerkt, wenn es keinen Anlass gegeben hätte, das Testament zu prüfen. Unsere Spezialisten können Sie damit allerdings nicht foppen.« Tanja Itzenga legte eine Pause ein.

Teelke Ennenga zeigte keine Regung. Unbeweglich wie ein Felsblock saß sie da. Steif, den Blick zur Wand gerichtet. Wenn Itzenga nicht gewusst hätte, dass sie einen lebenden Mensch vor sich hatte, hätte sie die Frau für eine Figur aus dem Wachsfigurenkabinett halten können.

»Sie haben sich Ihre Zukunft durch ein zu Ihren Gunsten manipuliertes Testament sichern wollen. Sie wollten bestimmen, wer was bekommt.«

Teelke Ennenga drehte ihren Kopf langsam, sehr langsam zur Hauptkommissarin. Tanja Itzenga konnte nichts in ihren Augen lesen, sie schwieg.

»Wir haben erfahren, dass Sie krank sind, Frau Ennenga«, sagte Itzenga.

War das ihr wunder Punkt? Teelke Ennenga hustete zweimal, dann raffte sie sich auf, eine Antwort zu geben.

»Ich musste das Vermögen des Betriebes zusammenhalten. Was ich nicht wollte, und was Wilbert ebenfalls niemals gewollt hätte, war, dass es in fremde Hände gelangt. Dass große Teile an die Grovenstedts oder Iwanczyks gehen. Und das wäre passiert, wenn ich nicht … nicht eingegriffen hätte«, sagte Teelke Ennenga. Damit schien der Punkt für sie erledigt.

»Hat Mia Ihnen von meiner Krankheit erzählt?«, fragte sie die Hauptkommissarin.

»Ja. Demenz, eine schlimme Krankheit.« Tanja Itzenga wollte sie provozieren.

Teelke Ennenga schloss die Augen und atmete schwer. Sie fühlte sich elend. Falschaussage, Urkundenfälschung, das Anheuern Iwanczyks, um Wilbert in eine lebensbedrohliche Lage zu bringen, Freiheitsberaubung … Erst in diesem Moment wurde ihr richtig bewusst, was sie in nur wenigen Tagen getan hatte. Mia schien sehr viel erzählt zu haben. Sie musste damit rechnen, dass die blöde Kuh alles ausgeplaudert hatte.

Gab es irgendetwas, was sie zu ihrer Entlastung anbringen konnte? Waren es nicht nur Vermutungen, die die Polizei in der Hand hatte? Konnte Mias Aussage mehr Gewicht haben als ihre Weigerung, irgendetwas zuzugeben? Gab es diese Aufzeichnungen des Telefonats überhaupt? Hatten die Ärzte nicht bestätigt, dass Wilbert und Renke eines natürlichen Todes gestorben waren? War Krysztof Iwanczyk nicht längst irgendwo im Ausland, unter neuem Namen? Was wussten sie von seiner morgendlichen Bootstour? Hatten sie echte, nicht widerlegbare Beweise, vom gefälschten Testament einmal abgesehen? Und … hatte sie noch eine Chance? Sie spürte, dass ihr erstmals im Leben die Kräfte schwanden, die sie jetzt dringend bräuchte, um diese Vernehmung zu überstehen.

Mia hatte wahrscheinlich fürchterlich gejammert

wegen der Zeit im Keller. Sie war eben nicht belastbar, war es noch nie gewesen. Genau wie Renke! Der konnte ein paar Bilanzen machen, Rechnungen schreiben. Mehr nicht. Das Unternehmen zu führen hatten allein Arend Ennenga gekonnt, dessen Vater und Wilbert. Wilbert hatte von Großvater und Vater all das geerbt, was zum Führen eines Großbetriebs notwendig war: Weitblick, Durchsetzungsvermögen, das richtige Verhalten gegenüber unterschiedlich gestrickten Gesprächspartnern aus verschiedenen Kulturkreisen. Außerdem Geschick beim Verhandeln und der notwendige Schuss Bereitschaft, auch einmal Regeln und Gesetze außer Acht zu lassen, wenn sie störten.

Und wer hatte ihm all die Jahre mit Rat und Tat zur Seite gestanden? Sie, Teelke Ennenga. War sie nicht die heimliche Unternehmensleiterin gewesen? Hatte Wilbert sie nicht oft genug nach ihrer Meinung gefragt? Renke war zur Unternehmensführung nicht fähig gewesen und Hannes – ha! Hannes, der selbsternannte Spezialitäten-Koch an der Ostsee. Den Betrieb im Stich lassen. Wilbert hatte ihm das nie verziehen, und sie ebenfalls nicht! Beim Militär nannte man solche Leute Deserteure. Wenn Arend nicht kurz vor seinem Tod altersmilde geworden wäre, hätte Hannes gar nichts geerbt.

Ihre Schwägerin Mia! Ein Weibchen, das zu Hause saß. Keine Verpflichtungen, kein Beruf, keine Kinder, nicht einmal vernünftige Hobbys. Ihr Garten, schön und gut, aber was hieß das schon? Ja, ihr eigener Plan, Mia wenigstens zu einer Art grauen Eminenz der Firma zu machen, war wahrscheinlich eine fixe Idee gewesen, sie hatte einfach nicht die notwendigen Fähigkeiten. Aber sonst hätte es keine Möglichkeit gegeben, den Betrieb in Familienhand zu halten. Und sie selbst hätte als Vorstandsvorsitzende eines der bedeutendsten Bauunternehmen Ostfrieslands, ja, Norddeutschlands nur noch so lange führen können, wie es die Krankheit zuließ.

Sie hatte es ich doch genau überlegt. Dass beide Brüder bei einem Segelunglück ums Leben gekommen waren, war durchaus glaubhaft. Dass Wilberts Herz seinen Dienst dann freiwillig aufgab, war eher ein glücklicher Zufall gewesen – wenn man das so nennen konnte. Grundsätzlich hatte sie Iwanczyk schon zu verstehen gegeben, was zu tun sei … Er hatte Wilbert in Angst und Schrecken versetzen sollen, er hätte auch über Bord gehen müssen, dann wäre er ertrunken, wie Renke, und der Bootsunfall wäre perfekt inszeniert gewesen. Aber es hatte Letzteres gar nicht gebraucht, Wilbert war schon vorher gestorben. Iwanczyk hatte bestätigt, dass Wilbert bereits tot war, als er das Boot betrat. Sein eigenes Handy hatte er versenkt, so wie sie sich auch ihres entledigt hatte. Wieso hatten diese Itzenga und dieser Ulferts so lange rumgeschnüffelt? Warum hatte der Polizeipräsident das zugelassen? Er und Wilbert hatten sich doch gekannt!

Teelke Ennenga bemerkte nicht, dass Tanja Itzenga den Raum für kurze Zeit verlassen hatte. Sie hatte das alles nie gewollt. Die Diagnose hatte alles zerstört. Demenz. Und Wilbert hatte nichts davon hören wollen. Vor dem Tod Arends nicht, danach nicht und auch als er von der Segeltour angerufen hatte, war es ihm egal gewesen. Und nun war es zu spät. Sie war allein damit. Völlig allein. Nur Mia, so sehr sie ihre Schwägerin auch verachtete, nur an sie hätte sie sich anlehnen können, deshalb hatte sie sie beteiligen wollen. Es war ein guter Plan gewesen … Sie konnte planen, vorausschauen, für andere denken, perfekt sein … Oder?

Noch hatte die Demenz sie nicht im Griff. Dass sie eines Tages vielleicht nichts mehr konnte, gar nichts, weder handeln noch führen, war ihr früher nie in den Sinn gekommen. Man konnte plötzlich sterben, unvorhergesehen, ja. Wie Renke, Wilbert und Hannes. Aber dass ein schleichendes, langsames Vergessen und dumpfes Siechtum auf sie zukam … Teelke Ennenga war mit ihren Nerven am Ende.

Tanja Itzenga betrat den Raum, hinter ihr Ulferts und Eilsen. »Frau Ennenga? Sie müssen einsehen …«

Doch Teelke Ennenga war schneller als die Hauptkommissarin. Sie riss das Wort an sich, wie sie es immer getan hatte. »Ist ja gut, Frau … Frau …«

»Itzenga.«

»Richtig, ja. Meine Chancen sind dahin. Ich gebe auf.« Sie schnäuzte sich in ein feuchtes Taschentuch.

»Ich weiß nicht mal, wie lange ich überhaupt noch rationale Argumente vorbringen kann. Die Geschichte …«, ihr Blick verriet mit einem Mal ihr Eingeständnis der Niederlage und eine unumkehrbare Resignation, »… die Geschichte kann ich nicht länger durchhalten. Es ist eh alles egal.«

»Frau Ennenga, alles, was Sie uns sagen, kann strafmildernd …«

»Ich bin nicht blöd, noch nicht!«, schnauzte Teelke Ennenga. Sie richtete sich in ihrem Stuhl auf und holte tief Luft. Es schien, als müsse sie aus einer unsichtbaren Quelle eine Menge Kraft schöpfen, um zu reden. »Was ich Ihnen jetzt sage, darf niemals an die Öffentlichkeit kommen.«

»Das können wir nicht garantieren, Frau Ennenga«, sagte Tanja Itzenga. »Wie stellen Sie sich das vor?«

»Die Firma darf nicht in Verruf geraten. Der Name der Familie Ennenga darf niemals beschmutzt werden.«

Tanja Itzenga legte Ulferts, der solche Sprüche überhaupt nicht leiden konnte und kurz vor einem Wutausbruch stand, ihre Hand auf den Unterarm, um ihn zu beruhigen.

»Frau Ennenga, Verbrechen bleiben Verbrechen. Es geht darum, die Sache aufzuklären«, sagte sie.

»Dann umschreiben Sie die Vorgänge in Ihrer Pressemeldung irgendwie. Wozu haben Sie Leute, die so etwas gelernt haben? Schreiben Sie meinetwegen, dass ich, allein ich, die Böse in dem ganzen Spiel bin. Aber bitte«, ihre Stimme wurde leiser, »bitte erwähnen Sie keinerlei schlechte Dinge über Wilbert«, sie musste erneut Luft holen, »sowie Arend und Renke! Und lassen Sie sofort Karolinka frei. Sie hat mit all dem nichts zu tun.«

»Wir sind uns da noch nicht völlig sicher«, wollte Tanja Itzenga letzte Gewissheit erlangen.

»Aber ich bin mir sicher«, sagte Teelke Ennenga forsch und ein Hauch ihrer bestimmenden, schnippischen Art kam noch einmal zum Vorschein. »Karolinka hat mit all dem nichts zu tun. Punkt.«

»Ihr Cousin Krysztof …«

»Ja, ihr Cousin. Sie hatte Hannes von ihm erzählt. Hannes hat sich dann an Renke gewandt, um diesem Typen einen Job zu verschaffen. Typisch Hannes – ich hätte dem nie und nimmer geholfen, diesem Verbrecher.«

»Sie selbst kennen ihn nicht?«

Teelke Ennenga sah Tanja Itzenga in die Augen. »Nein, ich kenne ihn nicht. Die Verbindung zwischen Karolinka und ihrem Cousin liegt natürlich auf der Hand, aber dennoch hat sie, ich betone es nochmals, nichts mit all dem zu tun.«

»Aber …«, begann die Hauptkommissarin.

»Ich habe Iwanczyk beauftragt«, unterbrach Teelke Ennenga.

»Das müssen Sie uns erklären«, forderte Tanja Itzenga.

»Ich habe den Hafenmeister von Cuxhaven angerufen und unter einem Vorwand nach der Handynummer von Iwanczyk gefragt. Renke war tot, ich war betroffen, traurig. Und ich war wütend auf Wilbert. Seit Langem führten wir keine richtige Ehe mehr. Ich habe ihm vor Arends Tod von meiner Krankheit erzählt. Er hat gelacht und gesagt: ›Teelke Ennenga? Demenz? Das kann nicht sein. Wir fragen einen anderen Arzt, einen besseren. Unser Hausarzt ist letztlich doch ein Kleinstadtquacksalber.‹ Das war es. Es hat ihn nicht interessiert. An dem Tag, als er von der Sophia anrief, wollte ich es nochmals erwähnen, weil ich vormittags einen Termin bei einem Facharzt hatte – der bestätigte meine Krankheit. Doch Wilbert hat mich abgewimmelt. ›Nee, Teelke, fang nicht wieder mit irgendwelchen Krankheitsgeschichten an.‹

Diese Worte habe ich nicht vergessen. Mein Schicksal interessierte ihn einfach nicht. Da ist bei mir nach seinem Anruf, und weil Renke tot war, eine Sicherung durchgebrannt. Wenn nun auch noch Wilbert umkäme, wären das Erbe und die Unternehmensleitung in meiner Hand.« Ihre Augen blitzten auf.

»Ganz allein in meiner Hand!«, wiederholte sie.

»Sie haben einfach so kaltblütig den Tod Ihres Mannes geplant?«

»Dieser Mann«, ereiferte sich Teelke Ennenga, »hätte mich, wenn die Krankheit ausbricht, einfach abgeschoben. Glauben Sie, er wäre mit einer Frau, die jede Kleinigkeit vergisst, Leute nicht erkennt, zu irgendeinem Empfang gegangen? Glauben Sie, er wäre mit mir nur einen einzigen Meter durch die Auricher Innenstadt spaziert? Glauben Sie, er hätte nicht alle fünf Minuten darüber nachgedacht, dass seine Frau lange Zeit von Nutzen gewesen war, jetzt allerdings nur noch ein Störfaktor ist? Ballast?«

»Woher wollen Sie das wissen?«, hakte Tanja Itzenga nach. »Sie waren viele Jahre verheiratet.«

»Ja, aber wenn nicht mehr alles rund gelaufen wäre, hätte Wilbert mich abserviert! Das nenne ich kaltblütig!«

»Sie wissen doch gar nicht, ob er so reagiert hätte.«

»Doch, das weiß ich. Wilbert hätte mich in ein Heim gesteckt, und ich bin mir nicht einmal sicher, ob er mich überhaupt besucht hätte.«

Ulferts wollte die Aufmerksamkeit auf ein anderes Detail lenken. »Sie hätten sich denken können, dass Ermittlungen aufgenommen werden«, merkte er an.

»Ermittlungen? Die wollte ich vermeiden. Es sollte wie ein Unfall aussehen, eine natürliche Todesursache, ein Unglück. Beide beim Bootsunfall ertrunken, damit hätte alles erledigt sein sollen.« Ennenga machte eine Pause. Dann fuhr sie fort: »Aber Iwanczyk hat versagt, der Idiot. An dem Vormittag, an dem Wilbert zurück nach Wangerooge segelte, sollte er die Sophia zum Kentern bringen. Es hätte so ausgesehen, dass beide – Wilbert und Renke – bei diesem Malheur umgekommen wären. Der Hafenmeister in Cuxhaven hätte doch bestätigt, dass sie beide morgens wieder die Marina verlassen hätten. Die Sophia war ein altes Segelboot, kein modernes. Ein Segelunglück in den schwierigen Gewässern der Jade-Weser-Elbe-Mündung. Dort liegen Hunderte von Wracks, viele Seeleute sind in dieser Gegend umgekommen. Das wäre durchaus glaubwürdig gewesen.«

»Und dann haben Sie Ihre kalligrafischen Fähigkeiten eingesetzt, um ...«

»Es war Wilberts Plan, das Testament zu ändern!« Sie biss sich auf die Zunge. »Ach, was rede ich. Ich war es! Mir war angst und bange wegen der Zukunft. Dieses Gefühl hatte ich noch nie zuvor in meinem Leben. Mir wurde bewusst, dass das Leben endlich ist und dass speziell mein Leben vielleicht schon bald dunkler und dunkler werden würde! Deshalb hielt ich den Moment für gekommen. Dieses Unglück mit Renke ... das war der Anlass, jetzt mal an mich – und nur an mich – zu denken. Ich war wie besessen von dem Plan. Wilbert war nur noch eine Figur, die mir nichts mehr bedeutete. Das muss ich ehrlich sagen.« Teelke Ennenga veränderte sich zusehends, während sie sprach. Ihre Gesichtsfarbe wich vollends, und niemand, der sie nicht vorher gekannt hatte, würde in ihr die allen überlegene Frau sehen, als die sie Itzenga und Ulferts kennengelernt hatten.

Die Anwesenden waren sprachlos.

»Und Hannes Ennenga, der musste auch verschwinden? Haben Sie da ebenfalls jemanden angeheuert?«, fragte Eilsen.

Teelke Ennenga schreckte auf. »Damit habe ich nichts zu tun! Er muss tatsächlich aus dem Zug gestürzt sein.«

»Was ist mit Karolinka Iwanczyk?«

»Lassen Sie sie zufrieden. Sie hat Hannes geliebt. Die beiden waren …«, Teelke Ennenga schluchzte, »ein Paar, das sich liebte!« Sie sackte in sich zusammen. Tanja Itzenga hatte Sorge, dass sie ohnmächtig werden könnte. Sie war gebrochen. In ihrem Leben hatte sie unzählige harte Verhandlungen geführt, hatte Streit mit Geschäftspartnern und Wilbert überstanden, war meistens als Siegerin vom Platz gegangen. Selten hatte sie nachgeben müssen, weder als Geschäftsfrau noch privat. In der Familie hatte sie die Zügel in der Hand gehalten, alle anderen hatten gekuscht. So kannte sie es. Ihr Wort galt, Teelke Ennenga hatte sich nie rechtfertigen müssen. Nie! Dieses Geständnis war ihre erste Beichte. Und es war die letzte.

»Frau Ennenga …«, begann Tanja Itzenga zögerlich.

»Lassen Sie mich jetzt bitte zufrieden! Was gesagt werden musste, ist gesagt. Mehr kann, mehr will ich nicht tun. Es ist vorbei, alles.« Sie zögerte, ehe sie noch einmal betonte: »Alles ist vorbei!«

Angst und bange vor der Zukunft, es war ihr anzusehen. Aus Teelke Ennengas Sicht war ihr Leben beendet; egal, was noch kommen würde.

Tanja Itzenga wies zwei Polizistinnen an, die Frau in ihre Zelle zu führen und vorher beim Betriebsarzt vorbeizuschauen. Vielleicht brauchte sie ein Beruhigungsmittel. Danach wandte sie sich Ulferts und Eilsen zu. »Wir müssen uns sofort um Frau Iwanczyk kümmern«, entschied Eilsen. »Und das bleibt alles unter uns! Kein Wort nach außen. Wir treffen uns in einer halben Stunde zur Lagebesprechung in meinem Büro. Und holen Sie Boomgarden und Bakker dazu. Wir müssen koordinieren, was an die Presse weitergegeben wird.«

32

»Damit ist unsere Arbeit erledigt«, sagte Hauptkommissarin Itzenga, als sie am nächsten Morgen ihr Büro betrat. Sie lächelte zu ihrem Kollegen Ulferts hinüber, der in der Tür stand, die beide Räume verband. Er hielt seinen auch von außen nicht eben appetitlich aussehenden Becher in der Hand.

»Was macht der Bericht?«

»Ist weit vorangeschritten, ich habe gestern Abend noch lange hier gesessen. Eilsen will ihn spätestens morgen auf dem Schreibtisch haben. Du musst aber auch noch ran.«

»Ich weiß, aber mach du erst deinen Teil. Krysztof Iwanczyk – was wird der wohl kriegen?«

»Er hat Ennenga nicht umgebracht. Er hätte es vielleicht getan, aber er brauchte es nicht zu tun. So oder so – es ist zum Kotzen.«

»Auf der einen Seite Reichtum, Glamour, Macht; auf der anderen Missgunst, Gier und Verzweiflung. Alles vereint in der Person Teelke Ennengas.«

»Gut zusammengefasst. Den Rest überlassen wir den Kollegen von der Justiz. Die Richter werden schon wissen, zu welcher Strafe sie Iwanczyk verknacken.« Ulferts nahm einen Schluck Kaffee. »Was wird jetzt wohl mit Teelke Ennenga?«

»Sie hat erneut einen Schwächeanfall erlitten, ist im Moment im Krankenhaus. Über kurz oder lang wird auch ihr Prozess beginnen. Das wird eine harte Sache für sie; zumal die Beerdigung der Ennenga-Brüder noch bevorsteht«, erwiderte die Hauptkommissarin.

»Mia Grovenstedt und Karolinka Iwanczyk können einem ja eigentlich nur leidtun.«

Tanja Itzenga wunderte sich über Ulferts' Worte – es schien zumindest immer so, als empfinde er kein Mitleid.

»Einerseits ja, andererseits sind sie die Einzigen, die von dem immensen Erbe profitieren werden, oder? So viel Geld werden wir unser ganzes Leben lang nicht verdienen. Übrigens – unser Glück, dass Karolinka Iwanczyk davon abgesehen hat, Beschwerde einzureichen. Da hätten wir sicher einen ordentlichen Rüffel bekommen, wenn nicht gar einen Eintrag in die Personalakte«, bemerkte Itzenga.

»Ach was, in dem Moment waren unsere Schlussfolgerungen die einzig richtigen«, war Ulferts überzeugt.

»Ich weiß nicht, wir waren wohl ein bisschen vorschnell … Mal was anderes. Was hast du heute noch vor?«

»Ich habe seit Ewigkeiten mal wieder einen Doppelkopfabend mit alten Freunden. Ein kühles Bier und einen leckeren schottischen Single Malt dazu – herrlich! Aber haben wir nicht gesagt, dass wir nach dem nächsten abgeschlossenen Fall ins Kino gehen wollen?« Ulferts setzte eine Miene auf, die Tanja Itzenga überzeugen sollte, das bald zu tun. »Ich meine, das mit dem Essengehen hat in Cuxhaven ja schon geklappt.«

»Du vergisst den Grillfriesen in Georgsheil«, sagte Tanja Itzenga und lachte.

»Der läuft nicht unter Essengehen«, antwortete Ulferts.

»Okay, machen wir«, sagte sie.

»Morgen, am Samstag? Ich besorge uns Karten«, antwortete Ulferts erfreut.

»Samstag geht nicht.«

»Nicht? Schade, wäre eine gute Möglichkeit gewesen. Nächstes Wochenende passt bei mir nicht. Heute Abend geht ja auch nicht.«

»Ich will morgen sowieso sehr früh los, deshalb wäre es heute für mich eh nicht ideal.«

»Wohin geht's denn?«, fragte Ulferts gut gelaunt.

»Ich …« Itzenga zögerte eine Sekunde, doch dann sagte sie: »Ich fahre nach Cuxhaven.«

»Ach nee …« Ulferts ahnte, was sie dorthin zog. »Fandest du es da so schön?« Er hatte es bereits gespürt, als sie auf dem Steg gestanden hatten, gemeinsam mit Bergmann, Hoogesand und Krysztof Iwanczyk. Die Blicke, die sich die beiden zugeworfen hatten.

»Kommissar Bergmann und ich haben am Samstag ein Treffen in Cuxhaven vereinbart, er hat gestern angerufen.«

Diese Nachricht blieb nicht ohne Wirkung bei Ulferts, auch wenn ihm seit Langem klar war, dass er und seine Vorgesetzte nur Kollegen waren. Manchmal war es trotzdem schwierig für ihn, seine Gefühle zu unterdrücken.

»Na dann …« Mehr sagte er nicht, wollte sich umdrehen und gehen.

»Wir gehen Kaffee trinken, ein bisschen spazieren am Deich. Das ist alles. Am Samstagabend fahre ich zurück nach Aurich.« Tanja Itzenga wunderte sich über sich selbst. Sie brauchte sich nicht zu rechtfertigen.

Zunächst sagte Ulferts nichts. Schließlich meinte er: »Du kannst tun und lassen, was du willst, Tanja. Ist doch klar.« Nach einer kleinen Weile ergänzte er: »Ich meine, der Bergmann ist ja ein ganz netter Typ.«

»Ist er wirklich. Und das mit dem Kino, das machen wir dann eben in zwei Wochen, okay?«

»Al up Stee, dat maken wi so. Ich halte mir den Samstag frei, Frau Hauptkommissarin.«

»So förmlich? Also dann, viel Spaß beim Doppelkopf.«

»Danke, werden wir haben. Und …«

»Ja?«

»Gruß an den Kollegen Bergmann.« Ein klein wenig Enttäuschung lag in Ulferts' Stimme.

»Richte ich aus. Bis Montag, Kollege!«

Tanja Itzenga machte einen Schritt nach vorn, drückte Ulferts kurz, aber herzlich, und verließ mit einem fröhlichen »Tschüss« das Büro.

Ulferts stand noch zwei Minuten genauso da, wie Tanja Itzenga ihn zurückgelassen hatte. Dann packte er seine abgewetzte Brotdose in seine speckige Aktentasche, löschte das Licht. Er musste noch eine Kiste Jever und eine Flasche Laphroaig besorgen. Er war nicht besonders gut im Doppelkopf, aber er war sich sicher, es würde dennoch ein schöner Abend werden.

ENDE

Weitere Romane finden Sie auf den folgenden Seiten und im Internet: www.gmeiner-verlag.de

Alida Leimbach
Börsentöpfchen
978-3-8392-1603-3

»Wer leise Töne und ausgefeilte Charaktere mit Ecken und Kanten mag, wird die Krimis von Alida Leimbach lieben.«

In einer Osnabrücker Villa wird der Banker Simon Birklund ermordet. Kommissarin Birthe Schöndorf und ihr neuer Kollege Carlo Oltmann folgen einer Spur, die sie direkt in die Mafiakreise der Bankenmetropole Frankfurt führt. In diesen Sumpf geriet auch der bodenständige Mario Roggenkamp, ein von Birklund um sein Geld gebrachter Schreiner. Durch den Banker verlor er sein gesamtes Vermögen, was er vor seiner Familie verheimlicht. Hat er sich an Birklund gerächt?

GMEINER
Wir machen's spannend